COLLECTION FOLIO

Crébillon fils

Les Égarements
du cœur
et de l'esprit

Édition présentée,
établie et annotée
par Etiemble

Gallimard

timoré
Contre courgeux

جبان .
وتردد

يُخاف من المبا
داد

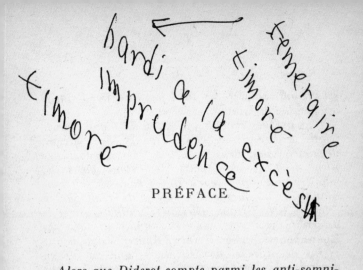

témeraire

hardi à la excès !!

imprudence

timoré

timoré

PRÉFACE

Alors que Diderot compte parmi les anti-somni-
fères les plus violents la lecture de quelques pages
(« une feuille ») des Égarements, *et cela dans* Les
Bijoux indiscrets, *livre entre tous sérieux, est-il beau-*
coup d'écrivains de notre XVIIIe *qui pâtissent d'une*
réputation aussi méchante, aussi parfaitement usur-
pée, que Crébillon, le fils? Tous les manuels, ou peu
s'en faut, le rangent parmi les auteurs « licencieux ».
D'où je conclus trop aisément que trop d'historiens
de nos lettres ou bien ne l'ont pas lu et commettent
alors un jugement des plus téméraires, ou bien ne
l'ont pas compris, et souffrent d'un jugement timoré :
« Marivaux — c'est du reste à son honneur — ne tient
pas lieu de Crébillon fils » (Lanson). « De 1725 à
1750, les conteurs licencieux abondent; citons
notamment Crébillon fils (1707-1777), dont le
roman le plus connu est Le Sopha *(1745) »; tel est*
l'avis de M. Marcel Braunschvig, qui longtemps
forma l'esprit des élèves de nos lycées. Diction-
naires, manuels, ouvrez-les tous : presque partout
Crébillon fils passe pour « licencieux ». Si les
Égarements *doivent ainsi payer pour* Le Sopha,
qu'attend-on pour enseigner que L'Esprit des Lois

est un livre salace? Ne fut-il pas écrit par l'auteur du Temple de Gnide?

L'excuse des censeurs, c'est qu'ils n'ont plus le temps de lire. Entre deux besognes, deux fiches, deux générales, deux coquetèles, deux séances de jury, deux de leurs douze feuilletons mensuels, admirez plutôt qu'il leur reste au moins le loisir de condamner les ouvrages mêmes qu'ils n'ont pas eu celui de lire. Grimm détestait Crébillon fils, et le desservit avec zèle; mais il connaissait bien les Égarements, puisqu'il sut y trouver « des détails pleins de grâce et de délicatesse, une morale en général assez décente et des aperçus très fins sur l'esprit du monde et le caractère des femmes »; ce qui autorisa M. Émile Henriot, de l'Académie française, à ranger sans trop de scrupules, parmi les livres du second rayon, le chef-d'œuvre de Crébillon, l'un de nos plus jolis romans.

Telle sur nous la puissance des enseignants : j'avais trente ans quand j'abordai les Égarements. Encore fallut-il qu'un de mes étudiants, un Américain, à qui son aisance permettait une riche bibliothèque et la liberté de se cultiver sans excessif souci des programmes, me conseillât l'aventure et m'offrît un exemplaire de l'édition Pierre Lièvre (au Divan). Du coup séduit par tant de beautés, je me fis à mon tour l'apôtre de Mᵐᵉ de Lursay et de M. de Meilcour; me demandait-on « des livres à lire », je ne manquais plus d'inscrire sur la liste : Égarements. Chacun des nouveaux amis ainsi gagnés à ce récit lui en obtint plusieurs autres, je le sais; la chaîne d'amitié ne se rompait que par mégarde; Jean Giono, qui connut les Égarements par un de ceux à qui je les avais découverts, s'est dit heureux de la rencontre.

*Durant des et des années, les Œuvres complètes
de Crébillon le fils ne se vendirent pas beaucoup :
une cinquantaine de collections par an, l'un dans
l'autre, de 1929 à 1949. Il est vrai qu'on ne débitait
pas les volumes au détail. Sur la foi de leur
réputation usurpée, si les Égarements se vendaient
isolément, ce n'était guère qu'en édition pour
parvenus, avec des images qui s'efforçaient d'attiser
la prétendue grivoiserie de ce livre délicat : impossible de souiller une bibliothèque, et serait-ce le
second rayon, avec de pareils imprimés! Je me mis
donc en tête, dès 1949, de trouver aux Égarements,
que chaque relecture me rendait plus chers encore,
un éditeur digne d'eux; tôt déçu, j'en vins bientôt à
rêver d'un mécène, qui financerait l'impression;
nouvelle déconvenue. Quand je résolus de préparer
pour la Pléiade deux volumes sur les romans du
XVIIIe, j'y voyais surtout le moyen de donner à
Crébillon le fils les lecteurs de la collection; mais je
ne me dissimulais pas que, ce faisant, je ne mettais
pas son récit à la portée des lecteurs de bon goût et
de petits moyens. Or, cette année-là, dans la faculté
où j'enseigne, le programme dont j'héritais me
proposait et m'imposait Atala, René, leurs calem-
bredaines. Paul et Virginie excepté, je ne connais
pas de romans, parmi ceux qu'on inscrit au
programme des facultés, dont la fréquentation soit
plus rebutante, et de nature à mieux décourager
l'enthousiasme littéraire. Dire qu'on s'attache à
inventer les raisons d'admirer ces fadaises! Dire
qu'après soixante-quinze années d'enseignement
républicain on faisait un sort à des sottises qui
n'avaient pour elles que de justifier l'ordre moral
d'un Bonaparte, et les ambitions politiques de
Chateaubriand! Chaque boursouflure, chaque im-*

*posture me renvoyaient aux pages si droites, si
simples, des* Égarements. *Je compris alors qu'il
n'y aurait de salut pour Crébillon que le jour où
quelque faculté aurait enfin remplacé les funérailles
d'*Atala *par la scène des nœuds dans les* Égarements. *Cinquante ou soixante étudiants chaque
année liraient avec soin ce roman (avec plaisir, j'en
étais sûr); ils en parleraient autour d'eux : à leurs
amis, à leurs petites amies; plus tard, dans leurs
classes, ils en livreraient le titre aux plus doués de
leurs élèves de première, lesquels, etc. Les* Égarements *sortiraient enfin du purgatoire, quand ce
n'est pas de l'enfer, où les relègue notre légèreté,
celle des faiseurs de manuels et autres encyclopédies
(je n'exclus pas l'une des meilleures, où je m'aper-
çois qu'on qualifie les* Égarements *de « marivaudage scabreux, sinon graveleux »). Par chance, mon
collègue montpelliérain, Pierre Jourda, appréciait
depuis longtemps ces* Égarements. *Nous décidâmes
d'inscrire enfin au programme de notre licence un
ouvrage présumé licencieux; mais il fallut prévoir
un auteur de secours, puisque ce roman restait
toujours sans éditeur.*

*Je continuais cependant à mettre au point
l'édition nouvelle, que je destinais à l'oiseau rare,
l'éditeur qui consentirait à écouter ce que j'écrivais
en 1951 : « Aimez-vous les sentiments vifs, le
beau langage, Stendhal, Courier, Paul Léautaud?
Sinon inutile de vous égarer vers ces exquis*
Égarements.

« Il suffirait [...] d'éditer les Égarements *et de les
mettre au programme de la licence ès lettres, pour en
peu d'années leur acquérir tous leurs amis inconnus. » Et j'embêtais tout le monde avec mes*
Égarements : *avez-vous lu les* Égarements?

Connaissez-vous un éditeur qui publierait les Égarements? Tant et si bien que, grâce à Yvon Belaval, le Club Français du Livre, qui se proposait justement d'éditer cet ouvrage, voulut bien me demander l'édition qu'il savait que je tenais prête. Elle parut en 1953.

Je connais pourtant plus d'une personne qui se croit bien assurée dans ses opinions, et libre comment donc, mais qui demeure marquée des préjugés en elle formés par le Lanson, le Braunschvig ou autres magisters. L'une d'elles, et fort de mes amies, qui s'obstine à bouder les Égarements comme futiles au pis, au mieux comme légers, ne s'aventura-t-elle pas jusqu'à m'opposer les quatre mots célèbres de Stendhal sur « les romans trop négligés » de Crébillon? A ce point prévenue par des souvenirs scolaires que, pour condamner en toute bonne conscience l'auteur des Égarements, elle se permettait un contresens sur celui des Privilèges. Car Stendhal n'accuse point les romans de Crébillon d'être bâclés ou négligés; il affirme, tout au contraire, que le public de son temps néglige beaucoup trop les romans de cet écrivain. Revoyez plutôt le contexte : « C'est l'amour goût qui a fait la fortune des romans si spirituels de Laclos et des romans trop négligés de Crébillon. »

Stendhal lui-même avait-il lu avec soin tout Crébillon? Ne l'avait-il pas interprété, ou mutilé? Ainsi, plus près de nous, avons-nous vu M. Émile Henriot, l'un de ceux pourtant qui prirent contre les dénigreurs le parti du calomnié, fermer les Lettres de la marquise de M*** au comte de R*** en se demandant si l'amant fut comblé. La lettre XXIX, qu'en fait-il donc? « Voulez-vous faire deviner à tout le monde que vous m'aimez et qu'il ne manque

rien à notre bonheur? »; ou encore : « *Vous ignorez
les soins délicats qui touchent tant un cœur sensible,
cet amour, enfin, que vous sentez si peu, et dont
vous ne connaissez que ce que j'en voulais toujours
ignorer.* » J'en *voulais*, nous lisons bien : la
marquise emploie l'imparfait. N'est-ce point assez
clair? Tout au long de sa correspondance, la
vertueuse marquise ne se prive guère d'allusions
charmantes ou douloureuses aux plaisirs qu'elle
partage avec son amant; celle-ci, par exemple, dès la
lettre XXXI, c'est-à-dire peu de temps après qu'elle
a, selon le jargon à la mode, succombé : « *Votre
image me suit jusque dans les bras du sommeil, je
vous vois toujours le plus aimable Berger du monde,
et quelquefois le plus heureux. Mais enfin tous ces
plaisirs ne sont que des songes. Venez par votre
présence m'en offrir un plus réel.* » Etc.

Si nous lisions Crébillon fils avec l'innocence
qu'il requiert, nous n'affirmerions plus, comme
Stendhal, qu'il ne traite que de l'amour goût, celui
qui, à vingt-cinq ans, publie ces Lettres de la
marquise de M***. Quoi! jeune, vive, jolie,
enjouée, grave, étourdie, spirituelle et sensible de
surcroît comme on disait alors — c'est-à-dire, selon
les cas : sentimentale ou sensuelle (voire voluptueuse) — aussi mal mariée que la plupart des
femmes bien nées, voilà une aimable marquise qui
avait presque miraculeusement réussi à faire, selon
son aveu, de son devoir un plaisir, et qui, néan-
moins, trompée abondamment, comme l'imposait
alors le bon ton, avait difficilement réussi soit à se
dissimuler qu'elle aimait le comte de R***, soit à le
lui cacher. Tandis qu'elle se combat de la sorte, son
époux lui conseille, c'est dire lui ordonne, de
continuer à recevoir le soupirant, et de le traiter

*décemment. La voilà condamnée à aimer, à se
l'avouer, puis à l'avouer, enfin à combler son
amant.* N'espérez pas que, ce faisant, elle se départe
de ses principes, à savoir que le sentiment de
l'amour importe et lui importe beaucoup plus que
les plaisirs qui le pimentent, et que ce sentiment-là,
quelque chose comme l'amour céleste de Platon —
oui, elle se référera plusieurs fois au platonisme —
n'exige pas moins de constance et de fidélité que de
badinage et de folie. Si la marquise en effet se
découvre (et, à son esprit défendant, s'accepte)
« folle » de passion, si elle éprouve cette forme de la
fureur d'aimer que les surréalistes ont glorifiée en
amour fou, si elle cite une autre victime au moins
du « fol amour » — oui, Crébillon célèbre l'amour
fou — aimer follement, pour elle, c'est aimer une
fois pour toutes, avec le corps, le cœur et l'esprit
rassemblés; c'est aimer à mourir, mais à la lettre.
Non, rien ne manque aux Lettres de la marquise
de M*** de ce qui constitue un roman à mettre
entre toutes les mains. A ce point vertueuse, notre
héroïne, que bien que son mari lui prodigue toutes
les circonstances atténuantes, et toutes les excuses, à
un adultère que les mœurs du temps, au reste, celles
de la Régence, considèrent comme la bienséance
même, jamais elle ne cessera de se reprocher sa
« faiblesse » et son « crime ». « C'est en vain que je
veux quelquefois, pour m'excuser ma faiblesse, me
rappeler ses désordres [ceux du marquis], je sais
qu'ils ne peuvent justifier les miens : je m'aban-
donne toute à l'horreur que je m'inspire. » L'horreur, oui. Jusque dans les dernières lettres d'un
amour inflexiblement fidèle, le mot revient, obsé-
dant : « Ce n'est plus une femme faible emportée
par sa passion qui vous écrit, c'est une infortunée,*

qui se repent de ses fautes, qui les voit avec horreur, qui en sent tout le poids, et qui, cependant, ne peut s'empêcher de vous donner encore des preuves de son attachement. » Derechef, dans la même lettre, la dernière, écrite au moment que la marquise va mourir : « *Objet d'horreur pour moi-même, quelle sera mon infortune, si je ne suis pas un objet de pitié!* » Elle va donc mourir, consumée d'un amour à la fois fou et sage pour un homme dont l'a séparée la promotion d'un époux.

En dépit de quelques anecdotes un peu vives, mais que le ton moyen de nos romans fait paraître anodines, d'autant que la délicatesse du langage en maintiendrait la lecture innocente absolument pour l'oie du monde la plus blanche, les Lettres de la marquise de M*** au comte de R*** composent donc un ouvrage édifiant que, s'ils avaient daigné le lire et le mettre en fiches, les faiseurs de manuels ne manqueraient point d'étiqueter « préromantique ». On y trouverait jusqu'au détail qui « annonce » Jean-Jacques Rousseau, les rêveries et le paysage état d'âme, ce pont-aux-ânes : « *Je vous avouerai du moins que la beauté de la nature, l'ombre et le silence des bois me jettent, malgré moi, dans une rêverie dont je vous trouve toujours l'objet.* »

Ce n'est apparemment pas pour avoir peint une femme vertueuse qui meurt d'amour que Crébillon le fils passe pour libertin. Mais L'Écumoire, mais Le Sopha? Quand ces deux contes-là mériteraient leur légende, je rappellerais que Ronsard, Malherbe et Verlaine, pour ne citer que trois noms, ont écrit maints poèmes licencieux au sens propre, voire obscènes, graveleux, orduriers ou scatologiques et je ne sache pas que les plus rigoristes parmi les historiens de nos lettres condamnent à l'enfer des *bibliothèques l'auteur de* Sagesse *parce qu'il fut aussi celui des* Hombres *et des* Amies. *Depuis quand n'explique-t-on plus dans nos classes la théorie des trois gouvernements — fort inexactement du reste —, sous le prétexte que l'auteur de* L'Esprit des lois *s'égara au Temple de Gnide?* Dès lors, pourquoi cet ostracisme singulier? Pourquoi cette obstination à calomnier Crébillon fils? Parce qu'on ne l'a point lu? Il se peut. Il se peut également qu'on doive imaginer des raisons un peu moins honorables encore.*

Et si L'Écumoire, *cette histoire censément japonaise de Tanzaï et de Néadarné, n'était pas seulement, ou n'était pas surtout, ou n'était pas du tout, un conte licencieux? Et si j'avais eu tort, voilà quelques décennies, d'en parler un peu cavalièrement. pour faire quelque chose comme un mot sur cet ustensile de ménage à trois ou quatre? Cette japonaiserie qui dissimule médiocrement une de ces chinoiseries à la mode vers ce temps-là parut si dangereuse qu'elle valut à l'auteur un séjour en prison. Sous une forme parodique dont « frémit » naïvement le bibliographe et sinologue Henri Cordier, Crébillon brocarde avec enjouement l'engouement de son siècle pour la Chine en général et en particulier pour la morale confucéenne. N'est-ce point faire pièce aux jésuites, qui tiennent Confucius pour l'un des hommes les plus saints qu'ait produits la gentilité, que de prétendre qu'à ce moraliste austère et qu'on prétendait chrétien sans le savoir, on pouvait avec vraisemblance attribuer un conte badin? « Cet ouvrage est, sans contredit, un des plus précieux monuments de l'Antiquité; et les Chinois en font un si grand cas qu'ils n'ont pas dédaigné de l'attribuer au célèbre Confucius. » En*

*fait, rien de moins chinois que cette « histoire
japonaise » dont les personnages s'appellent
Hiaouf-Zélès-Tanzaï et Néadarné, où les démons
s'indianisent en Dives à moins qu'ils ne s'arabisent
en Ginnes, nos Djinns. Orient funambulesque, qui
mélange des lambeaux d'un Orient musulman que
Les Mille et Une Nuits, traduites par Galland,
avaient divulgué en Europe, et d'une Chine de
pacotille, dont les jésuites s'instituaient alors les
commis-voyageurs.*

*Quand on soupçonne à quel régime civil et
religieux le cardinal de Fleury soumettait les sujets
du roi, on comprend les précautions auxquelles
devaient recourir les écrivains désireux de lancer
des idées un peu graves. On peut, il est vrai, les
affadir sans les fausser; M. Pierre Lièvre, qui
connaît si exactement l'œuvre entier de Crébillon,
résume ainsi l'intrigue de* L'Écumoire *: « La donnée est extrêmement jolie. C'est l'histoire de deux
amoureux qui ne peuvent être heureux qu'à la
condition d'être préalablement infidèles. Il y a dans
l'idée de cette double inconstance quelque chose de
finement amarivaudé. » Qu'on discerne dans*
L'Écumoire *quelques grains de marivaudage, je
n'en serais point surpris, moi qui m'étonne plutôt
que ceux-là qui exaltent Marivaux et sa psychologie
n'affectent que mépris pour celle de Crébillon. Qu'il
n'y ait là que du marivaudage, certes non. Soit que
le prince Tanzaï, avant de passer devant le Grand
Prêtre, mette au bain sa belle princesse et en profite
pour l'accabler de caresses telles que Néadarné en
sorte « mal baignée, mais convaincue qu'elle était
éperdument aimée »; soit qu'à l'occasion d'une nuit
nuptiale qui s'ouvre audacieusement sur une invo-
cation au « Singe lumineux », au « Père de la*

nature », *Crébillon le fils, et non point là seulement,
utilise les libertés que lui accorde la fable orientale
pour insinuer ou suggérer que l'art d'aimer n'a pas
grand-chose à voir avec les prônes, sous une
allégorie qui ne pouvait tromper personne, et
surtout pas le lieutenant de police, l'auteur propose
une idée de la vie charnelle plus proche assurément
de celle de Léon Blum en son essai sur* Le Mariage
*que des enseignements de l'Église romaine, alors
religion d'État. Sans compter que, sous le pseudo-
nyme de Saugrenulio (qui ne pèche point par excès
de respect) quiconque sait lire en 1734 identifie
aussitôt le cardinal Dubois :* « Cet homme qu'il est
important de connaître, moins attaché au culte de sa
divinité qu'à ses intérêts personnels, n'était parvenu
à la place qu'il occupait qu'à force d'intrigues et de
souplesse. Peu estimé, mais craint, il se servait
souvent d'un pouvoir que la religion rendait absolu
pour combattre les volontés du roi même. Mauvais
théologien mais séduisant auprès des femmes,
remplissant mal les devoirs de son état pour vaquer
trop bien à ceux qu'il s'imposait avec elles, il avait,
selon le bruit public, passé de l'appartement d'une
princesse au pontificat de Chéchian. » *Ce Chéchian-
là, dérivé par Crébillon des transcriptions que les
jésuites donnaient de la province chinoise que nous
notons aujourd'hui Che-kiang, chacun savait y
reconnaître le royaume de France; et dans l'écumoire que le prince Tanzaï veut faire lécher au
Grand Prêtre, cette bulle* Unigenitus *que pour
complaire au patriarche — lisez le pape de Rome
— le roi de France veut faire avaler aux princes de
son Église, à Saugrenulio notamment, lequel, formé
comme je l'ai dit de quelques traits pris à Dubois,
d'autre part emprunte au cardinal de Noailles, l'un*

des chefs de l'opposition janséniste, l'un de ceux qui refusaient la Bulle. Or, plutôt que de lécher l'écumoire, le Grand Prêtre se prend à jurer, puis menace : « *Non, Messieurs, je n'y consentirai jamais, et s'il [le Prince] prétend m'en parler encore, dès à présent je le charge de la malédiction du Grand Singe, et je n'achève pas son mariage.* » *On ne dit pas plus joliment, ou plus irrévérencieusement, que le mariage, pour Crébillon et pour les aristocrates dont il dépeint les mœurs, n'est plus rien qu'une* « *singerie* ». *Institution trop sérieuse, au jugement secret du conteur, pour qu'on s'y rue à l'aveuglette. Avant de se lier pour la vie, ne conviendrait-il pas que les futurs conjoints aient l'expérience de la vie charnelle, et de préférence avec un autre partenaire? Telle serait l'une des leçons de* L'Écumoire, *celle précisément d'un autre conte vaguement orientalisant,* Les Bijoux indiscrets. *L'Orient a bon dos, en ce* xviiie *siècle : l'érotique païenne s'y aggrave d'une satire des sacrements chrétiens.*

Voilà pourquoi Crébillon le fils obtient si malaisément la faveur du grand nombre; et voilà pourquoi Diderot et Crébillon paieront de la prison leurs audaces en matière de morale et de foi. Sans l'intervention de la princesse de Conti, la peine de Crébillon aurait duré plus de huit jours. N'eût été la faveur du lieutenant de police, qui sait si l'exil dont le même auteur paya pour Le Sopha *se fût passé si bénignement : trois mois juste, et pour autant que nous puissions présumer, moins loin de Paris que ne l'exigeait l'autorité. Pour moi, aucun doute : notre homme, et je le compte à sa gloire, méritait aussi bien son exil que sa prison.*

Car Le Sopha *lui-même, ce conte que Crébillon*

qualifiait de « moral » (et nous savons ce qu'en ce temps-là signifiait cet adjectif), serait-il si peu « moral » au sens que nous attribuons à ce mot depuis que l'esprit victorien ou louis-philippard envahit chez nous jusqu'aux consciences qui s'en défendent le plus? Serait-il si gratuitement libertin que, victime de mes bons maîtres, j'eus un jour l'imprudence et l'impudence de l'avancer? Afin de mieux situer les Égarements dans l'œuvre de leur auteur, je viens de relire avec une joie non démentie l'œuvre entier, et de conclure par Le Sopha. Des six couples principaux dont l'indiscret Amanzéi nous relate les aventures et souvent les mésaventures, je dois constituer deux lots; l'un de quatre : 1° le couple que forme avec un Bramine « doucereux et empesé » une certaine Fatmé, « haute, impérieuse, dure, cruelle, sans égards, sans foi, sans amitié », confite en dévotion affectée, en dévotions ostentatoires, ce qui ne lui interdit nullement de s'accorder par-dessus le marché les faveurs dociles et négligentes de son esclave Danis; l'époux qu'on outrage ne tardera pas à surprendre le Bramine et sa complice; il les expédie sur l'heure, et voilà deux âmes pérégrines...; 2° celui que feint de former une danseuse aux mœurs faciles avec un richissime intendant, Abdelathif. Amine bafoue son protecteur, qui s'en venge avec brio, et la rend à son ancienne prostitution; 3° celui qu'une seule fois en leur vie essaient de jouer deux parangons d'austérité, Almaïde et Moclès; afin de se prouver leur vertu en éprouvant la résistance de leurs belles âmes aux voluptés, ces deux pharisiens — d'esprit plus retors que celui d'un recors — se joignent enfin sur l'indiscret divan; ils en seront punis selon leurs démérites; 4° celui enfin de Zulica et Mazulhim. Avec la complicité de son ami Nassès, dont l'insolence onctueuse fait merveille pour acculer à la dernière confusion une prude aux mœurs galantes, la Zulica, Mazulhim se venge de la piètre figure qu'il fit devant elle en petite maison. Quatre couples que Crébillon nous invite à juger méprisables. Nierez-vous qu'ils le soient? Ainsi va le « conte moral », autrement dit le « roman de mœurs ». Le « licencieux » Crébillon se borne à présenter un tableau de son temps; passablement fidèle, faut-il croire, puisqu'une des belles de la Cour, on l'appelait Fatmé dans la plus douce intimité, et que, sous le masque de l'irrésistible don Juan Mazulhim, la Cour et la Ville se montraient le visage du duc de Richelieu.

En face de ces quatre paires de canailles, voici d'abord Zulma et son charmant Phénime : ils s'aimeront si loyalement, si longuement, que le Sopha se lassera de leur fidélité : « Mais voyant enfin que leur amour, loin de diminuer, semblait tous les jours prendre de nouvelles forces, et qu'ils avaient même joint à toutes les délicatesses, à toute la vivacité de la passion la plus ardente, la confiance et l'égalité de l'amitié la plus tendre, j'allai chercher ailleurs ma délivrance, ou de nouveaux plaisirs. » Quelle délivrance, au fait? Celle que Brama avait promise à l'âme d'Amanzéi lorsque, sur l'un des sophas où elle était condamnée à se réincarner, s'uniraient deux êtres qui s'aiment, parfaitement neufs l'un et l'autre. La délivrance ne tardera guère, grâce à deux adolescents : elle, quinze ans tout juste, l'âge de Manon Lescaut; lui, digne de cette pureté. Cruelle épreuve pour une âme qu'on aurait crue moins vulnérable, et qui n'en peut mais du rôle de sopha que son destin — plus exactement son karma — lui impose de mimer. Amanzéi essaie donc de « *sortir pour quelques instants du sopha de Zéinis* », afin d'éluder les décrets de Brama; « *ce fut en vain; cette même puissance qui m'y avait exilé, s'opposa à mes efforts et me contraignit d'attendre, dans le désespoir, la décision de ma destinée* ».

Alors que les quatre couples qui s'acoquinèrent pour de basses raisons s'en voient incontinent punis, et sans merci, les deux autres, ceux qui n'obéissent qu'au désir et au goût, qui s'aiment sans se mentir et sans tromper autrui, la volupté n'est pas leur seule récompense; un amour constant les unit, qu'enrichit l'amitié. Ils sont heureux. Un auteur qui sauve un tiers de l'humanité, vous osez le taxer de cynisme et de licence! Que dis-je, un tiers? Le narrateur, que j'allais oublier, il est sauvé lui aussi par l'amour des jouvenceaux. Allons, censeurs grognons, convenez que ce qui chez Crébillon vous révolte, peut-être même vous ennuie, c'est qu'on n'y traite jamais que de l'amour, de l'amour sous toutes ses formes : l'amour fou et l'amour goût, l'amour vénal et l'amour désintéressé, les débauches de la femme qu'on disait alors « insensible » (celle que nos sexologues ont baptisée « frigide »), les fiascos du semi-babilan et les exploits des amants inspirés. Dans une civilisation, la nôtre, où le métier, l'argent, la politique ont pris le dessus, quelle place reste-t-il pour les longs loisirs sans lesquels point d'amour, ni de Crébillon fils? Aimer à loisir, aimer à mourir... s'ils n'évoquaient un paradis perdu, ces vers-là nous enchanteraient-ils? En un temps qui ne peut supporter l'image du bonheur vrai, et qui se venge en imposant aux zozottes la presse du cœur, aux gens intelligents une littérature de dérision et d'échec, Crébillon joue les trouble-ennui. On le lui fait bien voir.

Car si, à la rigueur, les esprits chagrins peuvent s'attrister à L'Écumoire *et au* Sopha, *cependant que les esprits gourmés, compassés ou naïvement sérieux aimeront s'irriter d'un orientalisme j'en conviens de bazar — ni pire ni meilleur que celui de Voltaire dans* Zadig *et plus d'un autre conte — comment ces juges austères peuvent-ils confondre dans le même opprobre les* Lettres de la marquise de M***, *l'auteur de* L'Écumoire, *celui qui, dans sa maturité, nous laissa deux charmants dialogues :* La Nuit et le moment, Le Hasard du coin du feu, *le romancier, enfin, des* Égarements?

Esprit libre, Crébillon fils aime le dialogue. Ce que la sultane du Sopha *pensait au récit d'Aman- zéi :* « C'est un fait n'est-ce pas dialogué qu'on dit », *à combien plus juste raison pouvons-nous l'écrire des deux pièces sur l'amour goût, pièces que l'écrivain sentit comme de théâtre? Au début du premier de ces dialogues, il indique* La scène est à la campagne dans la maison de Cidalise. *Plus évidemment encore,* Le Hasard du coin du feu *se présente comme un petit drame, avec sa liste de personnages (qualifiés d'*interlocuteurs*), son découpage en cinq* scènes, *ses directives pour le jeu des acteurs (*froidement, *ou bien :* sans se laisser gagner par le ton tragique du duc, et avec sécheresse) et pour la mise en scène :* « La scène est à Paris, chez Célie; et l'action se passe presque toute dans une de ces petites pièces reculées, que l'on nomme boudoirs. A l'ouverture de la scène, Célie paraît couchée sur une chaise longue, sous des couvre-pieds d'édredon. Elle est en négligé, mais avec toute la parure et toute la recherche dont le négligé peut être susceptible. La Marquise est au*

*coin du feu un grand écran devant elle et brodant au
tambour.* » *Théâtre injouable?* en ce sens oui —
aujourd'hui du moins et sur une scène publique —
que la plus grande part du premier « dialogue » se
joue au lit de Cidalise et qu'une part du second, la
plus piquante pour les acteurs, s'anime dans « un
de ces grands fauteuils qui sont aussi favorables à
la témérité que propres à la complaisance ».
Injouable au XVIIIe? Quand les grands seigneurs
pouvaient se permettre et se permettaient de
monter, sur leurs scènes privées, un « théâtre
d'amour » dont ce que nous connaissons nous assure
qu'il était autrement appuyé que les « dialogues » de
Crébillon? Reprochons plutôt à ces dialogues l'im-
personnalité des personnages et leur langage uni-
forme. A quoi l'auteur eût probablement répliqué
que l'usage et les bienséances avaient à ce point
façonné la bonne compagnie que les ducs, comtes et
marquises parlaient naturellement, ou peu s'en
faut, comme il les fait dialoguer : il ne s'en faut que
de la « mise en scène ». J'admets également qu'on
puisse contester à ces dialogues toute force comique
ou tragique. Si relevée soit l'une et l'autre fois la
situation, je conviens que l'essentiel, le meilleur,
Crébillon l'ait mis dans l'analyse raffinée des
sentiments qu'on exerce ou des sophismes qu'on
enchaîne afin d'en arriver où je pense. Crébillon,
n'est-ce pas son droit? voulait peindre l'aristocratie
de son époque, et détailler ce « loisir dangereux » —
comme il dira aux Égarements — que laissait aux
gens d'épée, quand par hasard elle régnait, la paix.
Rompus au siège des places fortes, que faire pour
eux en temps de paix, qu'assiéger et forcer les belles
qui se voulaient destinées aux fantaisies des guer-

riers *(écoutez-les un peu parler de ces robins, nobles
pourtant, qui osent les courtiser)?*

Relus ces dialogues moraux et dramatiques, on ne
s'étonne guère du cas que fit Stendhal de son
devancier, ni des emprunts qu'il avoue lui avoir
dérobés, mot pour mot, phrase pour phrase. Même
refus des préjugés bourgeois, même lucidité, même
goût de l'amour, même habileté à préciser les
nuances les moins banales du désir et du sentiment.
Pour qui regrette la grossièreté sur laquelle débouche
fatalement la « psychologie du comportement » si
chère à tant de nos romanciers, cette part de l'esprit,
qui ne manque jamais lors même que fait défaut
celle du cœur dans le jeu des corps, sauve Crébillon
de tout ce qui ressemble, fût-ce de loin, à la
gaudriole, à la paillardise, à la vulgarité. Quelque
« téméraire » et en même temps « aisée » que fût
alors la vie charnelle, on s'efforçait d'obtenir qu'elle
demeurât spirituelle et consciente. A en juger selon
Crébillon le fils, on y parvenait souvent, et l'on y
trouvait son bonheur. Oui, nous devons croire que
ces gens réputés légers n'étaient pas trop malheureux, car où donc les entendez-vous gémir d'être
mortels? Plus philosophes, infiniment, que nos
contemporains, qui se prendraient pour des bêtes
s'ils ne hurlaient pas à leur mort, et qui ne
comprennent même pas que ma mort, elle seule, me
garantit que je vis, et donne à ma vie son prix.
Voilà où ça conduit, de brûler en dîners d'affaires,
en voyages d'affaires, quand ce n'est pas en public
relations comme on jargonne désormais, les jours et
les nuits que les personnages de Crébillon passaient
au coin du feu à essayer de jouir.

Mais ce sont des privilégiés, des oisifs? Qui vous
dit le contraire? Sans loisirs, on s'en apercevra

bientôt, *à quoi bon vivre?* Et qui jamais soutint que
Crébillon fût d'esprit sans-culotte? Qui jamais le
dressa en Balzac, en Zola? Les soubrettes, les
grisons, n'interviennent chez lui que pour seconder
les intrigues de leurs maîtres. Oui, son monde est le
monde. Oui, Meilcour est noble, comme aussi
M*me* de Lursay, comme aussi Versac, comme
M*lle* de Théville, comme la Sénanges elle-même,
tous personnages des Égarements. Et après? Pour
qu'il y ait œuvre d'art, depuis quand faut-il
absolument faire monologuer intérieurement,
pourvu que ce soit sans la moindre syntaxe, un
schizophrène illettré? Tout nobles qu'en sont les
acteurs, les Égarements demeurent un chef-d'œuvre
que je me refuse à ranger sur le second rayon de ma
bibliothèque.

Deux mots d'abord sur le titre : l'expression « du
cœur et de l'esprit » traînait alors partout, mais
Crébillon la rendit plus familière encore. Au point
que la veuve Pissot publiait, en 1748, un périodique
intitulé Les Amusements du cœur et de l'esprit, et
que dans le texte des Yeux bleus qu'il ajoute à
Zadig et qui forme le chapitre quinzième de l'édition
de Kehl, Voltaire se gausse de ce cliché : « " Le
corps et le cœur " dit le roi à Zadig... A ces mots le
Babylonien ne put s'empêcher d'interrompre Sa
Majesté. " Que je vous sais bon gré, dit-il, de
n'avoir point dit l'esprit et le cœur; car on
n'entend que ces mots dans les conversations de
Babylone; on ne voit que des livres où il est question
du cœur et de l'esprit, composés par des gens qui
n'ont ni de l'un ni de l'autre; mais de grâce, sire,
poursuivez. " Nabussan continua ainsi : " Le
corps et le cœur sont chez moi destinés à
aimer. " » Faut-il voir là, avec M. Verdun-

*L. Saulnier, une « formule symptomatique de ce
passage de 1750 qui, au sortir d'un demi-siècle
assez tumultueusement raisonneur, ouvre le second
demi-siècle, celui qui va mêler, en mettant de plus
en plus l'accent sur les secondes, les valeurs
raisonnables aux valeurs sentimentales : après Voltaire, le couple Voltaire-Rousseau »?* Mais Les
Égarements du cœur et de l'esprit *paraissent en*
1736-1738. *Voilà donc une formule dont il serait
amusant d'étudier avec minutie la naissance, la vie
et la mort; on saurait alors ce que lui doit Crébillon,
et ce qu'elle doit au succès des* Égarements. *Aussi
longtemps qu'on n'aura pas fait ce travail, je
suspends mon jugement; je ne m'interdis pourtant
pas de penser qu'en insistant sur le cœur et sur
l'esprit, Crébillon fils définit assez bien l'idée
qu'avec son temps il se fait de l'amour : alors que la
passion du jeune des Grieux pour sa petite catin
porte déjà tous les signes des amours fatales, où
l'esprit n'a plus de part, ni le jeu, ni la volonté,
l'esprit chez Crébillon ne perd jamais le droit de
jouer avec le cœur, lors même qu'il joue cœur.*

*Certes, avec beaucoup d'ingéniosité, on y pourrait
déceler le vague à l'âme de toute puberté :* « Je
désirais une félicité dont je n'avais pas une idée
bien distincte; je fus quelque temps sans comprendre la sorte de volupté qui m'était nécessaire. Je
voulais m'étourdir en vain sur l'ennui intérieur
dont je me sentais accablé; le commerce des femmes
pouvait seul le dissiper » ; *certes, le jeune Meilcour
cultive sa* « mélancolie », *et les femmes sont* « sensibles » *à souhait; toutefois, vous chercheriez en
vain, aux* Égarements, *ces descriptions oiseuses
dont s'encombrera le roman romantique; une phrase
suffit à Crébillon :* « La rêverie où vous avez été

plongée durant votre séjour à la campagne. » En ce
roman qu'il commence à publier quand il a vingt-
neuf ans, et dont la fin paraît quand il en a tout
juste trente et un, Crébillon déjà se conforme à
l'esthétique de ce Hasard du coin du feu, qui ne
paraît qu'en 1763, et qui dit leur fait aux détails
« réalistes » : « *Comme il y a des lecteurs qui
prennent garde à tout, il pourrait s'en trouver qui
seraient surpris, le temps étant annoncé si froid, de
ne voir jamais mettre de bois au feu, et qui se
plaindraient avec raison de ce manque de vraisemblance dans un point si important. Pour prévenir
donc une critique si bien fondée, on est obligé de
dire, que pendant l'entretien de la Marquise et du
Duc, Célie a sonné, et que c'était pour qu'on
raccommodât son feu. L'éditeur de ce dialogue
s'étant, à cet égard, mis hors de toute querelle, se
flatte qu'on voudra bien le dispenser de revenir sur
cette intéressante observation.* » Rien à faire pour
tirer notre conteur du côté des seules écoles qui
rameutent les grandes foules, la romantique, la
réaliste ou la naturaliste. Non, les « moments », chez
lui, ne sauraient se confondre avec ceux de la
mystique; le « moment », chez lui, ce n'est point la
fusion en Dieu, c'est l'instant qui promet la vive
confusion de deux corps accordés; bref, quelque
chose comme l'occasion, l'herbe tendre et cette
présence de l'esprit, qui permet d'en profiter.

Qu'est-ce donc qui confère aux Égarements une
qualité chez Crébillon exceptionnelle? La vérité
d'abord, et la simplicité. Crébillon le sentait si
justement qu'il l'a formulé mieux que je ne saurais
le faire : « *Le Roman, si méprisé des personnes
sensées, et souvent avec justice, serait peut-être celui
de tous les genres qu'on pourrait rendre le plus*

utite, s il était bien manié, si, au lieu de le remplir de situations ténébreuses et forcées, de Héros dont les caractères et les aventures sont toujours hors du vraisemblable, on le rendait, comme la Comédie, le tableau de la vie humaine, et qu'on y censurât les vices et les ridicules.

« *Le lecteur n'y trouverait plus, à la vérité, ces événements extraordinaires et tragiques qui enlèvent l'imagination, et déchirent le cœur; plus de Héros qui ne passât les Mers que pour y être à point nommé pris des Turcs, plus d'aventures dans le Sérail, de Sultane soustraite à la vigilance des Eunuques, par quelque tour d'adresse surprenant; plus de morts imprévues, et infiniment moins de souterrains. Le fait, préparé avec art, serait rendu avec naturel. On ne pécherait plus contre les convenances et la raison. Le sentiment ne serait point outré; l'homme enfin verrait l'homme tel qu'il est; on l'éblouirait moins, mais on l'instruirait davantage.* »

Peu importe que Crébillon qui, dans les Lettres de la marquise de M***, *sacrifiait à l'une des modes du temps (ce roman par lettres que favorisait le succès des* Lettres persanes), *récidive dans les* Égarements, *qu'il présente comme les* mémoires *de M. de Meilcour, l'autre technique romanesque alors en vogue. Tout écrivain est de son temps, et tant mieux, pourvu qu'il y échappe en se voulant universel.*

Universel, Crébillon fils l'est à coup sûr aux Égarements, *ne serait-ce que par son sujet. Dans une civilisation, la nôtre, qui, à la différence de celle par exemple des* Muria *de l'Inde, refuse d'organiser pour les jeunes cette maison communautaire. le* ghotul, *où les adolescents font*

ensemble, gars et filles, l'apprentissage complet des
travaux et des œuvres de la vie, que reste-t-il aux
garçons, pour s'initier, que les filles d'opéra, les
femmes de chambre ou les amies de Mesdames leurs
mères? Parvenu à son âge d'homme, lorsque M. de
Meilcour rédige ses Mémoires, il confesse que, s'il
eut le malheur d'être « formé » par une de ces
femmes qui, « sans être sensibles » — nous savons
ce que parler ici veut dire — cèdent « sans cesse à
l'idée d'un plaisir qui les fuit toujours », Mme de
Senanges, du moins eut-il la chance d'être déniaisé
par Mme de Lursay, une belle femme de quarante
ans, amie précisément de Mme de Meilcour.

Par ces temps où les gens à la page ricanent
devant la psychologie, et surtout celle de l'amour,
comment ne pas se demander si Jean Sgard n'a pas
raison, qui discerne chez Crébillon une « révolution
newtonienne »? Comment ne pas s'interroger sur
l'hypothèse d'Ernest Sturm, qui parle de « pré-
freudisme »? Nos gens à la page n'auraient-ils pas
lu leur Freud, car le mien admirait — peut-être à
l'excès — l'écrivain, tout écrivain de qualité, parce
que celui-ci en saurait plus long sur l'inconscient,
le ça et tout le trafalgar des profondeurs que les
médecins et les psychanalystes. Sans étiqueter « pré-
freudien » notre Crébillon fils, on peut constater que
la peur du jeune Meilcour devant la jeune et belle
Hortense, le mouvement qui le porte, non sans peurs
et sans reproches, vers une amie de sa mère et du
même âge qu'elle, la faiblesse qui le livrera plus tard
à la Senanges, une pute, initiatrice au cœur vide,
tout cela compose assez fidèlement le tableau de
l'adolescent privé trop jeune de père et qui n'a pas
réglé ses comptes avec son Œdipe.

Ainsi défini, situé, et en ce premier sens

universel, le sujet acquiert, grâce au talent de
l'écrivain, cette autre forme d'universalité qu'est la
beauté, laquelle toujours s'obtient par le dépouille-
ment, l'ordre et le style.

Le dépouillement d'abord. S'il eût été Balzac ou
Tolstoï, Crébillon aurait agrémenté son intrigue de
personnages secondaires, d'actions adventices, ou
franchement superfétatoires, de descriptions, d'ob-
jets plus ou moins symboliques, de commentaires
métaphysiques ou moraux. Ici, rien de tel. Crébillon
émonde le sujet autant que faire se peut. Si l'on
soupe ensemble, pas un mot des mets, ni des vins;
ils n'importent point à l'action. En revanche, on ne
nous cache ni les attitudes, ni les propos qui
précisent l'état des cœurs et des esprits. Encore faut-
il imaginer les deux ou trois personnages qui,
différant l'initiation des deux ou trois cents pages
que peut espérer ou exiger tout lecteur de romans,
donnent au sujet sa gravité à la fois et son piquant.
Or, tout adolescent atteint du vague à l'âme de la
puberté risque fort de se toquer d'une jeune fille
idéale et de se laisser manœuvrer par une intri-
gante un peu mûre. Les voici donc, Hortense de
Théville, et la Senanges. Meilcour aimera la
première mais la supposera aimée d'un Germeuil
qu'elle aimerait; il méprisera la seconde, qui le
convoitera. Pour refuser Mme de Lursay, encore
faudrait-il que Meilcour fût certain du cœur
d'Hortense, et méprisât un peu, elle aussi, la
charmante amie de sa mère. Il faut donc introduire
un comte de Versac, qui joue le jeu du monde,
calomnie juste assez Mme de Lursay pour la rendre
suspecte au trop jeune Meilcour, puis essaie de jeter
celui-ci dans les bras de la Senanges.

Ainsi réduit en épure - cinq personnages

*essentiels — le sujet sera déduit, construit, ordonné,
avec une précision que déguise agréablement une
apparente désinvolture. Bien que la première partie
soit sortie chez Prault, à Paris, dès 1736, les
deuxième et troisième parties deux ans plus tard à
La Haye, chez Gosse et Néaulme, l'histoire est
conduite avec l'économie d'une action dramatique :
pas une scène qu'on puisse couper sans dommage.*

*Premier tableau : après deux mois de soupirs
communs, Mme de Lursay tente deux fois de faire
comprendre à Meilcour qu'il n'est point trop haï;
en dépit de trop de respect, de trop peu d'usage du
monde, Meilcour serait bientôt séduit, s'il n'allait à
l'Opéra, comme en ce temps-là tous les gens de sa
condition. Il y rencontre, deuxième tableau, une
belle inconnue pour laquelle il s'enflamme d'une
passion si vive qu'elle va le rendre plus gauche
encore lorsque la bienveillante Mme de Lursay
essaie une autre fois de l'éclairer; et c'est le fameux
« vous faites donc des nœuds ». Toutefois, Meilcour
n'étant point assuré du cœur de la belle inconnue, le
roman pourrait s'achever, à la rigueur; mais serait-
ce un roman, déjà? Voici donc, en quelques pages de
transition, intervenir le comte de Versac, qui rend
visite à la mère de Meilcour et médit de Mme de
Lursay : il lui prête plusieurs amants. Meilcour
alors se tient pour ridicule et court chez son amie
« dans l'intention de [se] venger, par ce que le
mépris a de plus outrageant, du ridicule respect
qu'elle [l'] avait forcé d'avoir pour elle ». Rideau.*

*Deux temps aussi dans la seconde partie, et qui
se font pendant. Le premier se passe dans le salon
de Mme de Lursay, où Meilcour vient d'arriver. Il
y trouve Hortense et sa mère, Versac et la Senanges.
Couvé par Mme de Lursay qu'il a décidé d'humi-*

lier, traité avec ce qu'il prend pour froideur par Hortense de Théville qu'il croit toujours aimée de Germeuil, cajolé par la Senanges, stimulé par Versac, qui veut tourmenter Mme de Lursay, Meilcour promet à la Senanges de lui porter les vers d'une chanson : rendez-vous marqué, et remarqué de Mme de Lursay. « Peu flatté de [se] voir en même temps l'objet des vœux d'une prude et d'une femme galante, le cœur qui semblait se refuser à [ses] désirs était le seul qui pût remplir le [sien] »; aussi mécontent de soi que l'est de lui « l'indulgente » Lursay, Meilcour quitte abruptement le salon. Second temps, dès le lendemain. Meilcour apprend de sa mère qu'elle ne souhaite pas qu'il s'attache à Hortense, car elle a pour lui d'autres vues; ce qui ne l'empêche point de se sentir fort malheureux le même jour quand il voit Germeuil chez Hortense, où il accompagne une Mme de Lursay qui le croit indifférent à cette jeune fille, mais entiché de la Senanges. Il traite fort mal Mme de Lursay, qui le lui rend bien. Que reste-t-il à faire? Allons chez la Senanges : aux quelques pages de transition de la première à la seconde partie, correspondent ici quelques pages qui annoncent la troisième.

Celle-ci se joue en trois scènes. En compagnie de la Senanges et de Versac, Meilcour rencontre aux Tuileries les Théville et Mme de Lursay. Pour blesser celle-ci, que décidément il « méprise », il loue la Senanges, mais ce faisant oublie qu'il se trouve en présence de celle qu'il aime, et qu'il doit blesser Hortense gravement. Obstinée à sa fantaisie amoureuse, Mme de Lursay lui prépare pourtant une partie de campagne, dont le nigaud se prive par pique, bien éloigné de soupçonner que la chère Hortense en sera. Quiproquo. « Rêver à Hortense, *m'affliger de son départ, et soupirer après son retour, étaient alors les seules choses dont je pusse m'occuper. »* Par chance, et c'est la scène deux, Versac entre-temps est venu le distraire, ou plutôt l'éclairer, amicalement cette fois. Il découvre son vrai caractère, ce qu'est le monde, et comment y réussir avec les femmes. Tout est prêt pour la scène finale. Meilcour se rend chez Mme de Lursay dans l'espoir d'y rencontrer les Théville qu'il n'a point trouvées chez elles. Resté seul avec elle, et croyant priver un tiers d'une bonne fortune, il insulte si agréablement la belle amie de sa mère qu'il devient enfin l'amant de cette femme séduisante, mais non sans penser tendrement à Hortense.

Chacune des grandes scènes occupe à très peu près le même nombre de pages, ce que je me refuse à penser qui soit un heureux hasard. Scènes d'autre part aussi resserrées dans le temps que faire décemment se peut. A deux reprises au moins, Meilcour parle des « trois mois » de soins qu'il rend à Mme de Lursay. Encore devons-nous en déduire les deux mois de soupirs antérieurs à l'engagement de notre action. A partir du moment où s'ouvrent les Égarements, la première partie se joue en neuf journées; la seconde, qui débute le jour même où finit la première, s'achève le lendemain, qui sera le premier jour de la troisième et dernière partie. Deux jours de campagne, et dès le retour de la compagnie, la nuit enfin et le moment. En dépit de toutes les traverses, et de deux rivales, moins de quinze jours par conséquent suffiront à Mme de Lursay, l'admirable étant qu'une intrigue aussi concentrée donne le sentiment d'un interminable délai; il est vrai qu'en ce siècle on allait vite en besogne.

Tout le monde connaît le texte où Crébillon formule avec précision l'érotique du temps : « On se plaît, on se prend. S'ennuie-t-on l'un avec l'autre, on se quitte avec tout aussi peu de cérémonie que l'on s'est pris. Revient-on à se plaire? On se reprend avec autant de vivacité que si c'était la première fois qu'on s'engageait ensemble. On se quitte encore et jamais on ne se brouille. Il est vrai que l'amour n'entre pour rien dans tout cela, mais l'amour qu'était-il qu'un désir qu'on se plaisait à exagérer, un mouvement des sens dont il avait plu à la société des hommes de faire une vertu. » Il est vrai aussi que l'impatience de Mme de Lursay, dont ses « manèges » même administrent la preuve, est communicative. On aurait tort toutefois de ne voir aux Égarements qu'une nouvelle variation sur l'amour goût. L'amour de Meilcour pour Hortense n'a rien de commun avec les échanges épidermiques des roués, et la tendresse un peu maternelle qui tempère le désir pour lui de Mme de Lursay n'a pas grandchose non plus des caprices du Duc pour Célie, dans Le Hasard du coin du feu.

Je regrette par conséquent d'être en désaccord làdessus avec M. Pierre Lièvre, à qui Crébillon doit tant; sous prétexte que le livre se publia en deux temps il ne s'étonne pas « si l'ensemble ne présente pas une rigueur extrême ».

Le style enfin est quasiment irréprochable; s'il arrive quelquefois à Crébillon de lâcher un « mais cependant », voire un « moindre petit » — mais les plus grands ont de ces inadvertances et de plus graves — la langue est ici d'une constante sûreté, d'une élégance parfaite. De cette perfection, je ne citerai que deux indices : c'est en vain que, sur des dizaines de pages, j'ai tenté de supprimer un

*adjectif, un seul. Que je le fasse, et je ruine le sens.
Je me suis d'autre part demandé si l'aisance avec
laquelle Hortense de Théville joue d'un subjonctif
imparfait n'était pas une erreur de Crébillon. Je me
rappelais avoir loué Laclos de distinguer avec soin
la langue de la Présidente de Tourvel, où le
subjonctif imparfait dose élégamment les faiblesses
de cette femme vertueuse, et celle de la petite
Volanges, de syntaxe rudimentaire, de mots parfois
enfantins. Comme Hortense de Théville, la Volanges
sort du couvent; elles ont le même âge. Mais un peu
de réflexion m'imposa l'évidence : la Volanges est
une dinde; aussi sensible qu'intelligente, aussi
intelligente que discrète, voilà Hortense. La
Volanges était un cancre; Hortense, une élève
studieuse, voilà tout. Sans être passé par le couvent,
moi le boursier, est-ce qu'au sortir du lycée je ne
jonglais pas avec les -asse et les -ussent; et ce, dans
mon langage parlé? Alors, une fois de plus, c'est
Crébillon qu'il faut ici admirer : jusque dans le
discret « fût » de son Hortense (p. 98). Langue telle
précisément qu'il n'y a rien d'autre à en écrire,
sinon : perfection. Tout au plus peut-on remarquer
que ces personnages sympathiques, beaux, intelligents, spirituels, toujours habiles aux « choses finement pensées », ont une propension évidente, certains
diraient : excessive, à dialoguer; mais quoi, les salons
n'étaient-ils point le lieu de fines conversations
lorsqu'ils ne l'étaient plus des pires médisances?
Quant au monologue de Versac, il peut nous
rappeler qu'il y a plus de vérité dans un texte de ce
genre que dans les monologues prétendus intérieurs
de la littérature contemporaine; car le vrai monologue intérieur, essayez de le surprendre, vous le
faussez, le détruisez. Ceux qu'on écrit sont des faux*

*impudents, alors que le monologue de théâtre —
celui de Versac — ne fait que styliser du vraisemblable. Au fait, les bienséances et la pudeur sont
toujours si exactement respectées aux* Égarements
*qu'on en tirerait sans peine une excellente pièce en
trois actes et sept tableaux; elle est écrite; reste à la
mettre en scène : Y pensez-vous? Et Feydeau? Et
Tennessee Williams? Une pièce sans schizophrènes,
sans complexes, et bien écrite, quel homme de théâtre
serait aujourd'hui assez fou pour s'égarer à la
monter?*

*Et l'auteur? Eh bien, c'était le fils de son père, et
son père un mauvais écrivain célèbre, l'auteur de*
Rhadamiste *et* Zénobie *(entre plusieurs belles
tragédies bien sanguinaires). Le père aimait les
chats; le fils préférait les femmes; on s'en douterait.
Il connut d'abord la prison et l'exil, fréquenta le
Caveau, puis décida un jour qu'il serait, comme son
père, censeur royal. Il brigua vingt ans : « Ce n'est
pas le talent que la police requiert le plus dans un
censeur », écrivait-il afin de fléchir en sa faveur les
autorités qu'il avait naguère flouées. Né le 14 février 1707, il ne devient policier que vingt ans et
plus après les* Égarements, *en 1759. A sa décharge,
dirons-nous qu'il fut suspendu trois mois durant?
Hélas, ce n'était pas de sa faute; selon les devoirs
de sa charge, il avait censuré un couplet imprudent,
mais une actrice, plus imprudente même, rétablit le
mot litigieux... Il meurt à soixante-dix ans, pauvre,
ce qui, de la part d'un homme de son métier, en ce
temps-là, est bien.*

Étiemble.

Les Égarements
du cœur
et de l'esprit

À MONSIEUR DE CRÉBILLON
DE L'ACADÉMIE FRANÇAISE

Monsieur,

Je devrais attendre, sans doute, pour vous rendre un hommage public, que je pusse vous offrir un ouvrage plus digne de vous; mais je me flatte que vous voudrez bien, dans ce que je fais aujourd'hui, ne regarder que mon zèle. Attaché à vous par les liens les plus étroits du sang, nous sommes, si je l'ose dire, plus unis encore par l'amitié la plus sincère et la plus tendre. Eh! pourquoi ne le dirais-je pas? Les pères ne veulent-ils donc que du respect? Leur donne-t-il même tout ce qu'on leur doit? Et ne leur devrait-il pas être bien doux de voir la reconnaissance augmenter et affermir, dans le cœur de leurs enfants, ce sentiment d'amour que la Nature y a déjà gravé? Pour moi, qui me suis toujours vu l'unique objet de votre tendresse et de vos inquiétudes; vous, mon ami, mon consolateur, mon appui, je ne crains point que vous voyiez rien qui puisse blesser le respect que j'ai pour vous dans les titres que je vous donne et que vous avez si justement acquis. Ce serait même mériter que vous ne les eussiez pas pris avec moi, que de vous en priver. Et si jamais le Public honore mes faibles talents d'un peu d'estime; si la Postérité, en parlant de vous, peut se souvenir que j'ai existé, je ne devrai cette gloire qu'au soin généreux que vous avez pris de me former, et au désir que j'ai toujours eu que vous pussiez un jour m'avouer avec moins de regret.

Je suis, Monsieur, avec le plus profond respect,

Votre très-humble et très-obéissant serviteur, et fils.

Crébillon.

PRÉFACE

Les Préfaces, pour la plus grande partie, ne semblent faites que pour en imposer au Lecteur. Je méprise trop cet usage pour le suivre. L'unique dessein que j'aie dans celle-ci, est d'annoncer le but de ces Mémoires, soit qu'on doive les regarder comme un ouvrage purement d'imagination, ou que les aventures qu'ils contiennent soient réelles.

L'homme qui écrit ne peut avoir que deux objets : l'utile et l'amusant. Peu d'Auteurs sont parvenus à les réunir. Celui qui instruit, ou dédaigne d'amuser, ou n'en a pas le talent; et celui qui amuse n'a pas assez de force pour instruire : ce qui fait nécessairement que l'un est toujours sec, et que l'autre est toujours frivole.

Le Roman, si méprisé des personnes sensées, et souvent avec justice, serait peut-être celui de tous les genres qu'on pourrait rendre le plus utile, s'il était bien manié, si, au lieu de le remplir de situations ténébreuses et forcées, de Héros dont les caractères et les aventures sont toujours hors du vraisemblable, on le rendait, comme la Comédie, le tableau de la vie humaine, et qu'on y censurât les vices et les ridicules.

Le Lecteur n'y trouverait plus à la vérité ces événements extraordinaires et tragiques qui enlèvent l'imagination, et déchirent le cœur; plus de Héros qui ne passât les Mers que pour y être à point nommé pris des Turcs, plus d'aventures dans le Sérail, de Sultane soustraite à la vigilance des Eunuques, par quelque tour d'adresse surprenant; plus de morts imprévues, et infiniment moins de souterrains. Le fait, préparé avec art, serait rendu avec naturel. On ne pécherait plus contre les convenances et la raison. Le sentiment ne serait point outré; l'homme enfin verrait l'homme tel qu'il est; on l'éblouirait moins, mais on l'instruirait davantage.

J'avoue que beaucoup de Lecteurs, qui ne sont point touchés des choses simples, n'approuveraient point qu'on dépouillât le Roman des puérilités fastueuses qui le leur rendent cher; mais ce ne serait point à mon sens une raison de ne le point réformer. Chaque siècle, chaque année même, amène un nouveau goût. Nous voyons les Auteurs qui n'écrivent que pour la mode, victimes de leur lâche complaisance, tomber en même temps qu'elle dans un éternel oubli. Le vrai seul subsiste toujours, et si la cabale se déclare contre lui, si elle l'a quelquefois obscurci, elle n'est jamais parvenue à le détruire. Tout Auteur retenu par la crainte basse de ne pas plaire assez à son siècle, passe rarement aux siècles à venir.

Il est vrai que ces Romans, qui ont pour but de peindre les hommes tels qu'ils sont, sont sujets, outre leur trop grande simplicité, à des inconvénients. Il est des Lecteurs fins qui ne lisent jamais que pour faire des applications, n'estiment un Livre qu'autant qu'ils croient y trouver de quoi déshonorer quelqu'un, et y mettent partout leur malignité et leur fiel. Ne serait-ce pas que ces gens si déliés, à la pénétration desquels rien n'échappe, de quelque voile qu'on ait prétendu le couvrir, se rendent dans le fond assez de justice pour craindre qu'on ne leur attribuât le ridicule qu'ils ont aperçu, s'ils ne se hâtaient de le jeter sur les autres. De là vient cependant que quelquefois un Auteur est accusé de s'être déchaîné contre des personnes qu'il respecte ou qu'il ne connaît point, et qu'il passe pour dangereux, quand il n'y a que ses Lecteurs qui le soient.

Quoi qu'il en puisse être, je ne connais rien qui doive, ni qui puisse empêcher un Auteur de puiser ses caractères et ses portraits dans le sein de la Nature. Les applications n'ont qu'un temps : ou l'on se lasse d'en faire, ou elles sont si futiles qu'elles tombent d'elles-mêmes. D'ailleurs, où ne trouve-t-on point matière à ces ingénieux rapports? La fiction la plus déréglée, et le traité de morale le plus sage, souvent les fournissent également; et je ne connais jusqu'ici que les Livres qui traitent des Sciences abstraites, qui en soient exempts.

Que l'on peigne des Petits-Maîtres et des Prudes, ce ne seront ni Messieurs tels ni Mesdames telles, que l'on n'aura jamais vus, auxquels on aura pensé; mais il me paraît tout simple que si les uns sont Petits-Maîtres, et que les autres soient Prudes, il y ait, dans ces portraits, des choses qui tiennent à eux : il est sûr qu'ils seraient manqués, s'ils ne ressemblaient à personne; mais il ne doit pas s'ensuivre, de la fureur qu'on a de se reconnaître mutuellement, qu'on puisse être, avec toute sorte d'impunité, vicieux ou ridicule. On est même d'ordinaire si peu certain des Personnages qu'on a démasqués, que si, dans un quartier de Paris, vous entendez s'écrier : *Ah! qu'on reconnaît bien là la Marquise!* vous entendez dire dans un autre : *Je ne croyais pas qu'on pût si bien attraper la Comtesse!* et qu'il arrivera qu'à la Cour on aura deviné une troisième personne, qui ne sera pas plus réelle que les deux premières.

Je me suis étendu sur cet article, parce que ce Livre n'étant que l'histoire de la vie privée, des travers et des retours d'un homme de condition, on sera peut-être d'autant plus tenté d'attribuer à des personnes aujourd'hui vivantes les Portraits qui y sont répandus et les aventures qu'il contient, qu'on le pourra avec plus de facilité; que nos mœurs y sont dépeintes; que Paris étant le lieu où se passe la scène, on ne sera point forcé de voyager dans des régions imaginaires, et que rien n'y est déguisé sous des noms et des usages barbares. A l'égard des peintures avantageuses qu'on y pourra trouver, je n'ai rien à dire : une femme vertueuse, un homme sensé, il semble que ce soient des êtres de raison qui ne ressemblent jamais à personne.

On verra dans ces Mémoires un homme tel qu'ils sont presque tous dans une extrême jeunesse, simple d'abord et sans art, et ne connaissant pas encore le monde où il est obligé de vivre. La première et la seconde parties roulent sur cette ignorance et sur ses premières amours. C'est, dans les suivantes, un homme plein de fausses idées, et pétri de ridicules, et qui y est moins entraîné encore par lui-même, que par des personnes intéressées à lui corrompre le cœur, et l'esprit. On le verra enfin dans les dernières, rendu à lui-même, devoir toutes ses vertus à une femme estimable; voilà quel est l'objet des *Égarements de l'esprit et du cœur.* Il s'en faut beaucoup qu'on ait prétendu montrer l'homme dans tous les désordres où le plongent les passions, l'amour seul préside ici; ou si, de temps en temps, quelque autre motif s'y joint, c'est presque toujours lui qui le détermine.

On ne fait point ici de promesses d'être exact dans la distribution de ce Livre; on a tant de fois trompé le Public là-dessus qu'il serait convenable qu'il n'en crût pas sur sa parole ou l'Auteur, ou l'Éditeur; on peut cependant l'assurer que si cette première Partie lui plaît, il aura promptement, et de suite, toutes les autres.

PREMIÈRE PARTIE

J'entrai dans le monde à dix-sept ans, et avec tous les avantages qui peuvent y faire remarquer. Mon père m'avait laissé un grand nom, dont il avait lui-même augmenté l'éclat, et j'attendais de ma mère des biens considérables. Restée veuve dans un âge où il n'était pas d'engagements qu'elle ne pût former, belle, jeune et riche, sa tendresse pour moi ne lui fit envisager d'autre plaisir que celui de m'élever, et de me tenir lieu de tout ce que j'avais perdu en perdant mon père.

Ce projet, je crois, serait entré dans l'esprit de peu de femmes, et beaucoup moins encore l'auraient ponctuellement exécuté. Mais Madame de Meilcour, qui, à ce que l'on m'a dit, n'avait point été coquette dans sa jeunesse, et que je n'ai pas vue galante sur son retour, y trouva moins de difficultés que toute autre personne de son rang n'aurait fait.

Chose assez rare! on me donna une éducation modeste. J'étais naturellement porté à m'estimer ce que je valais; et il est ordinaire, lorsque l'on pense ainsi, de s'estimer plus qu'on ne vaut. Si

ma mère ne parvint pas à m'ôter l'orgueil, elle
m'obligea du moins à le contraindre : par la suite,
je n'en ai pas été moins fat; mais, sans les
précautions qu'elle prit contre moi, je l'aurais été
plus tôt, et sans ressource.

L'idée du plaisir fut, à mon entrée dans le
monde, la seule qui m'occupa. La paix qui
régnait alors me laissait dans un loisir dangereux.
Le peu d'occupation que se font communément
les gens de mon rang et de mon âge, le faux air,
la liberté, l'exemple, tout m'entraînait vers les
plaisirs : j'avais les passions impétueuses, ou,
pour parler plus juste, j'avais l'imagination
ardente, et facile à se laisser frapper.

Au milieu du tumulte et de l'éclat qui m'envi-
ronnaient sans cesse, je sentis que tout manquait
à mon cœur : je désirais une félicité dont je
n'avais pas une idée bien distincte; je fus quelque
temps sans comprendre la sorte de volupté qui
m'était nécessaire. Je voulais m'étourdir en vain
sur l'ennui intérieur dont je me sentais accablé;
le commerce des femmes pouvait seul le dissiper.
Sans connaître encore toute la violence du
penchant qui me portait vers elles, je les cherchais avec soin : je ne pus les voir longtemps, et
ignorer qu'elles seules pouvaient me faire ce
bonheur, ces douces erreurs de l'âme, qu'aucun
amusement ne m'offrait; et l'âge augmentant
cette disposition à la tendresse, et me rendant
leurs agréments plus sensibles, je ne songeai plus
qu'à me faire une passion, telle qu'elle pût être.

La chose n'était pas sans difficulté, je n'étais
attaché à aucun objet, et il n'y en avait pas un
qui ne me frappât : je craignais de choisir, et je
n'étais pas même bien libre de le faire. Les

sentiments que l'une m'inspirait étaient détruits le moment d'après par ceux qu'une autre faisait naître.

On s'attache souvent moins à la femme qui touche le plus, qu'à celle qu'on croit le plus facilement toucher; j'étais dans ce cas autant que personne : je voulais aimer, mais je n'aimais point. Celle de qui j'attendais le moins de rigueurs, était la seule dont je me crusse véritablement épris; mais comme il m'arrivait quelquefois d'être, dans un même jour, favorablement regardé de plus d'une, je me trouvais le soir dans un embarras extrême, lorsque je voulais choisir : ce choix était-il déterminé, comment l'annoncer à l'objet qui m'avait fixé?

J'avais si peu d'expérience des femmes, qu'une déclaration d'amour me semblait une offense pour celle à qui elle s'adressait. Je craignais d'ailleurs qu'on ne m'écoutât pas, et je regardais l'affront d'être rebuté comme un des plus cruels qu'un homme pût recevoir. A ces considérations se joignait une timidité que rien ne pouvait vaincre, et qui, quand on aurait voulu m'aider, ne m'aurait laissé profiter d'aucune occasion, quelque marquée qu'elle eût été : j'aurais sans doute poussé en pareil cas mon respect au point où il devient un outrage pour les femmes, et un ridicule pour nous.

Il est aisé de juger, par ce détail, que je n'avais pas pris d'elles une idée bien juste : de la façon dont alors elles pensaient, il y avait plus à craindre auprès d'elles à ne leur pas dire qu'on les aimait, qu'à leur montrer toute l'impression qu'elles croient devoir faire; et l'amour jadis si respectueux, si sincère, si délicat, était devenu si téméraire et si aisé, qu'il ne pouvait paraître redoutable qu'à quelqu'un aussi peu instruit que moi.

Ce qu'alors les deux sexes nommaient amour, était une sorte de commerce où l'on s'engageait, souvent même sans goût, où la commodité était toujours préférée à la sympathie, l'intérêt au plaisir, et le vice au sentiment.

On disait trois fois à une femme qu'elle était jolie, car il n'en fallait pas plus : dès la première, assurément elle vous croyait, vous remerciait à la seconde, et assez communément vous en récompensait à la troisième.

Il arrivait même quelquefois qu'un homme n'avait pas besoin de parler, et, ce qui, dans un siècle aussi sage que le nôtre, surprendra peut-être plus, souvent on n'attendait pas qu'il répondît.

Un homme, pour plaire, n'avait pas besoin d'être amoureux : dans des cas pressés, on le dispensait même d'être aimable.

La première vue décidait une affaire, mais, en même temps, il était rare que le lendemain la vît subsister [1]; encore, en se quittant avec cette promptitude, ne prévenait-on pas toujours le dégoût.

Pour rendre la société plus douce, on était convenu d'en retrancher les façons : on ne la trouva pas encore assez aisée; on en supprima les bienséances.

Si nous en croyons d'anciens Mémoires, les femmes étaient autrefois plus flattées d'inspirer le respect que le désir; et peut-être y gagnaient-elles. A la vérité, on leur parlait amour moins promptement, mais celui qu'elles faisaient naître n'en était que plus satisfaisant, et que plus durable.

Alors elles imaginaient qu'elles ne devaient jamais se rendre, et en effet elles résistaient. Celles de mon temps pensaient d'abord qu'il n'était pas possible qu'elles se défendissent, et succombaient par ce préjugé, dans l'instant même qu'on les attaquait.

Il ne faut cependant pas inférer de ce que je viens de dire qu'elles offrissent toutes la même facilité. J'en ai vu qui, après quinze jours de soins rendus, étaient encore indécises, et dont le mois tout entier n'achevait pas la défaite. Je conviens que ce sont des exemples rares, et qui semblent ne devoir pas tirer à conséquence pour le reste; même, si je ne me trompe, les femmes sévères à ce point-là passaient pour être un peu prudes.

Les mœurs ont depuis ce temps-là si prodigieusement changé, que je ne serais pas surpris qu'on traitât de fable aujourd'hui ce que je viens de dire sur cet article. Nous croyons difficilement que des vices et des vertus qui ne sont plus sous nos yeux aient jamais existé : il est cependant réel que je n'exagère pas.

Loin que je susse la façon dont l'amour se menait dans le monde, je croyais, malgré ce que je voyais tous les jours, qu'il fallait un mérite supérieur pour plaire aux femmes; et quelque bonne opinion que j'eusse en secret de moi-même, je ne me trouvais jamais digne d'en être aimé : je suis même certain que, quand je les aurais mieux connues, je n'en aurais pas été moins timide. Les leçons et les exemples sont peu de chose pour un jeune homme; et ce n'est jamais qu'à ses dépens qu'il s'instruit.

Quel parti me restait-il donc à prendre? Il n'était pas question de consulter Madame de Meilcour sur mes incertitudes; et parmi les jeunes gens que je voyais, il n'y en avait pas un qui eût plus d'expérience que moi, ou qui du moins eût acquis celle qui aurait pu me servir. Je fus six mois dans cet embarras, et j'y serais sans doute resté plus longtemps, si une des Dames qui m'avait le plus vivement frappé n'eût bien voulu se charger de mon éducation.

La Marquise de Lursay (c'était son nom) me voyait presque tous les jours, ou chez elle, ou chez ma mère avec qui elle était extrêmement liée. Elle me connaissait depuis longtemps. Le soin qu'elle prenait de me dire des choses obligeantes sur mon esprit et sur ma figure, sa familiarité avec moi, et l'habitude de la voir, m'avaient donné beaucoup d'amitié pour elle et une sorte d'aisance où je ne me trouvais avec personne de son sexe. De ce premier sentiment, né d'un assez long commerce, j'en vins insensiblement à souhaiter de lui plaire; et comme elle était de toutes les femmes celle que je voyais le plus, elle fut aussi celle qui me toucha le plus continuement. Ce n'était pas que je crusse trouver plus de facilité à être aimé d'elle que d'une autre. Loin de me flatter d'une si douce idée, le peu d'espoir d'y réussir m'avait fait souvent porter mes vœux ailleurs, mais après deux jours d'infidélité, je revenais à elle plus tendre et plus timide que jamais.

Malgré mon attention à lui cacher ce qu'elle m'inspirait, elle m'avait pénétré : mon respect

pour elle, et qui semblait s'accroître de jour en
jour, mon embarras en lui parlant, embarras
différent de celui qu'elle m'avait vu dans mon
enfance, des regards même plus marqués que je
ne le croyais, mon soin toujours pressant de lui
plaire, mes fréquentes visites, et plus que tout,
peut-être, l'envie qu'elle avait elle-même de
m'engager, lui firent penser que je l'aimais en
secret ; mais dans la situation où elle était alors, il
ne lui convenait pas de brusquer mon cœur, et de
s'engager sans précaution dans une affaire qui
pouvait être équivoque.

Coquette jadis, même un peu galante, une
aventure d'éclat, et qui avait terni sa réputation,
l'avait dégoûtée des plaisirs bruyants du grand
monde. Aussi sensible mais plus prudente, elle
avait compris enfin que les femmes se perdent
moins par leurs faiblesses que par le peu de
ménagement qu'elles ont pour elles-mêmes ; et
que, pour être ignorés, les transports d'un amant
n'en sont ni moins réels, ni moins doux. Malgré
l'air prude qu'elle avait pris, on s'obstinait toujours à la soupçonner ; et j'étais peut-être le seul
à qui elle en eût imposé. Venu dans le monde
longtemps après les discours qu'elle avait fait
tenir au public, il n'était pas surprenant qu'il
n'en eût rien passé jusqu'à moi. Je doute même,
quand on aurait alors voulu me donner mauvaise
opinion d'elle, qu'il eût été possible de me la faire
prendre : elle savait combien j'étais éloigné de la
croire capable d'une faiblesse, et s'en croyait
obligée à plus de circonspection, et à ne céder, s'il
le fallait, qu'avec toute la décence que je devais
attendre d'elle.

Sa figure et son âge l'aidaient encore dans ce

projet. Elle était belle, mais d'une beauté majes-
tueuse qui, même sans le sérieux qu'elle affectait,
pouvait aisément se faire respecter. Mise sans
coquetterie, elle ne négligeait pas l'ornement. En
disant qu'elle ne cherchait pas à plaire, elle se
mettait toujours en état de toucher, et réparait
avec soin ce que près de quarante ans qu'elle
avait lui avaient enlevé d'agréments : elle en
avait même peu perdu; et si l'on en excepte cette
fraîcheur qui disparaît avec la première jeunesse,
et que souvent les femmes flétrissent avant le
temps en voulant la rendre plus brillante,
Madame de Lursay n'avait rien à regretter. Elle
était grande et bien faite, et dans sa nonchalance
affectée, peu de femmes avaient autant de grâces
qu'elle. Sa physionomie et ses yeux étaient
sévères forcément [2], et lorsqu'elle ne songeait pas
à s'observer on y voyait briller l'enjouement et la
tendresse.

Elle avait l'esprit vif, mais sans étourderie,
prudent, même dissimulé. Elle parlait bien, et
parlait aisément; avec beaucoup de finesse dans
les pensées, elle n'était pas précieuse. Elle avait
étudié avec soin son sexe et le nôtre, et connaissait tous les ressorts qui les font agir. Patiente
dans ses vengeances comme dans ses plaisirs, elle
savait les attendre du temps, lorsque le moment
ne les lui fournissait pas. Au reste, quoique
prude, elle était douce dans la société. Son
système n'était point qu'on ne dût pas avoir des
faiblesses, mais que le sentiment seul pouvait les
rendre pardonnables; sorte de discours rebattu,
que tiennent sans cesse les trois quarts des
femmes, et qui ne rend que plus méprisables
celles qui le déshonorent par leur conduite.

Dans quelques conversations que nous avions eues ensemble sur l'amour, elle s'était instruite de mon caractère, et des raisons qui pouvaient me faire redouter l'aveu d'une passion que j'aurais conçue. Elle crut qu'il lui était important pour m'acquérir, et même me fixer, de me dissimuler le plus longtemps qu'il lui serait possible son amour pour moi; que, plus j'étais accoutumé à la respecter, plus je serais frappé d'une démarche précipitée de sa part. Elle savait d'ailleurs qu'avec quelque ardeur que les hommes poursuivent la victoire, ils aiment toujours à l'acheter; et que les femmes qui croient ne pouvoir se rendre assez promptement se repentent souvent de s'être trop tôt laissé vaincre.

J'ignorais entre beaucoup d'autres choses que le sentiment ne fût dans le monde qu'un sujet de conversation; et j'entendais les femmes en parler avec un air si vrai, elles en faisaient des distinctions si délicates, méprisaient avec tant de hauteur celles qui s'en écartaient, que je ne pouvais m'imaginer qu'en le connaissant si bien elles en fissent si peu d'usage.

Madame de Lursay surtout, qui, à force de tâcher d'oublier ses fatales aventures, croyait en avoir détruit partout le souvenir, en avouant qu'à vue de pays elle se croyait capable d'aimer, faisait de son cœur une conquête si difficile, voulait tant de qualités dans l'objet qui pourrait la rendre sensible, parlait d'une façon d'aimer si singulière, que je frémissais toutes les fois qu'il me revenait dans l'idée de m'attacher à elle.

Cette Dame si délicate, contente cependant de la façon dont je pensais sur son compte, jugea qu'il était temps de me donner de l'espérance, et

de me faire penser, mais par les agaceries les plus
décentes, que j'étais le mortel fortuné que son
cœur avait choisi. Des propos obligeants, que
jusqu'alors elle m'avait tenus, elle passa à des
discours plus particuliers et plus marqués. Elle
me regardait tendrement et m'exhortait, lorsque
nous étions seuls, à me contraindre moins avec
elle. Par cette conduite elle avait réussi à me
donner beaucoup d'amour et en avait tant pris
elle-même, qu'alors sans doute elle aurait voulu
m'avoir inspiré moins de respect.

Sa situation était devenue par ses soins aussi
embarrassante que la mienne. Il s'agissait de me
mettre au-dessus de la défiance qu'elle m'avait
donnée de moi-même, et de la trop bonne opinion
qu'elle m'avait fait prendre d'elle; deux choses
extrêmement difficiles, et qu'il fallait ménager
avec toute la finesse possible. Elle ne voyait
point d'apparence que j'osasse lui déclarer que je
l'aimais; et loin qu'elle dût prendre sur elle de se
découvrir, elle était forcée de paraître recevoir
avec sévérité l'aveu que je lui ferais, si encore elle
était assez heureuse pour m'amener jusque-là.

Avec un homme expérimenté, un mot dont le
sens même peut se détourner, un regard, un
geste, moins encore, le met au fait s'il veut être
aimé; et supposé qu'il se soit arrangé différemment de ce qu'on souhaiterait, on n'a hasardé
que des choses si équivoques, et de si peu de
conséquence, qu'elles se désavouent sur-le-
champ.

Loin que j'offrisse tant de commodité à
Madame de Lursay, elle avait éprouvé plus d'une
fois que ma stupidité semblait augmenter par
tout ce qu'elle faisait pour me dessiller les yeux

et elle ne croyait pas pouvoir m'en dire plus sans
courir risque de m'effrayer, et même de me
perdre. Nous soupirions tous deux en secret, et,
quoique d'accord, nous n'en étions pas plus
heureux. Il y avait au moins deux mois que nous
étions dans ce ridicule état, lorsque Madame de
Lursay, impatientée de son tourment, et de la
vénération profonde que j'avais pour elle, résolut
de se délivrer de l'un, en me guérissant de l'autre.

Une conversation adroitement maniée amène
souvent les choses qu'on a le plus de peine à dire;
le désordre qui y règne aide à s'expliquer; en
parlant on change d'objet, et tant de fois, qu'à la
fin celui qui occupe s'y trouve naturellement
placé. Dans le monde surtout, on se plaît à parler
d'amour parce que ce sujet, déjà intéressant de
lui-même, se trouve souvent lié avec la médisance
et qu'il en fait presque toujours le fond.

J'étais sur les matières de sentiment d'une
extrême avidité; et, soit pour m'instruire, soit
pour avoir le plaisir de parler de la situation de
mon cœur, je ne me trouvais guère en compagnie
que je ne fisse tomber le discours sur l'amour, et
sur ses effets : cette disposition était favorable à
Madame de Lursay, et elle résolut enfin de s'en
servir.

Un jour qu'il y avait beaucoup de monde chez
Madame de Meilcour, et qu'elle et moi avions
refusé de jouer, nous nous trouvâmes assis l'un
auprès de l'autre : cette espèce de tête-à-tête me
fit frissonner, quoique souvent je le souhaitasse.
Lorsque j'étais éloigné d'elle, je ne voyais plus
d'obstacles qui s'opposassent au dessein que je
formais de lui déclarer ma passion; et je n'étais
jamais à portée de le faire, que je ne tremblasse

de l'idée que j'en avais eue. Quoique je ne fusse
pas seul avec elle, je n'en fus pas plus rassuré :
l'endroit du salon que nous occupions était
désert, tout le monde était occupé, point de tiers
par conséquent à portée de me secourir. Ces
cruelles considérations achevèrent de me jeter du
trouble dans l'esprit. Je fus un quart d'heure
auprès de Madame de Lursay, sans lui rien dire :
elle imitait ma taciturnité, et quelque désir
qu'elle eût de me parler, elle ne savait comment
rompre le silence.

Cependant une comédie qu'on jouait alors, et
avec succès, lui en fournit l'occasion. Elle me
demanda si je l'avais vue : je lui répondis que
oui.

« L'intrigue, dit-elle, ne m'en paraît pas neuve,
mais j'en aime assez les détails : elle est noble-
ment écrite, et les sentiments y sont bien
développés. N'en pensez-vous pas comme moi?

— Je ne me pique pas d'être connaisseur,
répondis-je. En général elle m'a plu; mais j'aurais
peine à bien parler de ses beautés et de ses
défauts.

— Sans avoir du théâtre une connaissance
parfaite, on peut, reprit-elle, décider sur certaines
parties; le sentiment par exemple en est une sur
laquelle on ne se trompe point : ce n'est pas
l'esprit qui le juge, c'est le cœur; et les choses
intéressantes remuent également les gens bornés,
et ceux qui ont le plus de lumières. J'ai trouvé
dans cette pièce des endroits touchés avec art : il
y a surtout une déclaration d'amour qui à mon
sens est extrêmement délicate, et c'est un des
morceaux que j'en estime le plus.

— Il m'a frappé comme vous, répondis-je, et

j'en sais d'autant plus de gré à l'auteur, que je crois cette situation difficile à bien manier.

— Ce ne serait pas par là que je l'estimerais, reprit-elle : dire qu'on aime est une chose qu'on fait tous les jours, et fort aisément, et si cette situation a de quoi plaire, c'est moins par son propre fonds que par la façon neuve dont elle est traitée.

— Je ne serais pas entièrement de votre avis, Madame, répondis-je, et je ne crois pas qu'il soit facile de dire qu'on aime.

— Je suis persuadée, dit-elle, que cet aveu coûte à une femme; mille raisons, que l'amour ne peut absolument détruire, doivent le lui rendre pénible; car vous n'imaginez pas sans doute qu'un homme risque quelque chose à le faire?

— Pardonnez-moi, Madame, lui dis-je : c'était précisément ce que je pensais. Je ne trouve rien de plus humiliant pour un homme que de dire qu'il aime.

— C'est dommage assurément, reprit-elle, que cette idée soit ridicule; par sa nouveauté peut-être elle ferait fortune. Quoi! il est humiliant pour un homme de dire qu'il aime!

— Oui, sans doute, dis-je, quand il n'est pas sûr d'être aimé.

— Et comment, reprit-elle, voulez-vous qu'il sache s'il est aimé? L'aveu qu'il fait de sa tendresse peut seul autoriser une femme à y répondre. Pensez-vous, dans quelque désordre qu'elle sentît son cœur, qu'il lui convînt de parler la première, de s'exposer par cette démarche à se rendre moins chère à vos yeux, et à être l'objet d'un refus?

— Bien peu de femmes, répondis-je, auraient à craindre ce que vous dites.

— Toutes, reprit-elle, auraient à le craindre, si elles se mettaient dans le cas de vous devancer; et vous cesseriez de sentir du goût pour celle qui vous en aurait inspiré le plus, dans l'instant qu'elle vous offrirait une conquête aisée.

— Cela n'est pas raisonnable, dis-je; et l'on doit, à ce qu'il me semble, plus de reconnaissance à quelqu'un qui vous épargne des tourments...

— Sans doute, interrompit-elle; mais vous pensez mal pour votre intérêt et pour le nôtre. Vous-même qui vous récriez actuellement contre l'injustice des hommes, vous agiriez comme eux si une femme prévenait vos soupirs.

— Ah! que je lui en serais obligé, m'écriai-je, et que le plaisir d'être prévenu augmenterait mon amour!

— Pour que ce plaisir soit vif pour vous, il faut, dit-elle, que vous vous soyez fait une terrible idée d'une déclaration d'amour. Mais qu'y voyez-vous donc de si effrayant? La crainte de n'être point écouté? Cela ne peut pas arriver; la honte d'être forcé de dire qu'on aime? Elle n'est pas raisonnable.

— Eh! comptez-vous pour rien, Madame, repris-je, l'embarras de le dire, surtout pour moi qui sens que je le dirais mal?

— Les déclarations les plus élégantes ne sont pas toujours, répondit-elle, les mieux reçues. On s'amuse de l'esprit d'un amant, mais ce n'est pas lui qui persuade; son trouble, la difficulté qu'il trouve à s'exprimer, le désordre de ses discours, voilà ce qui le rend à craindre.

— Mais, Madame, lui demandai-je, cette

preuve, qui en effet me paraît incontestable, persuade-t-elle toujours?

— Non, répondit-elle; ce désordre dont je vous parlais, vient quelquefois de ce qu'un homme est plus stupide qu'amoureux, et pour lors on ne lui en tient pas compte : d'ailleurs les hommes sont assez artificieux pour feindre du trouble et de la passion pendant qu'ils sont à peine animés par le désir, et souvent on ne les en croit pas. Il peut arriver aussi que celui à qui vous inspirez de l'amour n'est point celui pour qui vous en voudriez prendre, et tout ce qu'il vous dit ne vous touche pas.

— Vous voyez donc, Madame, lui répondis-je, que je n'ai pas tort d'imaginer que ce refus est cruel, et je ne sais si je ne préférerais point mon incertitude à une explication qui m'apprendrait qu'on ne me trouve pas aimable.

— Vous êtes le seul qui trouviez cela si incommode, reprit-elle; et, pour vous-même, vous ne raisonnez pas juste : il est plus avantageux, même plus raisonnable, de parler que de s'obstiner à se taire. Vous risquez de perdre par le silence le plaisir de vous savoir aimé; et si l'on ne peut vous répondre comme vous le voudriez, vous vous guérissez d'une passion inutile qui ne fera jamais que votre malheur. Mais, ajouta-t-elle, je remarque que depuis longtemps vous me parlez sur ce sujet, et si je ne me trompe, une déclaration ne vous paraît embarrassante que parce que vous en avez une à faire. »

Madame de Lursay, en faisant cette obligeante réflexion, me regarda fixement et d'un air si animé, qu'il acheva de me décontenancer.

« Votre silence et votre embarras, continua-

t-elle, m'apprennent que j'ai deviné juste; mais je
ne prétends me servir du secret que je vous ai
surpris, que pour vous tirer d'erreur, et vous être
utile si je le puis. Je veux d'abord que vous me
disiez quel est votre choix : jeune et sans expérience comme vous êtes, peut-être l'avez-vous
fait trop légèrement. S'il n'est pas digne de vous,
je vous plains; mais ce n'est pas encore assez :
mes conseils peuvent vous aider à détruire une
passion, ou pour mieux dire une fantaisie, qui,
selon ce que je vois, n'a point encore été nourrie
par l'espérance, et dont par conséquent je vous
montrerais le ridicule plus aisément. Si, au
contraire, votre choix est tel que l'honneur ni la
raison ne puissent en murmurer, loin d'arracher
de votre cœur l'objet que vous y avez placé, je
pourrai vous apprendre à lui plaire et moi-même
vous avertir de vos progrès. »

Cette proposition de Madame de Lursay me
surprit; quoique ses façons n'eussent rien de
sévère, que même ses yeux me parlassent le
langage le plus doux, je ne me sentis pas la force
de lui répondre. Mes regards erraient sur elle sans
oser s'y fixer : je craignais qu'elle ne s'aperçût de
mon trouble, et je ne rompis le silence que par un
soupir que je tâchai vainement de lui dérober.

« Mais que vous êtes jeune! me dit-elle avec un
air de bonté : je ne puis plus douter que vous
n'aimiez; votre silence ajoute encore à votre
tourment. Que savez-vous? Peut-être êtes-vous
plus aimé que vous n'aimez vous-même : ne
serait-ce donc rien pour vous que le plaisir de
vous l'entendre dire? En un mot, Meilcour, je le
veux; mon amitié pour vous m'oblige de prendre
ce ton : dites-moi qui vous aimez.

— Ah! Madame, répondis-je en tremblant, je serais bientôt puni de vous l'avoir dit. »

Dans la situation présente, ce discours n'était point équivoque; aussi Madame de Lursay l'entendit-elle, mais ce n'était pas encore assez, et elle feignit de ne m'avoir pas compris.

« Que prétendez-vous dire? reprit-elle en radoucissant sa voix : vous seriez bientôt puni de l'avoir dit? Croyez-vous que je fusse indiscrète?

— Non, répliquai-je, ce ne serait pas ce que je craindrais; mais, Madame, si c'était une personne telle que vous que j'aimasse, à quoi me servirait-il de le lui dire?

— A rien peut-être, répondit-elle en rougissant.

— Je n'ai donc pas de tort, repris-je, de m'opiniâtrer au silence.

— Peut-être aussi réussiriez-vous : une personne de mon caractère peut, continua-t-elle, devenir sensible, et même plus qu'une autre.

— Non, vous ne m'aimeriez pas, m'écriai-je.

— Nous nous éloignons, dit-elle, et je ne vois pas pourquoi il est question de moi dans tout ceci. Vous éludez ce que je demande avec plus d'adresse que je ne vous en croyais : mais, pour suivre ce propos puisque enfin il est jeté, que vous importerait que je ne vous aimasse pas? On ne doit souhaiter d'inspirer de l'amour qu'à quelqu'un pour qui l'on en a pris : et je ne vous soupçonne point du tout d'être avec moi dans ce cas-là; du moins, je ne le voudrais pas.

— Je voudrais bien aussi, Madame, répondis-je, que cela ne fût pas; et je sens, à la peur étrange que vous en avez, combien vous me rendriez malheureux.

— Non, reprit-elle, ce n'est pas que j'en aie peur; craindre de vous voir amoureux serait avouer à demi que vous pourriez me rendre sensible : l'amant que l'on redoute le plus est toujours celui que l'on est le plus près d'aimer; et je serais bien fâchée que vous me crussiez si craintive avec vous.

— Ce n'est pas non plus ce dont je me flatte, répondis-je : mais enfin, si je vous aimais, que feriez-vous donc?

— Je ne crois pas, reprit-elle, que sur une supposition vous ayez attendu une réponse positive.

— Oserais-je donc, Madame, vous dire que je ne suppose rien? »

A cette déclaration si précise de l'état de mon cœur, Madame de Lursay soupira, rougit, tourna languissamment les yeux sur moi, les y fixa quelque temps, les baissa sur son éventail et se tut.

Pendant ce silence mon cœur était agité de mille mouvements. L'effort que j'avais fait sur moi m'avait presque accablé; et la crainte de ne pas recevoir une réponse favorable m'empêchait de la presser. Cependant j'avais parlé, et je ne voulais pas en perdre le fruit.

« N'avez-vous plus rien à me conseiller, Madame? lui dis-je à demi mort de peur; ne me direz-vous pas ce que je dois attendre de mon choix? Serez-vous assez cruelle, après toutes les bontés que vous m'avez marquées, pour me refuser votre secours dans la chose la plus importante de ma vie?

— Si vous ne me demandez qu'un conseil, repartit-elle, je puis vous le donner; mais si ce

que vous venez de me dire est vrai, peut-être ne
vous satisfera-t-il pas.

— Doutez-vous, repris-je, de ma sincérité?

— Pour vous-même, répondit-elle, je le voudrais; plus vos sentiments seront vrais, plus ils
vous rendront malheureux. Car enfin, Meilcour,
vous devez sentir que je ne puis pas y répondre.
Vous êtes jeune; et ce qui, pour beaucoup
d'autres femmes, ne serait en vous qu'une qualité
de plus, sera pour moi une raison perpétuelle,
quand vous m'inspireriez le goût le plus vif, de
n'y céder jamais. Ou vous ne m'aimeriez pas
assez, ou vous m'aimeriez trop; l'un et l'autre
seraient également funestes pour moi. Dans la
première de ces situations, j'aurais à essuyer vos
bizarreries, vos caprices, vos hauteurs, vos infidé-
lités, tous les tourments enfin qu'un amour
malheureux traîne à sa suite; et dans l'autre, je
vous verrais vous livrer trop à votre ardeur, et
sans ménagement, sans conduite, me perdre par
votre amour même. Une passion est toujours un
malheur pour une femme : mais pour moi ce
serait un ridicule, et je ne me consolerais jamais
de me l'être attiré.

— Pensez-vous, Madame, répondis-je, que je
ne prisse pas tous les soins...

— Je vous entends, interrompit-elle. Je sais
que vous allez me promettre toute la circonspection possible : je suis même certaine que vous
vous en croyez capable; mais moins vous êtes
accoutumé à aimer, moins vous aimeriez d'une
façon convenable. Jamais vous ne sauriez
contraindre ni vos yeux, ni vos discours; ou par
votre contrainte même, trop avant poussée, et
jamais ménagée avec art, vous feriez connaître

tout ce que vous voudriez cacher. Ainsi, Meilcour, ce que je vous conseille, c'est de ne plus
penser à moi. Je sens avec douleur que vous allez
me haïr : mais je me flatte que ce ne sera pas
longtemps, et qu'un jour vous me saurez gré de
ma franchise. Ne voulez-vous pas rester mon
ami? ajouta-t-elle en me tendant la main.

— Ah! Madame, lui dis-je, vous me désespérez : jamais on n'a aimé avec plus d'ardeur. Il
n'est rien que je ne fisse pour vous plaire, point
d'épreuves auxquelles je ne me soumisse. Vous ne
prévoyez tant de malheurs que parce que vous ne
m'aimez pas.

— Mais non, dit-elle, n'allez pas croire cela; je
vous dirai plus, car vous me trouverez toujours
sincère : vous moins jeune, ou moi moins raisonnable, je sens que je vous aimerais beaucoup; mais
je dis beaucoup. Au reste, ne m'en demandez pas
davantage. Dans l'état tranquille où je suis, je ne
sais ce qu'est mon cœur; le temps seul peut en
décider, et peut-être, après tout, qu'il ne décidera
rien. »

Madame de Lursay, après ces paroles, me
quitta brusquement, et se rapprochant de la
compagnie, m'ôta l'espérance de continuer l'entretien. J'avais si peu d'usage du monde, que je
crus l'avoir fâchée véritablement. Je ne savais
pas qu'une femme suit rarement une conversation amoureuse avec quelqu'un qu'elle veut
engager; et que celle qui a le plus d'envie de se
rendre montre, du moins dans le premier entretien, quelque sorte de vertu. On ne pouvait pas
résister plus mollement qu'elle venait de faire;
cependant, je crus que je ne la vaincrais jamais;
je me repentis de lui avoir parlé, je lui voulus mal

de m'y avoir engagé, je la haïs quelques instants.
Je formai même le projet de ne lui plus parler de
mon amour, et d'agir avec elle si froidement,
qu'elle ne pût plus me soupçonner d'en avoir.

Pendant que je me faisais ces désagréables
idées, Madame de Lursay se félicitait d'avoir
assez pris sur elle pour me dissimuler combien
elle était contente : une joie douce éclatait dans
ses yeux ; tout, à quelqu'un plus instruit que moi,
lui aurait appris combien il était aimé. Mais tous
les regards tendres qu'elle m'adressait, ses sourires, me paraissaient de nouvelles insultes, et me
confirmaient de plus en plus dans ma dernière
résolution.

J'étais toujours resté à la même place : elle
revint m'y chercher, et m'excita à parler sur
différents sujets. L'air sombre avec lequel je lui
répondais, et le soin que je prenais d'éviter ses
yeux, furent pour elle une assurance de plus que
je ne l'avais pas trompée ; mais quelque chose
qu'elle en pût croire, elle voulait établir son
empire, et tourmenter mon cœur avant de le
rendre heureux.

Toute la soirée se passa de sa part avec les
mêmes attentions pour moi : elle semblait avoir
oublié ce que je lui avais dit ; et cet air détaché
qu'elle affectait me plongeait encore dans un plus
violent chagrin. En me quittant, elle me railla sur
ma tristesse ; et, quoiqu'elle le fît sans aigreur, je
m'offensai sérieusement.

Le commencement de cette aventure plaisait
autant à Madame de Lursay qu'il me causait de
peine. En s'attachant à un homme de mon âge,
elle décidait le sien : mais ce n'était rien pour elle,

sans doute, qu'un ridicule de plus, et ce ne lui était pas peu de chose qu'un amant qui surtout n'avait encore appartenu à personne. Elle n'était pas vieille encore mais elle sentait qu'elle allait vieillir et pour des femmes dans cette situation il n'est point de conquêtes à mépriser.

Eh! Quoi de plus flatteur pour elles que la tendresse d'un jeune homme, dont les transports leur rendent leurs premiers plaisirs, et justifient l'estime qu'elles font encore de leurs charmes, qui croit que la personne qui reçoit ses vœux était en effet la seule qui pût ne les pas mépriser, qui ajoute la reconnaissance à la passion, tremble au moindre caprice, et ne voit pas les défauts les plus choquants de la figure et du caractère, soit parce qu'il est privé de la ressource de la comparaison, soit parce que son amour-propre perdrait à moins estimer sa conquête? Avec un homme déjà formé, une femme, telle qu'elle puisse être, a toujours moins de ressources : il a plus de désirs que de passion, plus de coquetterie que de sentiment, plus de finesse que de naturel, trop d'expérience pour être crédule, trop d'occasions de dissipation et d'inconstance pour être uniquement et vivement attaché : il fait, en un mot, l'amour avec plus de décence, mais il aime moins.

Quelques défauts que Madame de Lursay trouvât dans la façon d'aimer d'un jeune homme, il s'en fallait beaucoup qu'elle fût aussi effrayée qu'elle me l'avait dit. Quand en effet les inconvénients qu'elle craignait auraient été réels, elle ne m'en aurait pas moins aimé; et si j'avais eu assez d'adresse pour lui faire craindre mon changement, il n'est pas douteux que son respect excessif pour les bienséances n'eût cédé à la crainte qu'elle aurait eue de me perdre.

Ce n'est pas, du moins j'ai eu lieu de le croire, qu'elle voulût retarder longtemps l'aveu de sa faiblesse. Huit jours pour cet article seulement suffisaient à sa vertu, d'autant plus qu'elle était persuadée que mon peu d'expérience ne me laisserait profiter de ses bontés que quand elle le jugerait à propos. L'amour qu'elle avait pour moi l'engageait à ce manège. Elle voulait, s'il était possible, que ma tendresse pour elle ne fût pas une affaire de peu de jours; et, moins aimé, j'aurais trouvé moins de résistance. Son cœur était alors tendre et délicat. Selon ce que dans la suite j'en ai appris, il ne l'avait pas toujours été, et sans être prise pour moi d'une ardeur bien sincère, il ne me paraîtrait pas surprenant qu'elle eût changé de système.

Une femme, quand elle est jeune, est plus sensible au plaisir d'inspirer des passions, qu'à celui d'en prendre. Ce qu'elle appelle tendresse, n'est le plus souvent qu'un goût vif, qui la détermine plus promptement que l'amour même, l'amuse pendant quelque temps, et s'éteint sans qu'elle le sente ou le regrette. Le mérite de s'attacher un amant pour toujours ne vaut pas à ses yeux celui d'en enchaîner plusieurs. Plutôt suspendue que fixée, toujours livrée au caprice, elle songe moins à l'objet qui la possède qu'à celui qu'elle voudrait qui la possédât. Elle attend toujours le plaisir, et n'en jouit jamais : elle se donne un amant, moins parce qu'elle le trouve aimable, que pour prouver qu'elle l'est. Souvent elle ne connaît pas mieux celui qu'elle quitte que celui qui lui succède. Peut-être si elle avait pu le

garder plus longtemps, l'aurait-elle aimé; mais
est-ce sa faute si elle est infidèle? Une jolie
femme dépend bien moins d'elle-même que des
circonstances; et par malheur il s'en trouve tant,
de si peu prévues, de si pressantes, qu'il n'y a
point à s'étonner si, après plusieurs aventures,
elle n'a connu ni l'amour, ni son cœur.

Est-elle parvenue à cet âge où ses charmes
commencent à décroître, où les hommes indiffé-
rents pour elle lui annoncent par leur froideur
que bientôt ils ne la verront qu'avec dégoût, elle
songe à prévenir la solitude qui l'attend. Sûre
autrefois qu'en changeant d'amants, elle ne
changeait que de plaisirs; trop heureuse alors de
conserver le seul qu'elle possède, ce que lui a
coûté sa conquête la lui rend précieuse. Constante
par la perte qu'elle ferait à ne l'être pas, son cœur
peu à peu s'accoutume au sentiment. Forcée par
la bienséance d'éviter tout ce qui aidait à la
dissiper et à la corrompre, elle a besoin pour ne
pas tomber dans la langueur de se livrer tout
entière à l'amour, qui, n'étant dans sa vie passée
qu'une occupation momentanée et confondue
avec mille autres, devient alors son unique
ressource : elle s'y attache avec fureur; et ce
qu'on croit la dernière fantaisie d'une femme est
bien souvent sa première passion.

Telles étaient les dispositions de Madame de
Lursay lorsqu'elle forma le dessein de m'attacher
à elle. Depuis son veuvage et sa réforme, le
public, qui pour n'être pas toujours bien instruit
n'en parle pas moins, lui avait donné des amants
que peut-être elle n'avait pas eus. Ma conquête
flattait son orgueil et il lui parut raisonnable,
puisque sa sagesse ne la sauvait de rien, de se

dédommager par le plaisir de la mauvaise opinion
qu'on avait d'elle.

Tout ce que j'avais fait dans cette journée me
fournissait des sujets de réflexion pour ma nuit. Je
l'employai presque tout entière, tantôt à rêver
aux moyens de rendre Madame de Lursay sensible, tantôt à m'encourager à ne plus penser à
elle : sans doute, elle se fit des idées plus gaies.
Elle comptait me voir tendre, soumis, empressé,
chercher à vaincre sa rigueur. Il était naturel
qu'elle s'y attendît, mais elle avait à faire à
quelqu'un qui ne connaissait pas les usages.

J'allai cependant chez elle le lendemain, mais
tard, et à l'heure où je savais qu'elle n'y serait
pas, ou que j'y trouverais beaucoup de monde.
Elle avait apparemment compté plus tôt sur ma
présence, et elle me reçut d'un air froid et piqué.
Loin que j'en pénétrasse la cause, je l'attribuai à
son indifférence pour moi.

J'avais changé de couleur en la voyant; mais
toujours résolu à lui cacher l'état de mon cœur, je
me remis assez facilement, et pris un air moins
embarrassé. J'eus même assez de pouvoir sur moi
pour lui parler sans ce trouble qui agite près de ce
qu'on aime, mais, quelque froideur que je
tâchasse d'affecter, elle n'en fut pas longtemps la
dupe; et pour s'éclaircir, elle n'eut besoin que de
me regarder fixement. Je ne pus supporter ses
yeux. Ce seul regard lui développa tout mon
cœur. Elle me proposa de jouer, et pendant qu'on
arrangeait les cartes :

« Vous êtes, me dit-elle en souriant, un amant
singulier; et si vous voulez que je juge de votre
amour par vos empressements, vous ne prétendez
pas sans doute que j'en prenne bonne opinion.

— L'unique de tous mes vœux, repris-je, serait que vous crussiez que je vous aime, et ce n'est pas vous en donner une mauvaise preuve, de m'offrir à vos yeux le plus tard qu'il m'est possible.

— Cette politique est singulière, reprit-elle, et si quelquefois vous péchez un peu par le jugement, on peut dire que l'imagination vous en dédommage. Mais qu'avez-vous donc? Pourquoi cet air froid dont vous m'accablez? Savez-vous bien que votre taciturnité me fait peur? Mais, à propos, m'aimez-vous toujours bien? Je crois que non. Ce pauvre Meilcour! N'allez pas au moins changer pour moi : vous me mettriez au désespoir. Je pense, à la mine que vous me faites, que vous n'en croyez rien. Nous devrions cependant être assez joliment ensemble.

— En est-ce assez, Madame, répondis-je; et devriez-vous ajouter, à la façon dont vous recevez mes soins, des discours qui me tuent?

— Oui, reprit-elle, en me regardant le plus tendrement du monde. Oui, Meilcour, vous avez raison de vous plaindre : je ne vous traite pas bien; mais ce reste de fierté doit-il vous déplaire? Ne voyez-vous pas combien il m'en coûte pour le prendre? Ah! si je m'en croyais, combien ne vous dirais-je pas que je vous aime! Que je suis fâchée de n'avoir pas su plus tôt que vous vouliez qu'on vous prévînt! Au hasard de tout ce qui aurait pu en arriver, vous ne m'auriez point parlé le premier : vous n'auriez fait que me répondre. »

J'ai, depuis, senti toute l'adresse de Madame de Lursay, et le plaisir que lui donnait mon ignorance. Tous ces discours qu'elle n'aurait pu tenir à un autre sans qu'ils eussent tiré pour elle

à une extrême conséquence, ces aveux qu'elle
faisait de ses vrais sentiments, loin de les
comprendre, me jetèrent dans le plus cruel
embarras. Je ne lui répondis rien, et sûr qu'elle
me faisait la plus sanglante des railleries, je ne
m'en déterminai que plus à rompre d'aussi
cruelles chaînes.

« En vérité, continua-t-elle, en voyant mon air
sombre, si vous refusez plus longtemps de me
croire, je ne vous réponds pas que je ne vous
donne demain un rendez-vous : n'en seriez-vous
pas bien embarrassé?

— Au nom de vous-même, Madame, lui dis-je,
épargnez-moi. L'état où vous me mettez est
affreux...

— Je ne vous dirai donc plus que je vous
aime, interrompit-elle : vous me privez là cependant d'un grand plaisir. »

Je me tins trop heureux que le monde qui était
dans l'appartement l'empêchât de pousser plus
loin cette conversation. Nous nous mîmes au jeu.

Pendant toute la partie, Madame de Lursay,
plus sensible qu'elle ne le croyait sans doute,
emportée par son amour, m'en donna toutes les
marques les plus fortes. Il semblait que sa
prudence l'abandonnât, qu'il n'y eût plus rien
pour elle que le plaisir de m'aimer et de me le
dire, et qu'elle prévît combien, pour m'attacher à
elle, j'avais besoin d'être rassuré. Mais tout ce
qu'elle faisait n'était rien pour moi, et elle ne
pouvait pas encore se résoudre à m'avouer
sérieusement qu'elle répondait à mes désirs. Peu
sûre même dans ses démarches, c'était un
mélange perpétuel de tendresse et de sévérité.
Elle paraissait ne céder que pour s'opiniâtrer à

combattre. Si elle croyait m'avoir disposé par ses
discours à quelque sorte d'espérance, attentive à
me la faire perdre, elle reprenait sur-le-champ cet
air qui m'avait fait trembler tant de fois, et
m'ôtait par là jusqu'à la triste ressource de
l'incertitude.

Toute la soirée se passa dans ce manège; et
comme son dernier caprice ne me fut pas favorable, je me retirai chez moi persuadé que j'étais
haï, et préparé à me chercher un autre engagement. J'employai presque toute la nuit à repasser
dans mon esprit les femmes auxquelles je pouvais
m'attacher. Ce soin me fut inutile, et je trouvai,
après la plus exacte recherche, qu'aucune ne me
plaisait autant que Madame de Lursay. Moins
j'avais d'usage de l'amour, plus je m'en croyais
pénétré, et je me regardais comme destiné au
rigoureux tourment d'aimer sans espoir de plaire,
ni de pouvoir jamais changer. A force de me
persuader que j'étais l'homme du monde le plus
amoureux, je sentais tous les mouvements d'une
passion avec autant de violence que si en effet je
les eusse éprouvés. Toutes les résolutions que
j'avais formées de ne plus voir Madame de
Lursay s'étaient évanouies, et avaient fait place
au retour le plus vif. De quoi puis-je me plaindre,
me disais-je à moi-même? Ses rigueurs ont-elles
droit de me surprendre? M'étais-je attendu à me
trouver aimé, et n'est-ce point à mes soins à me
procurer cet avantage? Quel bonheur pour moi, si
je puis un jour la rendre sensible! Plus elle
m'oppose d'obstacles, plus ma gloire sera grande.
Un cœur du prix dont est le sien, peut-il trop
s'acheter? Je finis par cette idée, et je la

retrouvai le lendemain. Il semblait qu'elle se fût
accrue par les illusions de la nuit.

J'allai chez Madame de Lursay le plus tôt qu'il
me fut possible l'après-dîner, et déterminé à lui
jurer que je l'adorais, et à me soumettre à ce qu'il
lui plairait d'ordonner de mon sort. Malheureusement pour elle, je ne la trouvai pas. Mon chagrin
fut extrême et, ne sachant que devenir, j'allai, en
attendant l'heure de l'Opéra, faire quelques
visites où je portai tout l'ennui qui m'accablait.

J'étais de si mauvaise humeur en arrivant à
l'Opéra, où d'ailleurs je trouvai assez peu de
monde, que, pour n'être pas distrait de la rêverie
dans laquelle j'étais plongé, je me fis ouvrir une
loge, plutôt que de me mettre dans les balcons où
je n'aurais pas été si tranquille. J'attendais sans
impatience et sans désirs que le spectacle com-
mençât. Tout entier à Madame de Lursay, je ne
m'occupais que du chagrin d'être privé de sa
présence, lorsqu'une loge s'ouvrit à côté de la
mienne. Curieux de voir les personnes qui l'allaient occuper, j'y portai mes regards, et l'objet
qui s'y offrit les fixa. Qu'on se figure tout ce que
la beauté la plus régulière a de plus noble, tout
ce que les grâces ont de plus séduisant, en un
mot, tout ce que la jeunesse peut répandre de
fraîcheur et d'éclat; à peine pourra-t-on se faire
une idée de la personne que je voudrais
dépeindre. Je ne sais quel mouvement singulier et
subit m'agita à cette vue : frappé de tant de
beautés, je demeurai comme anéanti. Ma surprise
allait jusqu'au transport. Je sentis dans mon
cœur un désordre qui se répandit sur tous mes
sens. Loin qu'il se calmât, il redoublait par

l'examen secret que je faisais de ses charmes. Elle
était mise simplement mais avec noblesse. Elle
n'avait pas en effet besoin de parure : en était-il
de si brillante qu'elle ne l'eût effacé; était-il
d'ornement si modeste qu'elle ne l'eût embelli?
Sa physionomie était douce et réservée. Le
sentiment et l'esprit paraissaient briller dans ses
yeux. Cette personne me parut extrêmement
jeune, et je crus, à la surprise des spectateurs,
qu'elle ne paraissait en public que de ce jour-là.
J'en eus involontairement un mouvement de
joie, et j'aurais souhaité qu'elle n'eût jamais été
connue que de moi. Deux Dames mises du plus
grand air étaient avec elle : nouvelle surprise
pour moi, de ne les pas connaître, mais elle
m'arrêta peu. Uniquement occupé de ma belle
inconnue, je ne cessais de la regarder que quand
par hasard elle jetait ses yeux sur quelqu'un. Les
miens se portaient aussitôt sur l'objet qu'elle
avait paru vouloir chercher : si elle s'y arrêtait un
peu de temps, et que ce fût un jeune homme, je
croyais qu'un amant seul pouvait la rendre si
attentive. Sans pénétrer le motif qui me faisait
agir, je conduisais, j'interprétais ses regards; je
cherchais à lire dans ses moindres mouvements.
Tant d'opiniâtreté à ne la pas perdre de vue me
fit enfin remarquer d'elle. Elle me regarda à son
tour; je la fixais sans le savoir et, dans le charme
qui m'entraînait malgré moi-même, je ne sais ce
que mes yeux lui dirent, mais elle détourna les
siens en rougissant un peu. Quelque transporté
que je fusse, je craignais de lui paraître trop
hardi et, sans croire encore que j'eusse formé le
dessein de lui plaire, j'aimai mieux me
contraindre que de lui donner mauvaise opinion

de moi. Il y avait une heure au moins que je
l'admirais, lorsqu'un de mes amis entra dans ma
loge. Les idées qui m'occupaient m'étaient déjà si
chères, que ce fut avec douleur que je sentis
qu'elles allaient être distraites et je doute que
j'eusse répondu à mon ami, si ma belle inconnue
n'eût fait d'abord le sujet de la conversation. Il
ignorait comme moi qui elle était : nous for-
mâmes ensemble plusieurs conjectures dont
aucune ne nous éclaircit. C'était un de ces
étourdis brillants, familiers avec insolence; il
vantait si haut les charmes de l'inconnue, et la
regardait avec si peu de ménagement et tant de
fatuité, que j'en rougis pour lui et pour moi. Sans
avoir démêlé mes sentiments, sans imaginer que
j'eusse de l'amour, je ne voulais pas déplaire. Je
craignais que le dégoût que l'inconnue pourrait
prendre de ce jeune homme ne me fît aussi tort
dans son esprit, et qu'en me voyant lié avec lui
elle ne me crût les mêmes ridicules. Je l'estimais
déjà tant, que je ne pouvais sans une peine
extrême imaginer qu'elle pouvait penser de moi
comme de lui et je m'efforçai de mettre entre
nous deux la conversation sur des choses où
l'inconnue ne fût pas intéressée. J'avais naturellement l'esprit badin et porté à manier
agréablement ces petits riens qui font briller dans
le monde. L'envie que j'avais que mon inconnue
ne perdît rien de tout ce qui pourrait me faire
valoir me donna plus d'élégance dans mes expressions; je n'en eus peut-être pas plus d'esprit. Je
remarquai cependant, qu'elle était plus attachée
à ce que je disais qu'elle ne l'était au spectacle.
Quelquefois même je la vis sourire.

L'Opéra était près de finir lorsque le Marquis

de Germeuil, jeune homme d'une figure extrêmement aimable, et fort estimé, vint dans la loge de
mon inconnue. Nous étions amis, mais je ne sais
quel mouvement à sa vue s'éleva dans mon âme.
L'inconnue le reçut avec cette politesse libre que
l'on a pour les gens que l'on connaît beaucoup, et
à qui l'on veut marquer de l'estime. Nous nous
saluâmes sans nous parler et quelque désir que
j'eusse de connaître cet objet qui prenait déjà
tant sur mon cœur, persuadé que Germeuil
pourrait satisfaire ma curiosité là-dessus, j'aimai
mieux remporter ce désir, quelque tourmentant
qu'il fût pour moi, que de m'en ouvrir à un
homme qui causait déjà toute ma jalousie. Mon
inconnue lui parlait, et quoiqu'ils ne s'entretins-
sent que de l'Opéra, il me sembla qu'il lui parlait
avec tendresse et qu'elle lui répondait de même.
Je crus même avoir surpris entre eux des regards.
J'en ressentis une peine mortelle : elle me paraissait si digne d'être aimée, que je ne pouvais
penser que Germeuil, ni qui que ce fût au monde,
pût la voir avec indifférence; et lui-même me
semblait si redoutable que je ne pouvais me
flatter qu'il l'eût attaquée sans succès.

Le peu d'attention qu'elle fit à moi, après
l'avoir vu, me confirma dans l'idée où j'étais
qu'ils s'aimaient; et ne pouvant supporter davantage le tourment qu'elle me causait, je sortis
brusquement. Malgré mon dépit je n'allai pas
loin; le désir de la revoir, et l'espérance de
m'éclaircir par moi-même de son rang, me
retinrent sur l'escalier. Un instant après elle
passa, Germeuil lui donnait la main : je les suivis;
un carrosse sans armes se présenta, Germeuil y
monta avec elle. Je vis des domestiques sans

livrée, et rien de tout cet équipage ne m'instruisit
de ce que je voulais savoir. Il fallait donc
attendre du hasard le bonheur de la revoir
encore. La seule chose qui me consolât, c'était
qu'une beauté si parfaite ne pourrait être longtemps ignorée. J'aurais pu, à la vérité, en allant
voir Germeuil le lendemain, me tirer de cette
inquiétude : mais aussi comment lui exposer le
sujet d'une curiosité si forte, quels motifs lui en
donner? Malgré tous les déguisements que j'aurais pu employer, ne devais-je pas craindre qu'il
n'en découvrît la source? Et s'il était vrai,
comme je le soupçonnais, qu'il aimât l'inconnue,
pourquoi l'avertir de se précautionner contre mes
sentiments? Plein de trouble, je retournai chez
moi et d'autant plus persuadé que j'étais vivement amoureux que cette passion naissait dans
mon cœur par un de ces coups de surprise qui
caractérisent dans les romans les grandes aventures.

Loin de combattre ce premier mouvement, ce
fut une raison de plus pour m'y laisser entraîner,
que de commencer par quelque chose d'extraordinaire.

Au milieu de ce désordre que je me plaisais à
augmenter, Madame de Lursay me revint dans
l'esprit, mais désagréablement, et comme un
objet dont le souvenir même m'embarrassait. Ce
n'était pas que je ne lui trouvasse encore des
charmes, mais je les mettais dans mon imagination fort au-dessous de ceux de mon inconnue, et
je résolus plus que jamais de ne lui plus parler de
mon amour et de me livrer tout entier au
nouveau goût qui me dominait. Je suis trop
heureux, me disais-je, qu'elle ne m'ait pas aimé.

Que ferais-je à présent de sa tendresse? Il aurait
donc fallu la tromper, entendre ses reproches, la
voir traverser ma passion. Mais d'un autre côté,
reprenais-je, suis-je aimé de l'objet qui va me
rendre infidèle? Je ne le connais pas; peut-être ne
le verrai-je plus. Germeuil est amoureux, et si
moi-même je suis forcé de le trouver aimable, que
ne doit-elle pas sentir pour lui? Est-il fait pour
m'être sacrifié?

Ces réflexions me ramenaient à Madame de
Lursay : une affaire commencée, la liberté de la
voir, un reste de goût que j'avais pour elle, et
l'espérance de réussir, étaient autant de raisons
pour ne la point quitter, mais ces raisons étaient
faibles contre ma nouvelle passion. Je craignais
en arrivant chez ma mère d'y trouver Madame de
Lursay : je redoutais sa vue autant que dans le
jour même je l'avais souhaitée. La joie que j'eus
de ne la point voir ne fut pas longue; elle arriva
un instant après moi. Sa présence me troubla.
Quelque prévenu que je fusse alors contre elle,
quelque résolution que j'eusse prise de ne la plus
aimer, je sentis qu'elle avait encore plus de droits
sur mon cœur que je ne le croyais moi-même.
Mon inconnue m'occupait d'une façon plus flatteuse, je la trouvais plus belle; ce qu'elles
m'inspiraient toutes deux était différent, mais
enfin j'étais partagé, et si Madame de Lursay
l'eût voulu, dans ce moment même elle aurait
remporté la victoire. Je ne sais ce qui lui avait
donné de l'humeur, mais elle reçut avec une
hauteur, même ridicule, un compliment fort
simple que je lui fis. Dans la disposition où
j'étais, elle me choqua plus qu'elle n'aurait fait
dans un autre temps et, qui pis est, contre

l'intention de Madame de Lursay sans doute, ne
me donna point à rêver. Son caprice dura toute là
soirée, et s'augmenta peut-être par le peu de
soins que je lui rendis. Nous nous séparâmes
également mécontents l'un de l'autre. Je ne la
cherchai, ni ne la vis le lendemain; j'étais piqué
de ses façons de la veille, et sa présence me fut
d'autant moins nécessaire, que j'avais dans le
cœur un sujet de distraction. Toute ma journée
se passa à chercher mon inconnue. Spectacles,
promenades, je visitai tout, et je ne trouvai en
aucun lieu ni elle, ni Germeuil, à qui je voulais
enfin demander qui elle était. Je continuai cette
inutile recherche deux jours de suite : mon
inconnue ne m'en occupait que plus. Je me
retraçais sans cesse ses charmes avec une volupté
que je n'avais encore jamais éprouvée. Je ne
doutais pas qu'elle ne fût d'une naissance qui ne
ferait point honte à la mienne, et pour former
cette idée, je m'en rapportais moins à sa beauté,
qu'à cet air de noblesse et d'éducation qui distingue
toujours les femmes d'un certain rang, même
dans leurs travers. Mais aimer sans savoir qui, me
semblait un supplice insupportable. D'ailleurs,
quel retour espérer de mes sentiments, si je ne me
mettais pas à portée d'en instruire celle qui les
avait fait naître? Je ne voyais point de difficulté
à la voir et à lui parler, quand une fois je la
connaîtrais. J'étais d'un rang qui m'ouvrait une
entrée partout, et, si l'inconnue était telle que
mes vœux ne pussent l'honorer, j'étais sûr du
moins qu'ils ne pouvaient jamais lui faire honte.
Cette pensée me donnait de l'audace, et m'affer-
missait dans mon amour. Il eût peut-être été plus

prudent de le combattre, mais il m'était plus
doux de le flatter.

Il y avait trois jours que je n'avais vu Madame de Lursay; j'avais supporté cette absence
aisément; non que quelquefois je ne désirasse de la
voir, mais c'était un désir passager qui s'éteignait
presque dans l'instant même qu'il naissait. Ce
n'était pas un sentiment d'amour dont je ne fusse
point le maître; et comme, depuis mon inconnue,
je la voyais sans plaisir, je la perdais aussi sans
regret. J'avais cependant pour elle ce goût que
l'on appelle amour, que les hommes font valoir
pour tel, et que les femmes prennent sur le même
pied. Je n'aurais pas été fâché de la trouver
sensible mais je ne voulais plus que ce retour
qu'elle aurait pour moi tînt de la passion, ni qu'il
en exigeât. Sa conquête, à laquelle, il y avait si
peu de temps, j'attachais mon bonheur, ne me
paraissait plus digne de me fixer. J'aurais voulu
d'elle enfin ce commerce commode qu'on lie avec
une coquette, assez vif pour amuser quelques
jours, et qui se rompt aussi facilement qu'il s'est
formé.

C'était ce que je ne croyais point devoir
attendre de Madame de Lursay, qui, platoni-
cienne dans ses raisonnements, répétait sans cesse
que les sens n'entraient jamais pour rien en
amour, lorsqu'il s'emparait d'une personne bien
née; que les désordres dans lesquels tombaient
tous les jours ceux qui étaient atteints de cette
passion, étaient moins causés par elle que par le
dérèglement de leur cœur; qu'elle pouvait être
une faiblesse, mais que dans une âme vertueuse
elle ne devenait jamais un vice. Elle avouait

cependant qu'il y avait pour la femme la plus ferme sur ses principes d'assez dangereuses occasions; mais que, si elle se trouvait obligée d'y céder, il fallait que ce fût après des combats si violents et si longs, qu'elle pût toujours, en songeant à sa défaite, avoir de quoi se la moins reprocher. Madame de Lursay pouvait avoir raison : mais les platoniciennes ne sont pas conséquentes, et j'ai remarqué que les femmes les plus aisées à vaincre, sont celles qui s'engagent avec la folle espérance de n'être jamais séduites, soit parce qu'en effet elles sont aussi faibles que les autres, soit parce que, n'ayant pas assez prévu le danger, elles se trouvent sans secours contre lui quand il arrive.

J'étais trop jeune pour sentir combien ce système était absurde, et pour savoir combien il était peu suivi par celles mêmes qui le soutenaient avec le plus d'ardeur; et, ne connaissant pas la différence qu'il y a entre une femme vertueuse et une prude, il n'était point étonnant que je n'attendisse pas de Madame de Lursay plus de facilité qu'elle ne se disait capable d'en avoir.

Encore attaché à elle par le désir, tout rempli que j'étais d'une nouvelle passion ou pour mieux dire, amoureux pour la première fois, le peu d'espoir de réussir auprès de mon inconnue m'empêchait de songer à perdre totalement Madame de Lursay. Je cherchais en moi-même comment je pourrais acquérir l'une, et me conserver l'autre. Cette vertu rigide de la dernière me désespérait, et ne croyant pas, après avoir beaucoup rêvé, pouvoir l'amener jamais au but que je me proposais, je me fixai enfin à l'objet qui me plaisait le plus.

Il y avait, comme je l'ai dit, trois jours que je n'avais vu Madame de Lursay, et que je m'étais assez peu ennuyé de son absence. Elle avait toujours espéré qu'elle me reverrait, mais sûre enfin que je l'évitais, elle commença à craindre de me perdre, et se détermina à me faire essuyer moins de rigueurs. Sur le peu que je lui avais dit, elle avait cru ma passion décidée : cependant, je n'en parlais plus. Quel parti prendre? Le plus décent était d'attendre que l'amour, qui ne peut longtemps se contraindre, surtout dans un cœur aussi neuf que l'était le mien, me forçât encore à rompre le silence; mais ce n'était pas le plus sûr. Il ne lui vint pas dans l'esprit que j'eusse renoncé à elle : elle pensa seulement que, certain de n'être jamais aimé, je combattais un amour qui me rendait malheureux. Quoique cette disposition ne lui parût pas désavantageuse, il pouvait cependant être dangereux de m'y laisser plus long-temps : on pouvait m'offrir ailleurs un dédommagement que le dépit me ferait peut-être accepter. Mais comment me faire comprendre son amour, sans blesser cette décence à laquelle elle était si scrupuleusement attachée? Elle avait éprouvé que les discours équivoques ne prenaient pas sur moi, et elle ne pouvait se résoudre, après l'idée qu'elle m'avait donnée d'elle, à me parler d'une façon qui ne me laissât plus aucun doute.

Indéterminée sur ce qu'elle avait à faire, elle vint chez Madame de Meilcour. Je n'étais pas encore rentré, et, quand à mon arrivée on me dit qu'elle y était, il s'en fallut peu que je ne m'en retournasse. Cependant la réflexion me fit sentir

que ce procédé serait trop désobligeant pour
Madame de Lursay, et qu'elle pourrait d'ailleurs
attribuer ma fuite, et la crainte que je marque-
rais de la voir, à un sentiment dont je ne voulais
plus qu'elle me soupçonnât. J'entrai donc. Je la
trouvai qui, au milieu de beaucoup de monde,
paraissait rêver profondément; je la saluai sans
froideur et sans embarras. J'avais cependant
dans les yeux une impression de chagrin qui
provenait de ce que j'avais encore ce jour-là
cherché inutilement mon inconnue. Je fus
quelque temps auprès de Madame de Lursay,
sans lui dire rien que des choses générales et
rebattues. Elle me demanda où j'avais été, me
fit, d'un air froid, mille questions indifférentes,
et, tant qu'elle se trouva en cercle, ne parut avoir
ni dessein, ni empressement de m'entretenir.
Cette foule qui l'obsédait enfin se dissipa; mais
gênée encore par la présence de Madame de
Meilcour et de quelques personnes qui étaient
restées, et ne pouvant résister davantage à
l'envie d'avoir avec moi une conversation particulière :

« A propos, Monsieur, me dit-elle, d'un air fort
sérieux, j'ai à vous parler, suivez-moi. »

Elle passa à ces mots dans une autre chambre.

Ce procédé qui, avec un autre que moi, aurait
paru irrégulier, ne concluait rien entre nous deux
et elle s'en serait permis beaucoup davantage
que, de la façon dont elle était avec moi, on n'en
aurait tiré aucune induction contre elle. Je la
suivis, fort embarrassé de ce qu'elle pouvait avoir
à me dire, et plus encore de ce que je lui
répondrais. Elle me regardait avec des yeux
sévères; enfin, après m'avoir longtemps fixé :

« Vous trouverez peut-être singulier, Monsieur, me dit-elle, que je vous demande une explication.

— A moi, Madame! m'écriai-je.

— Oui, Monsieur, répliqua-t-elle, à vous-même. Depuis quelques jours, vous avez avec moi des procédés peu convenables. Pour vous trouver innocent j'ai eu la complaisance de me chercher des crimes. Je ne m'en découvre pas : apprenez-moi ce que vous avez à me reprocher. Justifiez-vous, s'il est possible, sur le peu d'égards que vous avez pour moi.

— Madame, lui dis-je, vous me surprenez. Je croyais ne vous avoir jamais manqué et je serais au désespoir que vous eussiez à m'imputer rien qui pût blesser le respect que j'ai toujours eu pour vous, et l'amitié que vous m'avez permis de vous vouer.

— Voilà de grands termes, reprit-elle : si je n'exigeais de vous que des mots, j'aurais lieu d'être contente. Mais vous n'êtes pas de bonne foi, et, depuis quatre jours, vous êtes changé pour moi plus que vous ne dites. Vous faites mieux de désavouer vos procédés, que d'entreprendre de les justifier; je veux cependant que vous m'éclaircissiez sur ce que je vous demande. Est-ce un caprice qui vous fait renoncer à mon amitié? Croyez-vous avoir sujet de vous plaindre de moi? Vous voyez que je n'abuse pas de la distance que l'âge met entre nous deux. Mais, tout jeune que vous êtes, je vous ai cru de la solidité, et je traite avec vous moins comme je le devrais avec un jeune homme, que comme avec un ami sur lequel j'ai cru devoir compter, et que je voudrais conserver. Je souhaite que vous sentiez le prix de cette confiance. Apprenez-moi

enfin de quelle façon je dois me conduire avec
vous; et surtout dites-moi pourquoi depuis
quelques jours vous me fuyez, ou pourquoi,
quand nous nous trouvons ensemble, vous semblez ne me voir qu'à regret?

— Comment voulez-vous, Madame, repris-je,
que je convienne de torts que je ne me connais
pas? Si j'ai paru vous éviter, vous savez de reste
quelle en est la raison. Si quand je vous ai vue
j'ai moins osé qu'auparavant vous parler sur le
ton que j'avais pris avec vous, c'est qu'il m'a
semblé que vous ne m'entendiez pas avec plaisir.

— Sans doute, reprit-elle; mais en oubliant ce
nouveau ton que vous voyiez qui ne me plaisait
pas, pourquoi n'avoir pas repris le premier sur
lequel je vous ai toujours répondu? Vous m'avez
fâchée il est vrai, et plus pour vous-même que
pour moi, quand je vous ai vu vous mettre dans
le cas de me dire des choses qui ne devaient que
me déplaire. Je vous en ai même voulu mal.

— Je vois à présent, Madame, interrompis-je,
pourquoi je me suis attiré votre colère; mais je ne
me serais jamais imaginé que vous m'eussiez fait
un crime si grave de ce que je vous ai dit. Il ne
doit pas vous être nouveau de paraître belle : je
ne crois pas être le premier sur qui vous ayez fait
une vive impression et vous auriez dû me
pardonner les discours que je vous ai tenus, par
l'habitude où vous devez être de les entendre.

— Eh non, Monsieur, reprit-elle; ce n'est plus
de vos discours que je me plains. Il m'a suffi d'y
répondre comme par toutes sortes de raisons je le
devais; et il n'a tenu qu'à vous de remarquer que
depuis j'en ai ri, même avec vous. Il m'importait
peu que vous me dissiez que vous m'aimiez, et le

danger n'était pas si pressant pour mon cœur que
je dusse en cette occasion m'armer d'une grande
sévérité. Il se peut que, sans avoir un dessein
déterminé de me plaire, sans que moi-même je
vous plusse, vous ayez voulu me faire croire que
vous m'aimiez. Souvent on le dit à une femme
parce que sans cela on ne saurait que lui dire,
qu'on est bien aise d'essayer son cœur, que l'on
croit flatter son orgueil, ou que l'on veut soi-
même s'accoutumer à ce langage, et essayer à
quel point et comment l'on peut plaire. En cela
vous n'avez suivi que l'usage : usage ridicule si
vous voulez, mais enfin qui est établi. Ce n'est
donc pas dans ce que vous m'avez dit, que j'ai pu
trouver des raisons pour me plaindre de vous.
Quand en effet vous m'aimeriez, vous ne m'en
paraîtriez pas plus coupable : mais pourquoi
depuis cette conversation vos façons ont-elles
changé? Étiez-vous en droit, parce que vous
aviez dit que vous m'aimiez, d'exiger que je vous
aimasse; ou croyez-vous que quand vous m'auriez inspiré la plus violente passion, mon cœur,
ardent à se livrer au caprice du vôtre, eût dû, dès
le premier instant, vous payer de tous ses
transports? Pouviez-vous attendre que je m'em-
barquasse aveuglément dans l'affaire la plus
sérieuse de ma vie? Mais non! Vous parlez, et je
dois me rendre. Trop heureuse encore, que vous
m'adressiez vos soupirs. Vous croyez que, brûlant
d'impatience d'être vaincue, je n'attendais que
l'aveu de votre passion pour vous faire celui de la
mienne : et sur quoi donc vous êtes-vous flatté
d'un triomphe si facile? Quelle de mes actions a
pu vous le faire présumer? Mais vous ne m'aimez
pas, vous ne m'avez même jamais aimée. Vous

m'auriez estimée davantage. Vous ne m'auriez
pas crue capable d'un caprice honteux, et s'il
avait été vrai que l'amour vous eût entraîné vers
moi, vous n'auriez pas évité ma vue. Tout
malheureux que je vous aurais rendu, elle vous
aurait été nécessaire. Vous n'auriez jamais eu sur
vous le pouvoir de vous déterminer à une absence
que je ne vous prescrivais pas. Je vous revois
enfin : à peine daignez-vous me regarder. Ah!
Meilcour! Est-ce ainsi qu'on attaque un cœur?
Est-ce ainsi qu'on peut se faire aimer? Vous avez,
me direz-vous, trop peu d'usage pour vous
conduire bien dans un sentiment si nouveau pour
votre âme : ce serait encore une bien mauvaise
excuse. L'amour a-t-il donc besoin de manège?
Ah! croyez qu'il agit toujours en nous malgré
nous-même, que c'est lui qui nous conduit, et que
nous ne le menons pas. On fait des fautes, je le
veux. Mais du moins ce sont des fautes qu'un
sentiment trop vif fait commettre, et qui souvent
n'en persuadent que mieux. Si je vous avais été
chère, vous n'auriez été capable que de celles-là,
et je n'aurais pas à me plaindre aujourd'hui du
peu d'égards que vous avez pour moi.

— Me voilà donc enfin, Madame, lui dis-je,
éclairci de mes torts. En vérité, vous êtes bien
injuste! Après la façon dont vous m'avez traité,
serait-ce à vous à vous plaindre?

— Eh bien, reprit-elle d'un ton plus doux,
voyons lequel de nous deux a le plus de tort. Je
ne demande qu'un éclaircissement, je consens
même à vous pardonner. J'oublie dès cet instant
que vous m'avez dit que vous m'aimiez...

— Ah, Madame! lui dis-je, emporté par le
moment, qu'en pardonnant même vous êtes

cruelle! Vous croyez me faire une grâce et vous
achevez de m'accabler! Vous oublierez, dites-
vous, que je vous aime : faites-le-moi donc
oublier aussi; que ne savez-vous, continuai-je en
me jetant à ses genoux, l'état horrible où vous
réduisez mon cœur...

— Juste Ciel! s'écria-t-elle en reculant. A mes
genoux! Levez-vous : que voudriez-vous que l'on
pensât si l'on vous y surprenait?

Que je vous jure, repartis-je, tout l'amour
et le respect que vous inspirez.

Eh! pensez-vous, reprit-elle en m'obligeant
de me lever, que j'en fusse plus satisfaite! Voilà
donc les effets de cette circonspection que vous
m'avez promise! Mais enfin que me demandez-
vous?

— Que vous croyiez que je vous aime, répondis-je, que vous me permettiez de vous le dire, et
d'espérer qu'un jour je vous y verrai plus
sensible.

— Vous m'aimez donc beaucoup, repartit-elle,
et c'est bien ardemment que vous souhaitez du
retour? Je ne puis que vous répéter ce que je
vous ai déjà dit. Mon cœur est encore tranquille
et je crains d'en voir troubler le repos : cependant... Mais non, je n'ai plus rien à vous dire : je
vous défends même de me deviner. »

Madame de Lursay, en finissant ces paroles,
m'échappa. Elle me jeta en me quittant le regard
le plus tendre. Croyant avoir assez fait pour la
bienséance, elle était sans doute déterminée à
tout faire pour l'amour. Il n'y avait assurément
rien de si clair que ce qu'elle venait de me dire; et
elle m'avait traité en homme de la pénétration
duquel on n'attend plus rien. Quelque peu que

mon ignorance me laissât deviner, je compris
qu'elle était moins éloignée de me répondre que
la première fois que je lui avais parlé. Mais elle ne
s'était pas encore expliquée au point qu'il ne me
restât aucun doute, et d'ailleurs je n'avais plus
assez d'amour pour elle pour méditer profondément sur ce qui pouvait me flatter dans la fin de
ses discours.

Emporté dans cette conversation par sa véhé-
mence, et par une situation neuve pour moi, elle
m'avait étonné sans m'en toucher davantage.

Je ne doute pas que si Madame de Lursay eût
su la nouvelle ardeur qui m'occupait, elle ne se
fût moins ménagée, et que par là même elle ne
m'eût séduit. Retenu d'abord par le sentiment du
plaisir, il m'aurait d'autant plus attaché que je
l'aurais moins connu. Tout paraît passion à qui
n'en a point éprouvé. Celle qui semblait écarter
Madame de Lursay n'était point, dans mon cœur,
encore assez formée pour résister à ses empressements, et j'aurais sans doute préféré un amusement tranquille au soin pénible d'inspirer de
l'amour à un objet qui, d'abord au moins, ne
m'aurait offert que des peines.

Loin que Madame de Lursay pût imaginer qu'il
lui fût si important de me paraître aussi sensible
qu'elle l'était en effet, elle ne fut pas plutôt
rassurée sur mon cœur qu'elle reprit à peu de
chose près son ancien système. Elle voulait bien
que je crusse que je pourrais un jour triompher
d'elle, et non pas que j'en eusse déjà triomphé.

J'étais rentré avec elle dans le salon, peu
amoureux, mais croyant l'être. Revenu du premier mouvement, ma timidité m'avait repris :
j'étais incertain de ce que je devais faire et,

quelque ouvertement qu'elle se fût déclarée, je ne
voyais encore dans ses discours rien qui m'assu-
rât sa conquête. Son visage était redevenu
austère et quoique ce dehors de sévérité fût plus
pour les autres que pour moi, il me rendit toute
ma crainte. Je n'osais approcher d'elle ni la
regarder. Tant de réserve de ma part n'entrait
pas dans le plan qu'elle s'était formé, elle
m'encouragea par les discours les plus obligeants
à lui marquer plus de confiance. Elle me fit même
entendre pendant toute la soirée que deux personnes qui s'aiment peuvent s'expliquer difficilement ce qu'elles sentent au milieu du tumulte
d'une grande compagnie. C'était me dire assez
que je devais lui demander un rendez-vous. Elle
attendit longtemps que je le fisse. Mais voyant
enfin que cela ne m'entrait pas dans l'esprit, elle
eut la générosité de le prendre sur elle.

« Avez-vous demain quelque affaire? me
demanda-t-elle d'un air nonchalant.

— Je ne m'en prévois pas, répondis-je.

— Eh bien, reprit-elle, vous verrai-je? Je ne
sortirai pas de chez moi, je compte même voir
peu de monde. Venez amuser ma solitude. Aussi
bien ai-je quelque chose à vous dire.

— J'entends, repris-je : vous voulez achever
de me gronder.

— On ne se souvient pas toujours avec vous
de ce qu'on devrait faire, repartit-elle; et je ne
craindrais que d'avoir trop d'indulgence : viendrez-vous? »

Je le lui promis. En lui donnant la main pour
la remener à son carrosse, je crus sentir qu'elle
me la serrait. Sans savoir les conséquences que
cette action entraînait avec Madame de Lursay,

je le lui rendis; elle m'en remercia en redoublant d'une façon plus expressive; pour ne pas manquer à la politesse, je continuai sur le ton qu'elle avait pris. Elle me quitta en soupirant, et très persuadée que nous commencions enfin à nous entendre, quoique au fond il n'y eût qu'elle qui se comprît.

Je ne l'eus pas plutôt quittée, que ce rendez-vous auquel d'abord je n'avais point fait d'attention me revint dans l'esprit. Un rendez-vous! Malgré mon peu d'expérience, cela me paraissait grave. Elle devait avoir peu de monde chez elle : en pareil cas, c'est dire honnêtement qu'on n'en aura point. Elle m'avait serré la main; je ne savais pas toute la force de cette action, mais il me semblait cependant que c'est une marque d'amitié qui, d'un sexe à l'autre, porte une expression singulière, et qui ne s'accorde que dans des situations marquées. Mais cette vertueuse Madame de Lursay, qui venait de me défendre seulement de la deviner, aurait-elle voulu?... Non, cela n'était pas possible.

Quelque chose qu'il en pût arriver, je résolus de m'y trouver. J'imaginais que je ne pouvais qu'en être content, et Madame de Lursay était assez belle pour me le faire attendre avec impatience.

Au milieu des idées flatteuses que je me formais sur ce rendez-vous : « Ah! m'écriai-je, si c'était mon inconnue qui me l'eût donné! mais non, reprenais-je, elle est trop sage pour en accorder à quelqu'un, à moins cependant que ce ne soit à Germeuil. Mais où sont-ils tous deux, me demandais-je; et comment se peut-il que, depuis que je les cherche, l'un et l'autre me soient

échappés? Ne devrais-je point renoncer à une
poursuite si inutile jusqu'à ce jour? Pourquoi,
près peut-être de me voir aimé, vais-je m'occuper
d'une idée qui ne peut que me rendre malheureux, d'un objet que je n'ai vu qu'un instant, et
que je ne reverrai sans doute que pour le trouver
possédé par un autre? N'importe, sachons qui est
cette inconnue, pour moi-même, pour me guérir
d'une passion qui prend déjà trop sur mon cœur;
pénétrons, s'il est possible, les secrets du sien;
interrogeons Germeuil, et, s'il est aimé, occupons-
nous moins à troubler ses plaisirs qu'à jouir
tranquillement des nôtres. » La conversation que
je venais d'avoir avec Madame de Lursay me
faisait réfléchir sur mon inconnue avec plus de
froideur qu'auparavant. Ce rendez-vous m'occupait l'imagination. J'avais toujours envié les gens
assez heureux pour en avoir, et je me trouvais si
respectable d'être à mon âge dans le même cas, et
surtout avec une personne telle que Madame de
Lursay, qu'il s'en fallait peu que la nouveauté de
la chose, et les idées que je m'en faisais, ne me
tinssent lieu du plus violent amour.

Quelque vivement qu'elles m'occupassent, je
n'en résolus pas moins d'aller voir Germeuil le
lendemain, et je m'endormis en donnant des
désirs à Madame de Lursay, et je ne sais quel
sentiment plus délicat à mon inconnue.

Le premier soin que je retrouvai à mon réveil
fut celui d'aller chez Germeuil. Je m'étais arrangé
sur ce que j'avais à lui dire, et m'étais préparé à
le tromper autant que si, sur une question aussi
simple que celle que j'avais à lui faire, il eût dû
deviner le trouble secret de mon cœur. Je croyais
ne pouvoir jamais me déguiser assez bien à ses

yeux; et par une sottise ordinaire aux jeunes
gens, j'imaginais qu'en me regardant seulement,
les personnes les plus indifférentes sur ma situation l'auraient pénétrée. A plus forte raison, je
me défiais de Germeuil, que je croyais amoureux
pour le moins autant que moi. Je me fis conduire
chez lui avec empressement et mon chagrin fut
extrême, quand on me dit que depuis quelques
jours il était à la campagne. Mon imagination
déjà blessée s'offensa de ce départ, et m'y fit voir
les plus cruelles choses. Depuis quelques jours, ils
avaient disparu l'un et l'autre : je ne doutai pas
qu'il ne fût parti avec elle. Mon amour et ma
jalousie se réveillèrent. Je sentis par mon infortune quel devait être son bonheur; et, sûr qu'il
était aimé d'elle, je n'en fus que moins disposé à
m'en guérir.

Nous étions alors dans le printemps, et, en
sortant de chez Germeuil, j'allai aux Tuileries. Je
me ressouvins en chemin du rendez-vous que
m'avait donné Madame de Lursay; mais outre
qu'il ne me paraissait pas alors aussi charmant
que la veille, je ne me sentais pas assez de
tranquillité dans l'esprit pour le soutenir. La
seule image de l'inconnue m'occupait fortement;
je la traitais de perfide, comme si elle m'eût en
effet donné des droits sur son cœur, et qu'elle les
eût violés. Je soupirais d'amour et de fureur; il
n'était point de projets extravagants que je ne
formasse pour l'enlever à Germeuil. Jamais enfin
je ne m'étais trouvé dans un état si violent.

Quoique je ne dusse pas craindre, à l'heure
qu'il était, de rencontrer beaucoup de monde
dans quelque endroit des Tuileries que je portasse
mes pas, la situation de mon esprit me fit

chercher les allées que je savais être solitaires en
tout temps. Je tournai du côté du labyrinthe, et
je m'y abandonnai à ma douleur et à ma jalousie.
Deux voix de femmes, que j'entendis assez près
de moi, suspendirent un instant la rêverie dans
laquelle j'étais plongé. Occupé de moi-même
comme je l'étais, il me restait peu de curiosité
pour les autres. Quelque cruelle que fût ma
mélancolie, elle m'était chère, et je craignais tout
ce qui pouvait y faire diversion. Je descendais
pour aller l'entretenir ailleurs, lorsqu'une exclamation que fit une de ces deux femmes m'obligea
de me retourner. La palissade qui était entre
nous me dérobait leur vue, et cet obstacle me
détermina à voir qui ce pouvait être. J'écartai la
charmille le plus doucement que je pus et ma
surprise et ma joie furent sans égales, en recon-
naissant mon inconnue.

Une émotion plus forte encore que celle où elle
m'avait mis la première fois que je l'avais vue,
s'empara de mes sens. Ma douleur, suspendue
d'abord à l'aspect d'un objet si charmant, fit
place enfin à la douceur extrême de la revoir.
J'oubliai dans ce moment, le plus cher de ma vie,
que je croyais qu'elle aimait un autre que moi; je
m'oubliai moi-même. Transporté, confondu, je
pensai mille fois m'aller jeter à ses pieds et lui
jurer que je l'adorais. Ce mouvement si impé-
tueux se calma, mais ne s'éteignit pas. Elle
parlait assez haut, et le désir de découvrir
quelque chose de ses sentiments dans un entretien dont elle croirait n'avoir pas de témoin, me
rendit plus tranquille, et me fit résoudre à me
cacher, et à faire le moins de bruit qu'il me serait
possible. Elle était avec une des Dames que

j'avais vues avec elle à l'Opéra. En me pénétrant
du plaisir d'être si près d'une personne pour qui
je sentais tant d'amour, je ne me consolais point
de ne pouvoir pas l'entretenir. Son visage n'était
pas tourné absolument de mon côté, mais j'en
découvrais assez pour ne pas perdre tous ses
charmes. La situation où elle était l'empêchait de
me voir, et m'en faisait par là moins regretter ce
que j'y perdais.

« Je l'avouerai, disait l'inconnue, je ne suis
point insensible au plaisir de paraître belle : je ne
hais pas même qu'on me dise que je le suis; mais
ce plaisir m'occupe moins que vous ne pensez : je
le trouve aussi frivole qu'il l'est en effet; et si
vous me connaissiez mieux, vous croiriez que le
danger n'en est pas grand pour moi.

— Je ne prétendais pas vous dire, repartit la
Dame, qu'il y eût tant à craindre pour vous, mais
seulement qu'il faut s'y livrer le moins qu'on
peut.

— Je pense tout le contraire, reprit l'inconnue : il faut d'abord s'y livrer beaucoup; on en
est plus sûr de s'en dégoûter.

— Vous tenez là le discours d'une coquette,
reprit la Dame, et cependant vous ne l'êtes pas.
S'il y a même, dans le cours de votre vie, quelque
chose à redouter pour vous, c'est d'avoir le cœur
trop sensible et trop attaché.

— Je n'en sais rien encore, repartit l'inconnue.
De tous ceux qui jusqu'à présent m'ont dit que
j'étais belle et m'ont paru le sentir, aucun ne m'a
touchée. Quoique jeune, je connais tout le danger
d'un engagement; d'ailleurs, je vous avouerai que
ce que j'entends dire des hommes me tient en
garde contre eux. Parmi tous ceux que je vois, je

n'en ai pas trouvé un seul, si vous en exceptez le Marquis, qui fût digne de me plaire. Je ne rencontre partout que des ridicules qui, pour être brillants, ne m'en déplaisent pas moins. Je ne me flatte pas cependant d'être insensible mais je ne me vois rien encore qui puisse me faire cesser de l'être.

— Vous ne me parlez point de bonne foi, reprit la Dame, et j'ai lieu de penser que, malgre le peu de cas que vous faites des hommes, il y en a un qui a trouvé grâce devant vos yeux : ce n'est pourtant pas le Marquis.

— Il y a quelques jours, repartit l'inconnue, que je vous vois cette idée; mais comment, et sur quoi avez-vous pu la former? Je ne suis à Paris que depuis fort peu de temps. Je ne vous ai pas quittée, et vous connaissez tous ceux que je vois. Apprenez-moi enfin quel est l'objet qui m'a inspiré une ardeur si vive? Je suis sincère, vous le savez et si votre remarque est juste, j'en conviendrai avec vous.

Eh bien, répondit la Dame, vous souvient-il de votre inconnu; de votre attention à le regarder; du soin que vous prîtes de me le faire remarquer? Ajoutez à cela l'opinion avantageuse que vous avez conçue de son esprit, sur quelques mots, jolis à la vérité, mais cependant assez frivoles pour ne devoir rien déterminer là-dessus. Préoccupation que l'amour fait naître, ou qui y mène. Voulez-vous d'autres preuves moins équivoques encore, quoique peut-être elles vous soient inconnues à vous-même? Vous souvient-il de la précipitation avec laquelle vous demandâtes qui il était, et que lui seul vous fit naître cette curiosité dans un lieu où du moins elle pouvait être partagée; du plaisir que vous eûtes, quand vous apprîtes son nom et son rang; combien vous en parlâtes le soir? Rappelez-vous la rêverie où vous avez été plongée pendant notre séjour à la campagne, vos distractions, vos soupirs échappés même sans cause apparente. Que puis-je penser encore de cette langueur douce et tendre qui paraît dans vos yeux, et qui s'est emparée de toutes vos actions; de l'inquiétude et de la rougeur que vous causent actuellement mes remarques? Si ce ne sont pas pour vous des symptômes d'amour, c'est ainsi du moins qu'il commence dans les autres.

— En ce cas, répondit l'inconnue, je puis donc croire que je ne ressemble à personne. Je ne me défendrai sur rien de tout ce que vous venez de me dire; et vous conviendrez cependant que vous avez mal appliqué vos remarques. Il est vrai, j'ai demandé qui était cet inconnu : ôtez de cette curiosité l'empressement que vous y avez cru voir, je me flatte que vous n'y trouverez rien que de naturel. L'opiniâtreté fatigante avec laquelle il me regardait la produisit, et en même temps mon attention à le regarder moi-même. Je vous dirai plus : sa figure me parut noble, et son maintien décent : deux choses que ce jour-là je ne trouvai qu'à lui, et qui vous frappèrent comme moi. Ce qu'il dit, et dont je me suis souvenue, vous parut, aussi, plaisant et bien tourné. Je ne dois pas même oublier que vous m'en rappelâtes des traits que je n'avais pas bien retenus : était-ce l'amour qui les rendait présents à votre mémoire? Si je parlai de lui, vous savez que ma mère en fut cause. J'ai été, dites-vous, rêveuse et distraite à la campagne, j'ai soupiré, j'ai eu de la langueur :

il me semble que tous ces mouvements ne
prouvent que l'ennui que la campagne m'inspire,
et qui peut être permis à une jeune personne qui,
au sortir du couvent où elle s'est déplu, a passé
un an dans une terre où elle a eu peu d'amusements; qui, pour ainsi dire, voit Paris pour la
première fois, et n'est pas contente qu'on l'ar-
rache à des plaisirs nouveaux pour elle. Eh bien,
Madame, que devient à présent cet amour dont
vous étiez si sûre? Cependant je suis sincère, et je
vous avouerai naturellement que cet inconnu qui
n'en a pas été longtemps un pour moi, s'il ne m'a
point touchée, du moins ne m'a pas déplu. Quand
son idée s'offre à mon souvenir, c'est toujours
d'une façon avantageuse pour lui; mais c'est sans
qu'elle m'intéresse; et si l'amour consiste dans ce
que vous m'avez peint, je suis bien loin d'en
ressentir.

— L'amour dans un cœur vertueux se masque
longtemps, repartit la Dame. Sa première impression se fait même sans qu'on s'en aperçoive; il ne
paraît d'abord qu'un goût simple, et qu'on peut
se justifier aisément. Ce goût s'accroît-il, nous
trouvons des raisons pour excuser ses progrès.
Quand enfin nous en connaissons le désordre, ou
il n'est plus temps de le combattre, ou nous ne le
voulons pas. Notre âme déjà attachée à une si
douce erreur craint de s'en voir privée; loin de
songer à la détruire, nous aidons nous-mêmes à
l'augmenter. Il semble que nous craignions que ce
sentiment n'agisse pas assez de lui-même. Nous
cherchons sans cesse à soutenir le trouble de
notre cœur, et à le nourrir des chimères de notre
imagination. Si quelquefois la raison veut nous
éclairer, ce n'est qu'une lueur, qui, éteinte dans le

même instant, n'a fait que nous montrer le précipice, et n'a pas assez duré pour nous en sauver. En rougissant de notre faiblesse, elle nous tyrannise; elle se fortifie dans notre cœur par les efforts même que nous faisons pour l'en arracher; elle y éteint toutes les passions, ou en devient le principe. Pour nous étourdir davantage, nous avons la vanité de croire que nous ne céderons jamais, que le plaisir d'aimer peut être toujours innocent. En vain nous avons l'exemple contre nous : il ne nous garantit pas de notre chute. Nous allons d'égarements en égarements sans les prévoir ni les sentir. Nous périssons vertueuses encore, sans être présentes, pour ainsi dire, au fatal moment de notre défaite; et nous nous retrouvons coupables sans savoir, non seulement comment nous l'avons été, mais souvent encore avant d'avoir pensé que nous puissions jamais l'être.

— Juste Ciel! s'écria l'inconnue, quel portrait! Qu'il me cause d'horreur!

— N'imaginez pas, repartit la Dame, que je l'aie fait sans raisons. Il ne convient pas à votre situation présente, mais il me paraît important que vous sachiez combien le cœur est faible, et que vous appreniez par là qu'on ne peut être trop en garde contre lui.

— J'en conviens avec vous, Madame, dit l'inconnue, et d'autant plus que je crois que l'amant le plus estimable ne vaut pas le moindre des soins qu'il nous coûte.

— Cette façon de penser, repartit la Dame, est un peu trop générale, mais je ne suis pas fâchée de vous la voir; et si peu d'hommes sont tendres et attachés, si peu sont capables d'une vraie

passion, nous sommes si souvent et si indignement victimes de notre crédulité et de leur
mauvaise foi, qu'il y aurait, je crois, encore trop
de danger à n'en excepter qu'un. Vous, plus que
toute autre, vous devez croire pour votre intérêt
qu'aucun homme n'est digne de vous toucher.
Faite pour être immolée, peut-être à celui de tous
que vous choisiriez le moins, n'ajoutez pas au
supplice déjà trop cruel de ne vivre que pour lui,
le supplice épouvantable de vouloir vivre pour un
autre. Si votre cœur n'est pas content, empêchez
du moins qu'il ne soit déchiré. »

Elles se levèrent alors. Dans le mouvement
qu'elles firent, mon inconnue se tourna de mon
côté mais elle disparut si promptement, qu'à
peine jouis-je un instant de sa vue. Malgré le
trouble où ses discours m'avaient plongé, je
n'oubliai pas de la suivre. Mais ne voulant pas
qu'elle pût me soupçonner de l'avoir écoutée, je
pris pour la joindre une autre route que celle que
je lui vis choisir.

Tout ce que je venais d'entendre me jetait
dans une inquiétude mortelle, quoiqu'il semblât
m'apprendre que Germeuil n'était point aimé. Je
me trouvais débarrassé de la crainte que le rival
le plus dangereux que je pusse avoir ne l'eût
touchée; mais, si ce n'était pas Germeuil, quel
était donc celui qu'elle honorait d'un souvenir si
tendre! Quelquefois je me flattais que c'était moi.
Je me rappelais je l'avais regardée avec cette
opiniâtreté dont elle se plaignait, mille choses
semblaient me convenir. Le désir d'être cet
inconnu, plutôt encore que ma vanité, me faisait
adopter le portrait flatteur qu'elle en avait fait.
La joie que me donnait cette idée était détruite

sur-le-champ par une autre qui pouvait être aussi
vraie. Je l'avais regardée avec attention : j'avais
sans doute paru pénétré de ses charmes; mais
étais-je le seul qui eût été transporté à sa vue?
Tous les spectateurs ne m'avaient-ils point paru
dans le même délire? Je ne l'avais vue qu'à
l'Opéra, et dans cette conversation où je venais
de surprendre ses secrets, il n'avait été question,
ni du jour ni du lieu où cet inconnu l'avait
frappée. Ce qui pouvait aussi se rapporter à moi,
pouvait aussi se rapporter à quelque autre.
D'ailleurs, cet inconnu, selon ses discours, n'en
était plus un pour elle. Il fallait donc qu'elle l'eût
revu? Pourquoi n'aurait-ce pas été Germeuil?
Savais-je depuis quand et comment il la connaissait? Hélas! me disais-je, que m'importe l'objet de sa passion, puisque je ne le suis point?
Quand ce ne sera pas Germeuil, en serai-je
moins malheureux? Pendant ces douloureuses
réflexions, dont la justesse me désespérait, j'avais
marché assez vite pour me trouver, malgré le
tour que j'avais fait, assez près d'elle. Sa vue me
donna autant de joie que si j'eusse trouvé, dans
le plaisir de la voir, quelque sujet d'espérer.

Elle se promenait nonchalamment dans la
grande allée, du côté de la pièce d'eau qui la
termine. J'admirai quelque temps la noblesse de
sa taille, et cette grâce infinie qui régnait dans
toutes ses actions : quelques transports que dans
cette situation elle me causât, je n'en voyais pas
assez; mais, timide comme je l'étais, je tremblais
de me présenter à ses yeux. Je désirais, je
redoutais cet instant qui allait me les rendre; il
me surprit dans cette confusion d'idées. Mon
émotion redoubla. Je profitai de l'espace qui était

encore entre nous deux pour la regarder avec
toute la tendresse qu'elle m'inspirait. A mesure
qu'elle s'avançait vers moi, je sentais mon
trouble s'augmenter, et ma timidité renaître. Un
tremblement universel qui s'empara de moi me
laissa à peine la force de marcher. Je perdis toute
contenance. J'avais remarqué que, lorsque nous
nous étions trouvés à quelques pas l'un de
l'autre, elle avait détourné ses regards de dessus
moi; que, les y portant encore et trouvant
toujours les miens fixés sur elle, elle avait
recommencé les mêmes mouvements : je les avais
attribués à l'embarras où ma trop grande har-
diesse l'avait mise, et peut-être à quelque sentiment d'aversion et de dégoût. Loin de me
rassurer contre une idée si cruelle et de me flatter
que ma vue lui faisait une plus douce impression,
elle me frappa au point qu'en passant auprès
d'elle je n'osai la regarder comme j'avais fait
jusque-là. Je parus même porter mes yeux
ailleurs. Je m'aperçus avec douleur que cette
précaution était inutile. Mon inconnue ne m'avait
seulement pas remarqué. Ce dédain me surprit et
m'affligea. La vanité me fit croire que je ne le
méritais pas. Dès lors, j'avais sans doute dans le
cœur le germe de ce que j'ai été depuis. Je crus
m'être trompé, et, ne pouvant penser mal longtemps de moi-même, je m'imaginai que la modestie seule l'avait contrainte à ce qu'elle venait de
faire.

Elles marchaient toutes deux si lentement que
je me flattai que, sans marquer aucune affectation, je pourrais les rejoindre encore. Je continuai
donc ma route, non sans me retourner souvent,
autant pour m'instruire du chemin que prendrait

mon inconnue, que pour tâcher de la surprendre dans le même soin. Le mien en partie me réussit mal et je pus seulement reconnaître qu'elle se disposait à prendre le chemin de la Porte du Pont-Royal. Je revins brusquement sur mes pas, et, en coupant par différentes allées, je m'y trouvai presque dans l'instant qu'elle y arrivait. Je lui fis place respectueusement, et cette politesse m'attira de sa part une révérence qu'elle me fit sèchement, et les yeux baissés. Je me rappelai alors toutes les occasions que j'avais lues dans les romans de parler à sa maîtresse, et je fus surpris qu'il n'y en eût pas une dont je pusse faire usage. Je souhaitai mille fois qu'elle fît un faux pas, qu'elle se donnât même une entorse : je ne voyais plus que ce moyen pour engager la conversation. Mais il me manqua encore, et je la vis monter en carrosse, sans qu'il lui arrivât d'accident dont je pusse tirer avantage.

Par malheur je n'avais à cette porte ni mon équipage, ni mes gens. Privé de la ressource de la faire suivre, je pensai l'entreprendre moi-même; mais quand ce que j'étais, et la façon distinguée dont j'étais mis, ne me l'auraient pas défendu, je n'aurais pu me flatter de le faire longtemps. Je me repentis mille fois de n'être pas descendu à cette porte : j'aurais pris des mesures trop justes pour ne pas apprendre enfin qui était cette inconnue. Mais il n'était plus temps, et je m'en fis autant de reproches que si j'eusse dû deviner, et qu'elle était aux Tuileries, et la porte par laquelle elle y était entrée.

Je retournai chez moi plus amoureux que jamais, piqué de l'indifférence de mon inconnue, rempli de ce que je lui avais entendu dire, et

détestant sans le connaître celui pour qui elle
semblait s'être déclarée, puisque je ne pouvais
plus me flatter que ce fût moi. Pour combler mon
ennui, il me restait le rendez-vous que m'avait
donné l'indulgente Madame de Lursay. Loin
qu'alors il m'occupât agréablement l'imagination,
il n'y avait rien que je n'eusse fait pour m'en
dispenser. Je venais d'éprouver en voyant mon
inconnue que je n'aimais qu'elle, et que je n'avais
pour Madame de Lursay que les sentiments
passagers qu'on a dans le monde pour tout ce
qu'on y appelle jolie femme, et qu'elle m'aurait
peut-être inspirés moins que personne, sans le
soin qu'elle prenait de me les faire naître.

Ce que je venais d'entendre dire à mon
inconnue, m'avait plus agité que guéri. Sa vue,
l'amour même que je lui supposais pour un autre,
avaient réveillé ma passion; et quelques chagrins
que j'en dusse prévoir, j'imaginais plus de plaisir
à être malheureux par mon inconnue, qu'heureux
auprès de Madame de Lursay. Qu'irai-je faire à
ce rendez-vous, me disais-je? Pourquoi me le
donner? Je ne le demandais pas. J'irai m'entendre dire qu'on ne veut point m'aimer, qu'on a
le cœur trop délicat. Ah! plût à Dieu qu'on ne
m'y préparât que ces discours! Mais non, on était
hier dans de plus douces dispositions. La vertu et
l'amour peuvent combattre encore, mais je serai
assez malheureux pour ne pas voir triompher la
première. Je fus tenté quelque temps de ne point
aller chez Madame de Lursay, et de lui écrire que
des affaires importantes qui m'étaient survenues
m'empêchaient de la voir. Après, j'y trouvais des
difficultés, tant qu'à force de ne rien résoudre, je
passai chez moi, et seul, la plus grande partie de

la journée. Enfin, je me déterminai à voir
Madame de Lursay ; mais ce fut si tard, que, ne
m'attendant plus, elle avait pris le parti de
recevoir les visites qui lui viendraient. En effet,
j'y trouvai grand monde. Elle me reçut avec
froideur, et sans presque lever ses yeux de dessus
un métier sur lequel elle faisait de la tapisserie.
De mon côté, les politesses ne furent pas vives,
et, voyant qu'elle ne me disait mot, j'allai
m'amuser à regarder jouer. Il n'y avait assurément rien de moins honnête que mon procédé ;
aussi me parut-il la fâcher vivement. Mais il
m'importait peu qu'elle s'en offensât, pourvu que
je ne la misse point à portée de me le dire. Son
intention cependant n'était point de garder là-
dessus le silence : l'insulte était trop vive. L'avoir
fait attendre, arriver froidement sans m'excuser,
sans paraître croire que j'en eusse besoin, n'avoir
pas seulement remarqué qu'elle en était piquée !
Était-il de crimes dont je ne fusse coupable ? et
encore étaient-ce tous crimes de sentiment. Elle
attendit quelque temps que je revinsse à elle.
Mais voyant qu'il n'en était pas question, elle se
leva, et après quelques tours qu'elle fit dans
l'appartement, elle vint enfin de mon côté. Elle
s'était mise ce jour-là de façon à arrêter mes
regards et mon cœur. Le déshabillé le plus noble
et le plus galant ornait ses charmes ; une coiffure
négligée, peu de rouge, tout contribuait à lui
donner un air plus tendre : enfin elle était dans
cette parure où les femmes éblouissent moins les
yeux, mais où elles surprennent plus les sens. Il
fallait, puisqu'elle l'avait prise dans une occasion
qu'elle regardait comme fort importante, que,

par sa propre expérience, elle en connût tout le
prix.

Sous prétexte de regarder le jeu, elle s'ap-
procha de moi. Je ne l'avais pas encore bien
considérée; je fus, malgré mes préjugés contre
elle, surpris de sa beauté. Je ne sais quoi de si
touchant et de si doux brillait dans ses yeux; ses
grâces animées par le désir, et peut-être par la
certitude de me plaire, avaient quelque chose de
si vif que j'en fus ému. Je ne pus la regarder sans
une sorte de complaisance que je n'avais jamais
eue pour elle : aussi ne l'avais-je jamais vue
comme je la voyais alors. Ce n'était plus cette
physionomie sévère et composée avec laquelle elle
m'avait effrayé tant de fois. C'était une femme
sensible, qui consentait à le paraître, qui voulait
toucher. Nos yeux se rencontrèrent : la langueur
que je trouvai dans les siens fit passer jusque
dans mon cœur le mouvement que ses charmes
avaient fait naître, et dont le trouble semblait
s'accroître à chaque instant. Quelques soupirs,
qu'elle affectait de ne pousser qu'à demi, achevèrent de me confondre, et, dans ce dangereux
moment, elle profita de tout l'amour que j'avais
pour mon inconnue.

Madame de Lursay avait trop d'expérience
pour se méprendre à son ouvrage, et n'en pas
profiter; et elle ne s'aperçut pas plutôt de
l'impression qu'elle faisait sur moi, qu'en me
regardant avec plus de tendresse qu'elle ne m'en
avait encore exprimé, elle retourna à sa place.
Sans réfléchir sur ce que je faisais, sans même
que je pusse former une idée distincte, je la
suivis. Elle s'était remise à sa tapisserie, et
semblait en être si occupée que, quand je m'assis

vis-à-vis elle, elle ne leva pas les yeux sur moi.
J'attendis quelque temps qu'elle me parlât, mais
voyant enfin qu'elle ne voulait pas rompre le
silence :

« Ce travail vous occupe prodigieusement,
Madame », lui dis-je.

Elle reconnut au ton de ma voix combien
j'étais ému, et, sans me répondre, elle me regarda
en dessous : regard qui n'est pas le plus maladroit
dont une femme puisse se servir, et qui en effet
est décisif dans les occasions délicates.

« Vous n'êtes donc pas sortie aujourd'hui,
continuai-je.

— Eh! mon Dieu non, reprit-elle d'un air fin.
Il me semble même que je vous l'avais dit.

— Comment se peut-il donc, repartis-je, que je
l'aie oublié?

— La chose ne vaut pas, répondit-elle, que
vous vous en fassiez des reproches, et elle est par
elle-même si indifférente, que j'avais oublié aussi
que vous m'aviez promis de venir. Tant que vous
ne me manquerez pas plus essentiellement, vous
me trouverez toujours disposée à vous pardonner.
Car nous nous serions peut-être trouvés seuls.
Que nous serions-nous dit? Savez-vous bien
qu'un tête-à-tête est quelquefois encore plus
embarrassant que scandaleux?

— Je ne sais, repris-je, mais, pour moi, je le
souhaitais avec tant d'ardeur...

— Ah! finissons cette coquetterie, interrompit-elle : ou ne me parlez plus sur ce ton, ou soyez
du moins d'accord avec vous-même. Ne sentez-
vous pas que, de la chose du monde la plus
simple vous en faites actuellement la plus ridicule? Comment pouvez-vous vous imaginer que je

croie ce que vous me dites? Si vous aviez désiré
de me voir, qui vous en empêchait?

— Moi-même, repris-je, qui crains de m'engager avec vous. Voyez cependant, comme je
réussis, continuai-je, en lui prenant la main
qu'elle avait sous le métier.

— Eh bien, me dit-elle, sans la retirer, et en
souriant, que voulez-vous?

— Que vous me disiez que vous m'aimez.

— Mais quand je vous l'aurai dit, reprit-elle,
j'en serai plus malheureuse, et je vous en verrai
moins amoureux. Je ne veux vous rien dire :
devinez-moi, si vous pouvez, ajouta-t-elle en me
regardant fixement.

— Vous me l'avez défendu, repris-je.

— Ah! s'écria-t-elle, je ne croyais pas vous en
avoir tant dit. Mais aussi ne vous en dirai-je pas
davantage. »

Je voulus alors la presser de parler; elle
s'obstina au silence; nous fûmes quelque temps
sans nous rien dire, mais nous ne cessions pas de
nous regarder, et je retenais toujours sa main.

« Que je suis bonne, et que vous êtes fol! dit-
elle enfin. Le beau personnage que nous jouons
ici tous deux! Écoutez, ajouta-t-elle d'un air de
réflexion, je crois vous avoir dit que j'étais
sincère, et je suis bien aise de vous en donner des
preuves. Naturellement je suis peu susceptible, et
pour me sauver des égarements de la jeunesse, je
n'ai pas eu besoin de réfléchir. Il me paraîtrait
d'un extrême ridicule de donner aujourd'hui dans
un travers qui, par mille raisons que vous ne
sentez pas, pourrait m'être moins pardonné que
jamais. Cependant, j'ai du goût pour vous. Je ne
dis plus qu'un mot. Rassurez-moi contre tout ce

que j'ai à craindre de votre âge et de votre peu
d'expérience; que votre conduite m'autorise à
prendre de la confiance en vous, et vous serez
content de mon cœur. Cet aveu que je vous fais,
me coûte. Il est, et vous pouvez m'en croire, le
premier de cette nature que j'aie fait de ma vie.
Je pouvais, je devais même vous le faire attendre
plus longtemps; mais je hais l'artifice, et personne au monde n'en est moins capable que moi.
Soyez fidèle et prudent; je vous épargne des
peines, en vous apprenant moi-même un secret
que de longtemps vous n'auriez pénétré : méritez
qu'un jour je vous en dise davantage.

— Ah! Madame, m'écriai-je...

— Je ne veux pas de remerciements, interrompit-elle; ils ne seraient à présent qu'une imprudence, et c'est surtout ce que je veux que vous
évitiez. Ce soir, peut-être, nous pourrons nous
parler.

— Non, Madame, répondis-je, je ne vous
quitte pas que vous ne m'ayez dit que vous
m'aimez.

— Pour me presser de vous faire cet aveu dans
la situation où nous sommes actuellement, il faut,
repartit-elle, que vous en connaissiez bien peu le
prix! Faites ce que je désire, et ne poussons pas
plus avant une conversation sur laquelle peut-
être on ne médite déjà que trop ici. »

Je fis, non sans peine, ce qu'elle voulait. Mon
bonheur m'avait enivré, et, loin de retourner au
jeu, j'allai rêver aux plaisirs que me promettait
une si belle conquête. J'étais placé de façon que
je pouvais voir Madame de Lursay. Mes yeux
étaient sans cesse attachés sur elle; et toujours
aussi elle me lançait des regards qu'elle chargeait

de tendresse et de volupté. Je voyais enfin cette
fière beauté, qui, ainsi qu'elle me le disait elle-
même, n'avait jamais été sensible, soupirer pour
moi et me le dire! J'étais le seul qu'elle eût aimé!
Je triomphais de la vertu! de Platon même! Je
dis de Platon; car sans m'y connaître parfaitement, je ne laissais pas de voir que si dans la
suite on me parlait encore de son système, du
moins on le mitigerait; et le mitiger, c'est
l'anéantir.

Cependant il restait encore à Madame de
Lursay bien des ressources contre moi, si elle eût
voulu s'en servir. Ce caractère de sévérité qu'elle
s'était donné, et qui, tout faux qu'il était en lui-
même, l'arrêtait sur ses propres désirs, la honte
de céder trop promptement, surtout avec quelqu'un qui, ne devinant jamais rien, lui laisserait
tout le désagrément des démarches; la crainte
que je ne fusse indiscret, et que mon amour
découvert ne la chargeât d'un ridicule d'autant
plus grand qu'elle avait affiché plus d'éloignement pour ces sortes de faiblesses; sa coquetterie
même, qui lui faisait trouver plus de plaisir à
s'amuser de mon ardeur qu'à la satisfaire, et qui
avait vraisemblablement causé ses inégalités,
plus encore que tout le reste.

Car, que l'on vienne à surprendre le cœur d'une
femme vertueuse, quand une fois elle est conve-
nue qu'elle l'a donné, il ne reste plus rien à
combattre. La vérité de son caractère ne peut
s'accommoder de ce manège dont se servent les
coquettes, ni de ces dehors affectés qui rendent
les prudes d'un accès si difficile. Vraie dans la
résistance qu'elle a opposée aux désirs, elle ne
l'est pas moins dans la façon de se rendre. Elle

succombe parce qu'elle ne peut plus combattre. Les conquêtes les plus méprisables sont quelquefois celles qui coûtent le plus de soin; et l'hypocrisie montre souvent plus de scrupules que la vertu même.

Quoique Madame de Lursay me parût enfin s'être arrangée sur les siens, je ne laissais pas de craindre un de ces retours auxquels elle était sujette, et j'aurais bien voulu ne lui pas donner le temps de la réflexion. J'imaginais qu'une personne aussi sévère devait être en proie à de terribles remords. Plus mon triomphe me paraissait brillant, plus je redoutais qu'il ne fût traversé. Soumettre un cœur inaccessible, pouvais-je jouir jamais d'une plus grande gloire? Cette idée agissait plus sur mon cœur que tous les charmes de Madame de Lursay, et j'ai compris depuis, par l'impression qu'elle me faisait alors, qu'il est bien plus important pour les femmes de flatter notre vanité que de toucher notre cœur.

Plus cependant je réfléchissais sur ce que Madame de Lursay m'avait dit, plus j'y trouvais de quoi me convaincre qu'elle voulait me rendre heureux. Elle me rejoignit bientôt, et dans la conversation qui devint générale, elle me glissa mille choses fines et passionnées. Elle y déploya tous les agréments de son esprit, et toute la tendresse de son cœur. J'admirais en secret combien l'amour embellit les femmes, et je ne pouvais pas bien comprendre le changement extrême que je trouvais dans toute la personne de Madame de Lursay. Transports à demi étouffés, et par là peut-être plus flatteurs; regards dérobés, soupirs que moi seul j'entendais; il n'y avait rien qu'elle ne me donnât, ou rien qu'elle ne

voulût me laisser prévoir. Pendant le souper, où
je fus à côté d'elle, elle ne diminua rien de ses
empressements, et malgré toutes les personnes
qui nous obsédaient, elle trouva le moyen de me
faire sentir qu'elle était sans cesse occupée de
moi. La situation où je me trouvais avait
augmenté mon embarras naturel.

Je ne répondais à tout ce qu'elle me disait que
par un sourire niais, ou par des discours mal
arrangés qui ne valaient pas mieux, et ne disaient
pas davantage. J'aurais fait cent fois pis que je
n'en aurais pas perdu plus auprès d'elle. Ma
rêverie, mes distractions et ma stupidité n'étaient
pour elle que des preuves plus incontestables que
j'étais fortement épris; et je ne voyais jamais
plus de tendresse dans ses yeux que quand je lui
avais répondu quelque chose de bien absurde.
Elle n'est pas la seule que j'aie vue dans ce cas-là.
Les femmes adorent souvent en nous nos plus
grands ridicules, quand elles peuvent se flatter
que c'est notre amour pour elles qui nous les
donne.

Quelque passion que je me sentisse pour
Madame de Lursay, dans quelque désordre que
m'eût plongé tout ce qui venait de se passer, mon
inconnue m'était plus d'une fois revenue dans
l'esprit. Mais loin de me laisser occuper de son
souvenir, je cherchais à l'anéantir dans mon
cœur; il me semblait, pour peu que je l'y laissasse
subsister, qu'il prenait trop d'empire sur moi. Je
me reprochais comme une perfidie tout ce que je
faisais pour Madame de Lursay; et pour vouloir
continuer à lui plaire, j'avais besoin d'oublier à
quel point j'aimais mon inconnue. Je cherchais à
me distraire de son idée par celle des plaisirs qui

m'attendaient. J'eusse mieux aimé à la vérité que tout ce que je désirais de Madame de Lursay m'eût été donné par elle. Mais je ne m'en sentais pas moins disposé à profiter des bontés de la première.

Le souper finit.

« Meilcour, me dit Madame de Lursay, pendant que tout le monde se levait, vous voyez que nous ne pouvons nous entretenir ce soir et je vous avouerai qu'au fond, je n'en suis pas fâchée. Vous m'auriez peut-être donné lieu de me plaindre de vous.

— Moi, Madame! répondis-je, douteriez-vous de mon respect?

— Mais oui, reprit-elle, je n'ai pas sur cela trop bonne opinion de vous : ce n'est pas que je ne susse bien vous en imposer. Mais après tout, je crois qu'il vaut mieux que vous veniez demain. »

Je souris à ces mots. Il me paraissait plaisant que, pour éviter que je lui manquasse de respect, elle me redonnât un rendez-vous.

« Je vous entends, continua-t-elle; vous pensez bien que nous ne serons pas seuls. »

Je fus si interdit de me voir déchu de toutes mes espérances, que je pensai lui répondre : « Comme vous voudrez ».

« Mais, Madame, lui dis-je, après m'être un peu remis, pourquoi ne voulez-vous pas que nous nous entretenions ce soir?

— Parce que, répondit-elle, il y a trop de monde ici, et que la bienséance serait choquée, si l'on vous y voyait rester. Mais aussi, c'est votre faute. Il n'a tenu qu'à vous de n'avoir pas à vous plaindre d'une compagnie si nombreuse.

— Vous me désespérez, Madame, répondis-je,

d'autant plus qu'il ne se présente rien à mon esprit qui puisse me tirer d'un état aussi désagréable.

— Je ne sais pas, repartit-elle, ce qui vous fait désirer à ce point-là une chose aussi indifférente par elle-même; mais puisqu'elle vous paraît si essentielle, examinez ce que nous pourrions faire. »

Il est naturel qu'en pareil cas le plus expérimenté se charge de la conduite des affaires, et elle crut pouvoir sans trop prendre sur elle me fournir l'expédient qui devait tous deux nous tirer d'embarras. Mais elle devait, pour son honneur, paraître étourdie de la situation; aussi rêva-t-elle longtemps : elle me proposa même, les uns après les autres, vingt moyens qu'elle condamnait sur-le-champ, et finit par me dire, comme quelqu'un qui a épuisé toutes ses vues, qu'elle ne voyait rien de plus court, ni de plus sûr, que de ne pas rester avec elle. Je combattis son dernier avis, mais faiblement. Je n'en savais pas assez pour nous tirer d'un état si pénible, et je trouvai qu'elle avait raison. Elle ne s'attendait pas à une décision si précise, et elle prit dans l'instant son parti.

« Il n'est pas douteux, dit-elle, que je n'aie raison; cela est sensible. En effet je ne vois rien, mais rien du tout qui puisse servir à notre idée. Ce n'est pas que dans le fond on dût imaginer, si vous restiez ici, qu'il y a quelque chose de particulier entre nous deux : rien n'est si simple. Mais le monde est méchant, vous êtes jeune. On ne voudrait jamais penser ce qui en est, et d'une chose qui n'est assurément ni cherchée, ni prévue, et qui n'aurait pas même besoin d'être

cachée, on en ferait une affaire, un rendez-vous
déterminé. Pourtant cela est cruel, car il est
certain que je m'exposerais, mais de la façon du
monde la plus funeste. Ce sacrifice que je vous
ferais serait peu pour vous et j'y perdrais tout. Je
vois que ce contre-temps vous afflige, et je
m'afflige aussi, moi, de discuter si longtemps
cette matière avec vous. Il y a mille femmes
assurément à qui ceci ne causerait pas le moindre
embarras. Mais j'ai si peu d'usage de ces sortes de
choses, que vous ne devez pas paraître surpris du
trouble où celle-ci me met. Si cependant l'on
pouvait se rassurer par la pureté de ses intentions, je n'aurais, à coup sûr, rien du tout à me
reprocher. Car, je vous le répète, rien n'est si
simple que nous soyons seuls. Je ne doute pas
que vous n'employiez ces moments à me dire que
vous m'aimez, mais vous m'en diriez autant
devant tout le monde : et puisque je ne puis là-
dessus vous imposer silence, il me semble qu'il
vaut mieux qu'il n'y ait que moi qui vous
entende. Mais, ajouta-t-elle, toutes ces réflexions
ne sont pas des expédients... Avez-vous quelqu'un de vos gens ici?

— Oui, répondis-je, voudriez-vous que je les
renvoyasse?

— Eh, mon Dieu, non! reprit-elle, ce n'est pas
de cela qu'il est question. Gardez-vous-en bien :
mais... pour quelle heure avez-vous demandé
votre équipage? Pour minuit?

— Oui, repris-je.

— Tant pis, repartit-elle, c'est l'heure à
laquelle on sortira de chez moi.

— Si je ne le faisais revenir qu'à...

— Deux heures, par exemple, interrompit-elle.

Puisque vous pensiez cela, pourquoi ne me le pas dire? Cet expédient lève toutes les difficultés, et je vous sais gré de l'avoir imaginé. En effet, le prétexte d'attendre vos gens est suffisant pour rester, et supposé que quelqu'un vous offrît de vous remener, vous sauriez vous en dispenser apparemment? »

Je ne répondis à Madame de Lursay qu'en lui serrant la main avec passion, et je sortis pour donner mes ordres, riant en moi-même de ce qu'elle me faisait honneur du stratagème qui assurait notre entretien, pendant qu'elle aurait pu à si juste titre s'en attribuer l'invention.

Je trouvai en rentrant que tout le monde s'était remis au jeu, et que Madame de Lursay se plaignait de la migraine : tout imbécile que j'étais, je ne laissai pas de comprendre qu'elle ne feignait cette indisposition que pour être plus tôt en liberté de me parler, et je ne concevais pas comment on pouvait commettre l'incivilité de ne point abandonner le jeu, et de ne la pas laisser jouir de ce repos dont elle semblait avoir besoin. Malgré toutes les réflexions que je faisais là-dessus et mon impatience, on acheva les parties commencées. Je me sentais une ardeur inquiète qui me tourmentait. Je regardais tristement Madame de Lursay, comme pour lui demander raison du chagrin qu'on nous causait, et elle, par les plus tendres souris, me faisait entendre qu'elle partageait mon inquiétude.

Ce moment si ardemment souhaité vint enfin. On se leva, on se disposa à partir. Je sortis avec tout le monde, et je feignis d'être étonné de ne trouver personne à moi dans l'antichambre. Ce que Madame de Lursay avait prévu ne manqua

pas de m'arriver. On me proposa de me remener :
je remerciai, mais avec un air décontenancé. L'on
me pressait d'accepter. Mon embarras augmentait, et je crois que, faute de savoir que répondre,
je me serais laissé reconduire, si Madame de
Lursay, fertile en expédients, et dont l'esprit ne
se troublait pas aussi aisément que le mien, ne
fût venue à mon secours.

« Ne voyez-vous pas, dit-elle en souriant à ceux
qui me tourmentaient le plus poliment du monde,
que vous le gêneriez et qu'il ne veut pas
apparemment que l'on sache où il veut aller? Il a
sans doute quelque rendez-vous. Mais vos gens ne
peuvent pas tarder à venir, continua-t-elle, en se
tournant vers moi, et quoique j'aie un mal de
tête affreux, je veux bien vous permettre de les
attendre ici. »

Ce discours fut tenu d'un air si naturel, qu'il
était impossible de n'y être point trompé. Je la
remerciai en bégayant. On attribua mon trouble
à la plaisanterie qu'elle m'avait faite, et après
m'avoir raillé bien ou mal sur ma bonne fortune
prétendue, enfin on nous laissa ensemble.

Je ne me vis pas plutôt seul avec elle, que je
fus saisi de la plus horrible peur que j'aie eue de
ma vie. Je ne saurais exprimer la révolution qui
se fit dans tous mes sens. Je tremblais, j'étais
interdit. Je n'osais regarder Madame de Lursay :
elle s'aperçut aisément de mon embarras, et me
dit, mais du ton le plus doux, de m'asseoir auprès
d'elle sur un sopha où elle s'était mise. Elle y
était à demi couchée, sa tête était appuyée sur
des coussins, et elle s'amusait nonchalamment et
d'un air distrait, à faire des nœuds. De temps en
temps elle jetait les yeux sur moi d'une façon

languissante, et je ne manquais pas dans l'instant
de baisser respectueusement les miens. Je crois
qu'elle voulut attendre par méchanceté que je
rompisse le silence : enfin, je m'y déterminai.

« Vous faites donc des nœuds [3], Madame? » lui
demandai-je d'une voix tremblante.

A cette intéressante et spirituelle question,
Madame de Lursay me regarda avec étonnement.
Quelque idée qu'elle se fût faite de ma timidité et
du peu d'usage que j'avais du monde, il lui parut
inconcevable que je ne trouvasse que cela à lui
dire. Elle ne voulut pas cependant achever de me
décourager, et, sans y répondre :

« Je suis, me dit-elle, fâchée quand j'y songe
que vous soyez resté ici, et je ne sais à présent si
ce stratagème que nous avons d'abord trouvé si
heureux fera l'effet que nous avons imaginé.

— Je n'y vois point d'inconvénients, répondis-
je.

— Pour moi, repartit-elle, je n'en vois qu'un,
mais il est terrible. Vous m'avez trop parlé
tantôt, et je crains qu'on n'ait deviné ce que vous
me disiez. Je voudrais qu'en public vous fussiez
plus circonspect.

— Mais, Madame, repartis-je, il est impossible
qu'on m'ait entendu.

— Ce ne serait pas une raison, répondit-elle.
On commence toujours par médire, sauf après à
examiner si l'on a eu de quoi le faire. Je me
souviens que nous nous sommes entretenus longtemps et sur une matière qui ne vous laisse point
un air indifférent. Quand on dit à quelqu'un
qu'on l'aime, on cherche à le lui persuader, et le
discours ne partît-il pas du cœur, il anime
toujours les yeux. Moi qui vous examinais par

exemple, il me semblait que vous aviez plus de
feu, plus de tendresse que vous ne croyiez peut-
être vous-même. C'était sans que vous le voulussiez, même sans que la chose vous touchât assez
pour qu'elle altérât votre physionomie; cependant, je la trouvais changée. Je crains qu'un jour
vous ne soyez trompeur, et je plains d'avance
celles à qui vous voudrez plaire. Vous avez un air
vrai, votre expression est passionnée, elle peint le
sentiment avec une impétuosité qui entraîne et je
vous avouerai... Mais non, ajouta-t-elle en s'inter-
rompant et avec un air confus, il ne me servirait
de rien de vous dire ce que je pense.

— Parlez, Madame, lui dis-je tendrement.
Rendez-moi, s'il se peut, digne de vous plaire.

— De me plaire! reprit-elle. Ah! Meilcour,
c'est ce que je ne veux pas, et supposé que vous
en ayez eu le dessein, n'y pensez plus, je vous en
conjure. Quelques raisons que j'aie de fuir
l'amour, quelque peu même qu'il semble être fait
pour moi, peut-être m'y rendriez-vous sensible.
Ciel! ajouta-t-elle tristement, serais-je reservée à
ce malheur, et ne l'aurais-je évité jusqu'ici que
pour y tomber plus cruellement! »

Ces paroles de Madame de Lursay, et le ton
dont elle les prononçait, me jetèrent dans un
attendrissement où je ne m'étais jamais trouve,
et qui me pénétra au point que je ne pus d'abord
lui répondre. Pendant le silence mutuel où nous
restâmes quelque temps, elle paraissait plongée
dans la rêverie la plus accablante : elle me jetait
des regards confus, levait les yeux au ciel, les
laissait retomber tendrement sur moi, semblait
les en arracher avec peine. Elle soupirait avec
violence, et ce désordre avait quelque chose de si

naturel et de si touchant, elle était si belle dans cet état, elle me pénétrait de tant de respect, que quand je n'aurais pas eu déjà le désir de lui plaire elle me l'aurait sûrement fait naître.

« Eh! pourquoi, lui dis-je, d'une voix étouffée, serait-ce un malheur pour vous?

— Pouvez-vous me le demander? reprit-elle. Croyez-vous que je m'aveugle sur le peu de rapport qu'il y a entre nous? A présent que vous me dites que vous m'aimez, vous êtes peut-être sincère, mais combien de temps le seriez-vous, et combien ne me puniriez-vous pas d'avoir été trop crédule? Je vous amuserais, vous me fixeriez. Trop jeune pour vous attacher longtemps, vous vous en prendriez à moi des caprices de votre âge. Moins je vous fournirais de prétextes d'inconstance, plus je vous deviendrais indifférente. Dans les soins que je prendrais de vous ramener, vous verriez moins une amante sensible qu'une personne insupportable. Vous iriez même jusqu'à vous reprocher l'amour que vous auriez eu pour moi, et si je ne me voyais pas indignement sacrifiée, si vous n'instruisiez pas le public de ma faiblesse, je le devrais moins à votre probité qu'au ridicule dont vous croiriez vous couvrir en avouant que vous m'auriez aimée. »

Madame de Lursay aurait sans doute parlé plus longtemps sur ce ton tragique, mais elle m'en vit si abattu, si près d'en verser des larmes, si déconcerté de la façon dont elle avait traité ce sujet, qu'elle crut nécessaire, pour me remettre l'esprit, de me parler avec moins de majesté.

« Au reste, ajouta-t-elle doucement, ce n'est pas que je vous croie capable d'aucun des mauvais procédés que je viens de vous dépeindre.

Non, assurément, mais, je vous le répète, je crains votre âge plus encore que le mien. D'ailleurs, vous ne voudrez pas m'aimer à ma fantaisie.

— Non, Madame, lui dis-je, je ne me conduirai jamais que par vos volontés.

— Je ne sais pas, reprit-elle en souriant, si je dois vous en croire. On imagine quelquefois que c'est une preuve d'amour, que de perdre le respect, et c'est la plus mauvaise façon de penser qu'il y ait au monde : je ne dis pas qu'on ne doive naturellement attendre une récompense de ses soins. Quelque répugnance que sente une femme à s'engager trop avant, quand elle est une fois persuadée, elle laisse peu de chose à combattre.

— Quand serai-je donc assez heureux pour vous persuader, Madame, lui demandai-je?

— Quand? répondit-elle en riant, mais vous voyez que je le suis à demi. Je vous laisse dire que vous m'aimez, et je vous dis presque que je vous aime. Vous voyez quelle est ma confiance. Je n'ai pas craint de rester seule avec vous, je vous ai même aidé à y parvenir. Cela fait, à ce qu'il me semble, des preuves de tendresse assez fortes, et si vous les voyiez telles qu'elles sont, je crois que vous ne vous plaindriez pas.

— Il est vrai, Madame, repris-je, d'un air embarrassé, mais...

— Mais, Meilcour, interrompit-elle, savez-vous bien que ma démarche de ce soir est très hasardée et qu'il faut que je pense aussi bien de vous que je le fais, pour m'y être déterminée?

— Hasardée? repris-je.

— Oui, dit-elle, et je le répète, très hasardée. Au fond, si l'on savait que vous êtes ici de mon

consentement, que j'en ai lié volontairement la
partie avec vous, en un mot, que ce n'est pas un
coup imprévu, que ne serait-on pas en droit d'en
dire? Voyez pourtant le tort qu'on aurait; car
personne ne peut être assurément plus respectueux que vous : et voilà, ce qu'on ne croit pas, le
moyen de tout obtenir. Meilcour, ajouta-t-elle
pressamment, que vous voulez vous faire aimer!
que cet air d'embarras et d'ingénuité, qui me
découvre toute la candeur de votre âme, est
flatteur pour moi! »

Ces paroles me semblaient alors trop obligeantes pour n'en devoir pas remercier Madame
de Lursay, et, dans les transports qu'elle me
faisait, je pris sur moi au point que j'osai me
jeter à ses genoux.

« Ah, Ciel! m'écriai-je, quoi! vous m'aimerez,
vous me le direz!

— Oui, Meilcour, reprit-elle en souriant, et en
me tendant la main. Oui, je vous le dirai, et le
plus tendrement du monde. Serez-vous content? »

Je ne lui répondis qu'en serrant avec ardeur la
main que je lui avais saisie.

Cette action téméraire fit rougir Madame de
Lursay, et parut la troubler. Elle soupira, je
soupirai aussi. Nous fûmes quelque temps sans
nous parler. Je cessai un instant de baiser sa
main, pour la regarder. Je trouvais dans ses yeux
une expression dont j'étais saisi sans la bien
connaître. Ils étaient si vifs, si touchants, j'y
lisais tant d'amour que, sûr qu'elle me pardonne-
rait mon audace, j'osai encore lui baiser la main.

« Eh bien, me dit-elle enfin, ne voulez-vous
donc pas vous lever? Quelles sont donc ces folies?
Levez-vous, je le veux.

— Ah, Madame! m'écriai-je, aurais-je le malheur de vous avoir déplu?

— Eh! vous fais-je des reproches, répondit-elle
languissamment? Non, vous ne me déplaisez pas.
Mais reprenez votre place, ou, pour mieux dire,
partez, je viens d'entendre votre carrosse, et je ne
veux pas qu'on vous attende. Demain, si vous
voulez, on vous verra. Si je sors, ce ne sera que
tard. Adieu, ajouta-t-elle en riant de ce que je
retenais éternellement sa main, je veux absolument que vous partiez. Vous devenez d'une
témérité qui m'effraie, et je ne voudrais point du
tout qu'elle continuât. »

Je cherchais à me justifier. Je ne voulais point
me rendre aux ordres de Madame de Lursay. En
me pressant de la quitter elle n'avait point l'air
d'une femme qui veut être obéie! Je lui soutins
qu'elle n'avait point entendu rentrer mon carrosse.

« Mais quand cela serait, me dit-elle, il ne me
plaît pas que vous restiez ici davantage. Ne nous
sommes-nous pas tout dit?

— Il me semble que non, repris-je en soupirant, et si je garde quelquefois le silence auprès
de vous, c'est bien moins parce que je n'ai rien à
vous dire, que par la difficulté que je trouve à
vous exprimer tout ce que je pense.

— Voilà, me dit-elle, en se remettant sur le
sopha, une timidité dont je veux vous corriger. Il
faut toujours la distinguer du respect : l'un est
convenable, et l'autre est ridicule. Par exemple,
nous sommes seuls, vous me dites que vous
m'aimez, je vous réponds que je vous aime, rien
ne nous gêne : plus la liberté que je semble
donner à vos désirs est grande, plus vous êtes

estimable de ne point chercher à en abuser. Vous
êtes peut-être le seul au monde que je connaisse
capable de ce procédé. Aussi la répugnance que je
me suis toujours sentie pour ce que je fais
aujourd'hui cesse-t-elle. Je puis me flatter enfin
d'avoir trouvé un cœur dans les principes du
mien. Cette retenue, dont je vous loue, vient du
respect; car si vous n'étiez que timide, j'en aurais
assez fait pour que vous ne le fussiez plus. Vous
ne me répondez rien?

— C'est que je sens, Madame, repris-je, que
vous avez raison, et que je voudrais que vous
eussiez tort. »

Il n'est pas hors de propos de faire remarquer
que quand elle s'était remise sur le sopha, je
m'étais rejeté à ses pieds, qu'alors elle m'avait
laissé appuyer les coudes sur ses genoux, que
d'une main elle badinait avec mes cheveux, et
qu'elle permettait que je lui serrasse ou baisasse
l'autre : car cette importante faveur était à mon
choix.

« Ah! si j'étais sûre, s'écria-t-elle, que vous ne
fussiez pas inconstant ou indiscret! » ajouta-
t-elle, en baissant la voix.

Loin de répondre comme je l'aurais dû, je
sentis si peu la force de cette exclamation, je
connaissais si peu le prix de ce que Madame de
Lursay faisait pour moi, que je m'amusai à lui
jurer une fidélité éternelle. Le feu que je voyais
dans ses yeux et qui aurait été pour tout autre un
coup de lumière, son trouble, l'altération de sa
voix, ses soupirs doux et fréquents, tout ajoutait
à l'occasion, et rien ne me la fit comprendre. Je
crus même qu'elle ne se livrait tant à moi que
parce qu'elle était sûre de mon respect, et qu'un

moment d'audace ne me serait jamais pardonné;
qu'elle était une de ces femmes avec lesquelles il
faut tout attendre, et pour qui le moment n'est
redoutable que quand elles le veulent. Je me fis
enfin tant et de si fortes illusions, qu'elles
prévalurent sur mes désirs, et sur l'envie que la
délicate Madame de Lursay avait de m'obliger.
Moins elle avait à se reprocher de ne s'être pas
assez fait entendre, plus elle devait être indignée
contre moi. Je la vis tomber dans une sombre
rêverie, et je l'aurais tourmentée jusqu'au jour de
mes protestations d'amour, et surtout de respect,
si, ennuyée enfin de la situation ridicule où je la
mettais, elle ne m'eût réitéré, et très fortement,
qu'il était temps que je me retirasse. Elle jugea
en personne sensée qu'il ne lui restait plus rien
dans cet instant à espérer de moi. Quelque
répugnance que je montrasse pour lui obéir, je ne
pus rien gagner sur elle, et nous nous séparâmes :
elle, étonnée sans doute qu'on pût pousser aussi
loin la stupidité, et moi persuadé qu'il me faudrait
au moins six rendez-vous avant que de savoir
encore à quoi m'en tenir. Il me sembla même
qu'en me quittant elle m'avait regardé avec
froideur et je crus qu'elle n'était causée que par
les licences où je m'étais laissé emporter avec elle.

Je ne me vis pas plus tôt rendu à moi-même,
que, ma confusion se dissipant, je jugeai de ce qui
venait de se passer différemment que je n'avais
fait dans le temps de l'action même. Plus je me
rappelais les discours et les façons de Madame de
Lursay, plus j'y trouvais de quoi douter que mon
respect eût été si bien placé que je l'avais cru, et
que si le second rendez-vous se passait comme le

premier, elle eût la complaisance de m'en accorder un troisième, toute Dame à sentiment qu'elle était. Je n'imaginais pas, à la vérité, qu'en la pressant davantage j'eusse remporté la victoire, mais que du moins je me la serais préparée. Mais aussi, c'était sa faute. Savais-je moi, que toute femme qui, en pareille occasion, parle de sa vertu, s'en pare moins pour vous ôter l'espoir du triomphe que pour vous le faire paraître plus grand? A quoi bon toutes ces finesses de Madame de Lursay? Il devait être décidé que je les prendrais pour bonnes, fussent-elles cent fois plus grossières, et il n'est avantageux aux femmes de s'en servir qu'avec ceux à qui elles n'en imposent point. Ma vertu! votre respect! mots bien choisis pour un tête-à-tête! surtout quand on ne s'aperçoit pas à quel point ils y sont déplacés, et qu'on ne sait point que jamais la vertu n'a donné de rendez-vous. Au milieu du chagrin où me plongeait le peu de réussite de celui-ci, et la fermeté que je me proposais d'avoir dans les autres, mon inconnue revint m'occuper. Mais les idées de plaisir que Madame de Lursay m'avait offertes, les chaînes même dont je venais de me lier avec elle, l'impossibilité que je prévoyais à me faire aimer de cette inconnue (impossibilité dont, pour me justifier à moi-même mes inégalités, je m'effrayais encore plus dans ce moment) et l'indifférence que ce jour-là même elle m'avait témoignée, me la rendirent moins chère. Je sentais que, sûr d'être aimé d'elle, j'aurais aisément sacrifié Madame de Lursay, mais que je ne le pouvais plus qu'au prix de cette certitude. Je ne pouvais me dissimuler qu'en me voyant elle avait détourné les yeux; qu'elle avait eu même cet air

dédaigneux que l'on prend à l'aspect d'un objet
qui choque; et, après un examen réitéré de mes
charmes, de profondes réflexions sur ce que
j'avais lieu d'en attendre, et le fâcheux effet que
cependant ils avaient produit, je conclus qu'il
fallait, si, comme cela me paraissait visible, mon
inconnue ne m'aimait pas, que Germeuil l'eût
prévenue contre moi, ou qu'elle eût une antipathie secrète pour les jolies figures. J'aurais peut-
être présumé de la mienne un peu moins dans un
autre temps; mais Madame de Lursay, éprise
pour moi de l'ardeur la plus vive, me donnait de
l'estime pour ma personne. Je ne pouvais penser
qu'une femme aussi peu susceptible me trouvât
dangereux si en effet je ne l'étais pas, et que l'on
fît une si violente impression sans avoir un
extrême mérite. Malgré le peu de goût que je
supposais à l'inconnue pour moi, je sentais qu'elle
m'intéressait encore. Mais j'attribuais le trouble
dont mon cœur était tourmenté à un reste
d'impression trop vive d'abord pour être si
promptement effacée, et je le combattais de tout
ce que les charmes de Madame de Lursay, et
l'idée de mon bonheur prochain, avaient de plus
puissant et de plus doux.

Je me disposais le lendemain à aller chez elle,
et j'étais auprès de Madame de Meilcour, lorsqu'on lui annonça le comte de Versac. Elle me
parut fâchée de cette visite. Il était en effet
l'homme du monde qu'elle aimait le moins, et
que pour moi elle craignait le plus. Aussi venait-il
très rarement chez elle. La même raison qui
faisait qu'il ne convenait pas à ma mère, faisait
en même temps qu'elle ne pouvait lui convenir.
Elle m'avait même défendu de le voir. Ne nous

trouvant point tous deux dans les mêmes mai-
sons, et moi allant peu à la Cour où Versac était
presque toujours, nous nous connaissions fort
peu.

Versac, de qui j'aurai beaucoup à parler dans
la suite de ces Mémoires, joignait à la plus haute
naissance l'esprit le plus agréable, et la figure la
plus séduisante. Adoré de toutes les femmes qu'il
trompait et déchirait sans cesse, vain, impérieux,
étourdi : le plus audacieux petit-maître qu'on eût
jamais vu et plus cher peut-être à leurs yeux par
ces mêmes défauts, quelque contraires qu'ils leur
soient. Quoi qu'il en puisse être, elles l'avaient
mis à la mode dès l'instant qu'il était entré dans
le monde, et il était depuis dix ans en possession
de vaincre les plus insensibles, de fixer les plus
coquettes et de déplacer les amants les plus
accrédités; ou s'il lui était arrivé de ne pas
réussir, il avait toujours su tourner les choses si
bien à son avantage, que la Dame n'en passait
pas moins pour lui avoir appartenu. Il s'était fait
un jargon extraordinaire qui, tout apprêté qu'il
était, avait cependant l'air naturel. Plaisant de
sang-froid et toujours agréable, soit par le fond
des choses, soit par la tournure neuve dont il les
décorait, il donnait un charme nouveau à ce qu'il
rendait d'après les autres, et personne ne redisait
comme lui ce dont il était l'inventeur. Il avait
composé les grâces de sa personne comme celles
de son esprit, et savait se donner de ces agréments singuliers qu'on ne peut ni attraper ni
définir. Il y avait cependant peu de gens qui ne
voulussent l'imiter, et parmi ceux-là, aucun qui
n'en devînt plus désagréable. Il semblait que
cette heureuse impertinence fût un don de la

nature, et qu'elle n'avait pu faire qu'à lui.
Personne ne pouvait lui ressembler, et moi-
même, qui ai depuis marché si avantageusement
sur ses traces, et qui parvins enfin à mettre la
Cour et Paris entre nous deux, je me suis vu
longtemps au nombre de ces copies gauches et
contraintes qui, sans posséder aucune de ses
grâces, ne faisaient que défigurer ses défauts et
les ajouter aux leurs. Vêtu superbement, il l'était
toujours avec goût et avec noblesse, et il avait
l'air Seigneur, même lorsqu'il l'affectait le plus.

Versac, tel qu'il était, m'avait toujours plu
beaucoup. Je ne le voyais jamais sans l'étudier et
sans chercher à me rendre propres ces airs
fastueux que j'admirais tant en lui. Madame de
Meilcour qui, simple et sans art, trouvait ridicule
tout ce qui n'était pas naturel, avait reconnu le
goût que j'avais pour Versac, et en avait frémi.
Par cette raison, plus encore que par l'éloignement qu'elle avait pour les gens du caractère de
Versac, elle ne le souffrait qu'impatiemment;
mais les égards qu'on se doit dans le monde et
qui, entre personnes d'un rang distingué, s'ob-
servent avec une extrême exactitude, l'obli-
geaient de se contraindre.

Il entra avec fracas, fit à Madame de Meilcour
une révérence distraite, à moi, une moins ménagée encore, parla un peu de choses indifférentes,
et se mit après à médire de tant de monde que
ma mère ne put s'empêcher de lui demander ce
que lui avait fait toute la terre pour la déchirer
perpétuellement.

« Eh! parbleu, Madame, répondit-il, que ne me
demandez-vous plutôt ce que j'ai fait à toute la
terre, pour en être perpétuellement déchiré? On

m'accable, continua-t-il, on me vexe que c'est une chose étrange, on m'excède de calomnies, on me trouve des ridicules, comme si l'on n'en avait pas, et que moi, moi je ne dusse point les voir! Mais à propos, y a-t-il longtemps que vous n'avez vu la bonne comtesse? »

Madame de Meilcour répondit que oui.

« Mais c'est qu'on ne la voit plus, reprit-il; j'en suis dans une douleur amère, dans la plus terrible affliction!

— Se serait-elle jetée dans la dévotion? repartit ma mère.

— Vraisemblablement, reprit-il, elle en viendra là. Elle est pénétrée de la plus auguste douleur : elle vient de perdre le petit marquis, qui lui a fait la plus condamnable infidélité que de mémoire d'homme on ait imaginée. Comme ce n'est pas la première fois qu'elle est quittée, on pourrait croire qu'elle se consolerait de celle-ci comme des autres (car l'habitude au malheur le fait moins vif), sans un accident qui rend cet abandon-ci extraordinaire.

— Et c'est? demanda Madame de Meilcour.

— C'est, repartit-il... mais comment le croirez-vous de la personne de la Cour la plus prévoyante, la mieux rangée? C'est qu'elle n'avait que celui-là. Pour rétablir sa réputation, elle s'était fait une affaire de sentiment. Mais il n'y a pas de femmes que ceci n'en dégoûte : et ce qu'il y a de pis, c'est que l'infidèle a voulu se réserver le plaisir noir, barbare, de n'avoir pas de successeur, et qu'il la peint si bien de façon à glacer les plus intrépides, que depuis huit jours qu'elle est si fatalement délaissée, il ne s'est pas présenté à elle la plus mince consolation. Vous conviendrez

que cela est douloureux, mais au plus douloureux !

— Je ne crois pas, répondit ma mère, un mot
de toute cette aventure.

— Comment ! dit Versac, c'est un fait public.
Pourriez-vous me soupçonner de le prêter à la
comtesse, qui est une des femmes du monde pour
qui j'ai la plus grande considération, et que je
tiens en estime particulière ? Ce que je vous dis
est aussi prouvé qu'il l'est qu'elle et la divine
Lursay ont mis du blanc toute leur vie. »

Je pensai frémir en entendant Versac parler si
injurieusement d'une personne pour qui j'avais le
plus grand respect, et à qui je croyais le devoir.

« Autre genre de calomnie, répondit Madame
de Meilcour : jamais Madame de Lursay n'a mis
de blanc.

— Oui, reprit-il, comme elle n'a jamais eu
d'amants. »

« Des amants ! Madame de Lursay ! » pensai-je
m'écrier.

« Ne dirait-on pas, poursuivit Versac, qu'on ne
la connaît point ? Ne sait-on pas qu'il y a
cinquante ans au moins qu'elle a le cœur fort
tendre ? Cela n'était-il pas décidé avant même
qu'elle épousât cet infortuné Lursay qui, par
parenthèse, était bien le plus sot marquis de
France ? Ignore-t-on qu'il la surprit un jour avec
D..., le lendemain avec un autre, et deux jours
après avec un troisième, et qu'enfin, ennuyé de
toutes ces surprises qui ne finissaient pas, il
mourut, pour ne pas avoir le déplaisir de retomber dans cet inconvénient ? N'a-t-on pas vu
commencer cette haute pruderie dans laquelle
elle est aujourd'hui ? Cela empêche-t-il que tels et

tels (il en nomma cinq ou six) ne lui doivent leur
éducation; que moi qui vous parle, je ne lui aie
refusé la mienne; et que peut-être elle ne postule
actuellement celle de Monsieur, ajouta-t-il en me
montrant? »

Cette apostrophe me fit rougir au point que,
pour peu qu'il m'eût regardé, il se serait sûrement mis au fait de l'intérêt que je prenais à ses
discours.

« Pense-t-elle, continua-t-il, avec son Platon
qu'elle n'entend ni ne suit, nous en imposer sur
les rendez-vous obscurs qu'elle donne, et que
nous soyons là-dessus aussi dupes que les jeunes
gens qui, ne connaissant ni la nature ni le nombre
de ses aventures, croient adorer en elle la plus
respectable des Déesses, et soumettre un cœur
qu'avant eux personne n'avait surpris? »

Ce portrait si vrai de ma situation dissipa
entièrement le doute où j'avais été jusque-là sur
les discours de Versac. Je reconnus en rougissant
combien j'avais été trompé, et, sans imaginer
encore comment je pourrais punir Madame de
Lursay de l'estime qu'elle m'avait donnée pour
elle, je résolus fermement de le faire. Si je m'étais
rendu justice, j'aurais senti que je ne devais qu'à
moi-même le piège dans lequel j'étais tombé, que
le manège de Madame de Lursay était celui de
toutes les femmes et, qu'en un mot, il y avait
moins de fausseté dans son procédé que de sottise
dans le mien. Mais cette réflexion était ou trop
mortifiante ou trop au-dessus de moi, pour que je
la fisse. Comment! me disais-je à moi-même.
M'assurer que jamais elle n'a aimé que moi!
Abuser aussi indignement de ma crédulité! Pendant que je m'occupais si désagréablement,

Madame de Meilcour, en niant que tout ce que
Versac attribuait à Madame de Lursay fût vrai,
lui demanda pourquoi, paraissant de ses amis, il
se déchaînait contre elle à ce point-là?

« C'est, répondit-il, par esprit de justice : c'est
que je ne saurais supporter ces femmes hypo-
crites qui, plongées dans les dérèglements qu'elles
blâment dans les autres, parlent sans cesse de
leur vertu, et veulent en imposer au public.
J'estime cent fois plus une femme galante qui
l'est de bonne foi. Je lui trouve un vice de moins.
D'ailleurs, puisqu'il faut tout vous dire, cette
Lursay vient de me jouer le tour le plus sanglant,
de me faire la plus abominable tracasserie que
l'on puisse imaginer. Vous connaissez Madame
de... Cela fait le plus joli sujet à former! Je
m'étais présenté, on m'avait reçu, j'étais écouté
convenablement, enfin : je persuadais. N'est-elle
pas venue mettre des scrupules, des craintes dans
l'esprit de cette jeune personne, lui dire qu'elle se
perdait de me voir, que j'étais inconstant, indiscret? Enfin, elle lui a fait une si étrange peur de
moi, que nous en avons été brouillés trois jours,
et que je n'ai mon rappel que de ce matin.
Pensez-vous de bonne foi que cela se pardonne? »

Versac, après quelques autres propos, qui tous
m'animaient de plus en plus contre Madame de
Lursay, sortit. Madame de Meilcour, qui, sans
deviner la sorte d'intérêt que j'y pouvais prendre,
avait remarqué que ce que j'avais entendu
m'avait fait impression, chercha à me dissuader.
Mais elle ne gagna rien sur moi, et je courus chez
Madame de Lursay, dans l'intention de me venger,
par ce que le mépris a de plus outrageant, du ridicule respect qu'elle m'avait forcé d'avoir pour elle.

SECONDE PARTIE

J'étais sorti de chez moi résolu de ne rien
épargner à Madame de Lursay du mépris qu'à
mon sens elle méritait. Je ne voulais pas même
m'en tenir à une explication particulière qui ne
l'aurait mortifiée que pour le moment et je
croyais ne pouvoir me bien venger qu'en lui
faisant une de ces scènes éclatantes qui perdent
une femme à jamais.

Extrêmement touché de la beauté d'un projet
qui punirait une hypocrite et me ferait débuter
dans le monde d'une façon brillante, je ne laissais
pas de sentir que je l'exécuterais difficilement. Je
n'étais pas d'ailleurs assez mal né pour qu'il me
restât longtemps dans l'esprit. Je considérai
encore que, pour faire réussir une aussi cruelle
impertinence, il me fallait un mérite supérieur, ou
du moins une réputation établie comme celle de
Versac.

J'en revins donc à prendre avec moi d'autres
arrangements plus faciles et en même temps plus
flatteurs. Je résolus de ne rien témoigner à
Madame de Lursay du ressentiment que j'avais
contre elle, de profiter de sa tendresse pour moi,

et de lui marquer après, par l'inconstance la plus
prompte et par tout ce que les hommes à bonne
fortune ont imaginé de plus mauvais en procédés,
tout le mépris qu'elle m'inspirait. Cette scélérate
idée me parut la plus agréable et la plus sûre, et
je m'y fixai. J'entrai chez elle comblé de joie
d'avoir pu trouver une si belle vengeance, et
déterminé à la remplir à l'instant même.

Je comptais, et avec quelque raison, ce me
semble, que Madame de Lursay serait seule.
Mais, soit que ma façon de me comporter dans les
rendez-vous lui eût déplu, soit qu'elle eût voulu
me les faire désirer, elle avait décidé que je
serais en proie à tous les importuns que mon
destin pourrait amener chez elle ce jour-là. Ce ne
fut pas sans une extrême surprise que je vis dans
la cour le carrosse de Versac. Je devais si peu
m'attendre à cet événement que je ne pus
d'abord me persuader ce que je voyais. La chose
cependant était réelle. En entrant dans l'appartement je découvris M. le comte qui, plutôt étendu
dans un grand fauteuil qu'il n'y était assis,
étalait fastueusement devant Madame de Lursay sa magnificence et ses grâces, et lui parlait du
ton le plus insolent et de l'air le plus familier.

Pour mieux en imposer à Versac, elle me reçut
avec une extrême froideur. Mais je dus m'apercevoir, au sourire malin que ma présence lui
arracha, qu'il pénétrait le motif de ma visite. Je
m'assis avec cet air décontenancé qui me quittait
rarement et qu'alors sa vue augmentait. Pour lui,
il se dérangea peu et continuant son discours :

« Vous avez raison, marquise, dit-il. De
l'amour, il n'y en a plus, et je ne sais après tout
s'il en faut tant regretter la perte. Une grande

passion est sans doute quelque chose de fort
respectable, mais à quoi cela mène-t-il, qu'à
s'ennuyer longtemps l'un avec l'autre? Je tiens
qu'il ne faut jamais gêner le cœur. Je n'ai, moi
qui vous parle, jamais tant de besoin de changer,
que lorsque je vois qu'on prend des mesures pour
me retenir.

— Oh! je le crois, répondit Madame de Lursay; mais quel parti prendriez-vous, si vous
voyiez qu'on voulût vous être infidèle?

— J'en changerais beaucoup plus vite.

— C'est assurément, reprit-elle, un aimable
cœur que le vôtre!

— Eh! Madame, répondit-il, je n'ai là-dessus
rien de singulier. Comme moi, tous les hommes ne
cherchent que le plaisir; fixez-le toujours auprès
du même objet, nous y serons fixés aussi. Voyez-
vous, marquise, il n'y a personne qui voulût
s'engager, même avec l'objet le plus charmant,
s'il était question de lui être éternellement
attaché. Loin de se le proposer l'un à l'autre,
c'est une idée qu'on écarte le plus qu'on peut (du
moins quand on est sage); on se dit bien qu'on
s'aimera toujours, mais il est tant d'exemples du
contraire que cela n'effraye pas. Ce n'est qu'un
propos galant qui n'a que force de madrigal, et
qui est compté pour rien quand on veut se
donner le plaisir de l'inconstance.

— Une chose qui me surprendra toujours,
répliqua-t-elle, c'est qu'avec ces sentiments que
vous dissimulez fort peu, vos perpétuelles trahi-
sons, l'indécence avec laquelle vous conduisez et
rompez une intrigue, il y ait des femmes assez
insensées pour vous trouver aimable.

— Eh bien! dit froidement Versac, ce ne serait

pas de cela que je serais surpris, moi; mais je le serais beaucoup si elles ne nous aimaient pas par des défauts que nous n'avons presque toujours que par égard pour elles. Nous sommes inconstants, dites-vous. Sont-elles fidèles? Vous prétendez que nous rompons indécemment. C'est ce dont je ne me suis pas encore aperçu : il me semble que l'on se quitte aussi décemment qu'on s'est pris : si les choses font du bruit, ce n'est pas toujours notre faute.

— Ce sera celle des femmes apparemment, reprit Madame de Lursay.

— Sans doute, Madame, répondit-il. S'il y a quelques femmes qui souhaitent que les faiblesses de leur cœur soient à jamais ignorées, combien n'en est-il pas qui n'aiment que pour qu'on le sache, et qui prennent soin elles-mêmes d'en instruire le public?

— Mais, reprit-elle, Madame de *** qui vous aimait si tendrement et qui désirait avec tant d'ardeur qu'on n'en sût rien, fut-ce elle qui se perdit? Lequel de vous deux en parla le plus?

— Ni elle, ni moi, reprit-il, et tous deux ensemble. Elle craignait l'éclat, et je m'étais prêté fort sensément aux raisons qu'elle avait de le craindre : mais voulez-vous que je vous dise? Il est des yeux qu'on ne trompe pas ; le public vit, malgré nous, que nous nous aimions. Aussi indiscret que nous l'étions peu, il jugea à propos de parler de ce qu'il avait vu; j'eus beau vouloir sauver les bienséances, me sacrifier, on me crut amoureux, parce qu'en effet je l'étais, et il en arrive ainsi des engagements qu'on dissimule le mieux.

— Je crois toujours que vous vous trompez,

répliqua-t-elle. J'ai des exemples contre ce que
vous avancez.

— Idée fausse! reprit Versac : une femme croit
souvent qu'on ignore ce qu'elle fait, parce qu'on
a la politesse de ne pas marquer devant elle qu'on
a pénétré ses sentiments; mais Dieu sait combien
de propos se tiennent sur ces petits commerces
tendres si scrupuleusement voilés, et si parfaitement connus : je ne me pique pas d'être plus fin
qu'un autre, et cependant rien ne m'échappe.

— Eh oui! dit Madame de Lursay d'un ton
moqueur, je le croirais bien!

— Eh, mon Dieu! marquise, répondit-il, si
vous saviez tout ce que je vois, vous penseriez
mieux de ma pénétration. Par exemple, j'étais il
n'y a pas longtemps avec une de ces femmes
raisonnables, de ces femmes adroites dont les
penchants sont ensevelis sous l'air le plus réservé,
qui semblent avoir substitué aux dérèglements de
leur jeunesse, de la sagesse et de la vertu. Vous
concevez, ajouta-t-il, qu'il y a de ces femmes-là.
Eh bien! j'étais seul avec une prude de cette
espèce. L'amant arriva, l'on le reçut froidement,
à peine voulut-on le traiter comme connaissance;
mais pourtant les yeux parlèrent, malgré qu'on
en eût. La voix s'adoucit : le petit homme, fort
neuf encore, fut embarrassé de la situation; et
moi, à qui rien n'échappa, je sortis le plus tôt que
je pus, pour l'aller dire à tout le monde. »

En achevant ces paroles, qui me jetèrent dans
le dernier embarras, et qui malgré la grande
présence d'esprit de Madame de Lursay, ne
laissaient pas aussi de l'inquiéter, il se leva en
effet et voulut sortir.

« Ah, comte! s'écria Madame de Lursay, quelle

cruauté! Quoi vous partez! Il y a mille ans que je ne vous ai vu; vous resterez.

— Ah! pour à présent, je ne puis, dit Versac. Vous ne sauriez imaginer tout ce que j'ai à faire; cela ne se comprend pas, la tête m'en tourne. Mais si vous restez chez vous ce soir, et que vous vouliez de moi, fut-ce au préjudice de toute la terre, je suis à vous. »

Madame de Lursay y consentit avec autant de joie que si elle ne l'eût pas détesté, et il sortit.

« Voilà bien, me dit-elle, dès que nous fûmes seuls, le fat le plus dangereux, l'esprit le plus mal tourné, et l'espèce la plus incommode qu'il y ait à la Cour!

— Pourquoi, si vous le connaissez sur ce ton-là, repris-je, le voyez-vous?

— Ah! pourquoi? répondit-elle. C'est que si l'on ne voyait que les gens qu'on estime, on ne verrait personne; que moins ceux du caractère de Versac sont aimables dans la société, plus il faut les y ménager. Quelque amitié que vous leur marquiez, ils vous déchirent; mais si vous rompiez brusquement avec eux, ils vous déchireraient bien davantage. Celui-ci n'a bonne opinion que de lui, calomnie toute la terre sans pudeur et sans ménagement. Vingt femmes, plus étourdies, plus décriées, plus méprisables encore qu'il ne l'est peut-être, l'ont mis seules à la mode. Il parle un jargon qui éblouit : il a su joindre, au frivole du petit-maître, le ton décisif du pédant, il ne se connaît à rien, et juge de tout. Mais il porte un grand nom. A force de dire qu'il a de l'esprit, il a persuadé qu'il en avait; sa méchanceté le fait craindre et, parce que tout le monde l'abhorre, tout le monde le voit. »

Quelque vivacité que Madame de Lursay employât à me peindre Versac si désavantageusement, elle ne me persuada pas que ce portrait pût lui ressembler. Versac était pour moi le premier des hommes, et je n'attribuai qu'au dépit de l'avoir manqué tout le mal qu'elle m'en disait, et la haine qu'elle marquait pour lui.

Je croyais en sentir redoubler mon mépris pour elle. Cependant nous étions seuls, elle était belle, et je la savais sensible. Elle ne m'inspirait plus ni passion ni respect : je ne la craignais plus, mais je ne l'en désirai que davantage. Je me redis, pour m'animer, tout ce que Versac m'avait appris : je me remis devant les yeux tout ce qu'elle avait fait pour moi, et plus je rougissais du personnage que j'avais fait auprès d'elle, moins je pouvais lui pardonner le ridicule que je m'étais donné moi-même. En achevant le panégyrique de Versac, elle se mit à me regarder d'un air si particulier, elle avait quelque chose de si tendre dans les yeux, que, quand je n'aurais pas brûlé du désir de me venger, je crois qu'elle n'y aurait rien perdu. J'oubliai bientôt combien peu sa conquête était flatteuse. J'étais trop jeune pour m'occuper longtemps de cette idée : à l'âge que j'avais alors, le préjugé ne tient pas contre l'occasion, et d'ailleurs, pour ce que je souhaitais d'elle, il importait assez peu que je l'estimasse.

Je m'approchai d'elle sans lui rien dire, et lui baisai la main, mais d'un air à lui donner les plus grandes espérances.

« Eh bien! me demanda-t-elle en souriant, serez-vous aujourd'hui plus sage que vous n'étiez hier?

— Je le crois, lui répondis-je d'un ton ferme.

Les moments que vous voulez bien m'accorder
sont trop précieux pour n'en pas faire usage, et je
sens que vous ne devez pas être contente de celui
que j'en ai fait jusques à présent.

— Que signifie donc ce discours? dit-elle, en
affectant de la surprise.

— Que je prétends, repris-je, que vous m'aimiez, que vous me le disiez, que vous me le
prouviez enfin. »

Je prononçai ces paroles avec une intrépidité
dont la veille elle ne m'aurait pas soupçonné, et
qui lui parut si peu dans mon caractère, qu'elle
ne songea seulement pas à s'en choquer. Elle ne
me répondit que par un souris méprisant, qui me
fit sentir le peu de cas qu'elle faisait de mes
prétentions, et combien elle me croyait incapable
de les soutenir : on se pique à moins. Je devins
tout d'un coup si familier, que Madame de
Lursay en fut étourdie, et au point que je n'eus
d'abord à combattre qu'une assez faible résistance. Elle s'aperçut avec étonnement qu'elle ne
m'imposait plus, et peut-être, si j'avais aidé au
moment, ne l'aurait-elle pas reculé. Mais au
milieu de ces emportements, que l'amour seul
peut autoriser, j'étais si sûr de vaincre, j'apportais si peu de tendresse, qu'elle fut forcée d'en
paraître mécontente. Cette façon trop déterminée
me nuisit sans doute; ses yeux s'armèrent d'un
courroux véritable, mais rien ne me contenait, et
persuadé qu'intérieurement elle souhaitait d'être
vaincue, en demandant pardon, je continuais
d'offenser. Cependant je ne pus rien obtenir, soit
que Madame de Lursay ne voulût pas m'accorder
un triomphe que je ne rendais pas assez décent
pour elle, soit que le peu d'usage que j'avais des

femmes ne me rendît pas aussi dangereux qu'il aurait fallu l'être.

Honteux d'une entreprise qui m'avait si mal réussi, je laissai Madame de Lursay, fort embarrassé de ce que je prévoyais qu'elle allait me dire; je crois qu'elle était en peine aussi de la façon dont elle devait agir dans une circonstance si délicate. Me montrer trop d'indulgence, que n'en penserais-je pas? Affecter trop de colère, je pouvais en être découragé, et il était à craindre que pour les suites cela ne tirât à conséquence. Elle demeura quelque temps rêveuse et sans parler. Je l'imitais. Un homme un peu au fait du monde aurait dit, sur ce qui venait de se passer, mille jolies choses qui aident une femme en pareil cas; mais je n'en savais aucune, et il fallait que Madame de Lursay tirât tout de son propre fonds, ou qu'elle se résolût à ne me parler jamais. Elle prit enfin son parti. Ce fut de me témoigner, avec tendresse et dignité, qu'elle trouvait mes procédés extrêmement ridicules. Je m'excusai sur l'amour. Elle me soutint qu'il ne conduit pas à perdre le respect; très respectueusement je l'assurai du contraire; elle poussa la dispute là-dessus. A force de disserter, nous perdîmes le fond de la question, et je la terminai en lui baisant la main, qu'elle me tendit en m'assurant pourtant qu'elle prendrait à l'avenir des précautions contre moi.

Cette menace m'effrayait peu; jusque dans sa colère même, j'avais vu l'excès de sa facilité. Ma vengeance n'était que différée, et assez mal à propos je ne crus pas devoir trop en presser les instants. Nous étions retombés dans le silence; Madame de Lursay, qui s'était conduite sur mon premier emportement en personne sensée, était

en droit d'en espérer un second et semblait s'y
attendre. Elle ne savait qui m'avait fourni les
lumières qui l'avaient étonnée, et en se flattant
peut-être que je ne les devais qu'à l'amour, elle
dut sans doute être surprise de les trouver aussi
bornées. Elle crut, toutes réflexions faites, qu'il
serait convenable de m'aider des siennes; et,
reprenant la conversation que nous venions de
finir, elle me demanda, mais avec une douceur
extrême, pourquoi j'avais passé de beaucoup de
respect, même d'un respect trop timide, à une
familiarité désobligeante.

« Car enfin, ajouta-t-elle, je conçois qu'il y a
des femmes auprès desquelles l'homme du monde
le moins aimable n'a besoin que de leurs propres
désirs, et pour qui tout est moment et danger :
qu'on manque à celles-là, je n'en suis point
étonnée. Mais j'ose dire que je ne suis point dans
ce cas-là : je dois me croire, par ma façon de
penser et de vivre, à l'abri de certaines entreprises. Cependant vous voyez ce qui m'arrive ! »

Outré d'une aussi impudente hypocrisie (car je
ne voulus jamais croire que Versac eût pu me
tromper) d'abord je ne répondis rien : je ne
pouvais marquer à Madame de Lursay tout le
mépris qu'elle m'inspirait, et lui répéter les
discours sur lesquels il était fondé, sans l'obliger
de me rendre toute la bonne opinion que j'avais
eue d'elle, et je me mettais par là, peut-être, dans
l'impossibilité d'en triompher jamais.

« Vous ne répondez rien, reprit-elle; craignez-
vous de vous excuser trop, ou ne daigneriez-vous
pas le faire ? »

Je ne savais que lui dire, et je rejetai tout

encore une fois sur l'amour que j'avais pour elle
et sur les bontés qu'elle m'avait témoignées.

« A l'égard de l'amour, reprit-elle, je vous ai, je
pense, déjà répondu que ce n'était pas une excuse
légitime. Pour les bontés dont vous me parlez, je
conviens que j'en ai pour vous, mais il en est de
plus d'une espèce, et je crois que les miennes ne
vous mettent en droit de rien. Quand je me serais
même oubliée au point que vous le supposez, un
amant délicat, ou ne s'en serait pas servi, ou n'en
aurait pas abusé comme vous venez de le faire. »

Elle ajouta à cela mille choses finement pensées, et me fit enfin entrevoir de quelle nécessité
étaient les gradations. Ce mot, et l'idée qu'il
renfermait, m'étaient totalement inconnus. Je
pris la liberté de le dire à Madame de Lursay,
qui, en souriant de ma simplicité, voulut bien
prendre la peine de m'instruire. Je mettais
chaque précepte en pratique à mesure qu'elle me
le donnait, et l'étude importante des gradations
aurait pu nous mener fort loin, si nous n'eussions
entendu dans l'antichambre un bruit qui nous
força de l'interrompre.

Un laquais vint annoncer Madame et Mademoiselle de Théville. Je connaissais parfaitement
ce nom. Madame de Théville et ma mère étaient
assez proches parentes, mais assez mal ensemble
depuis longtemps, et Madame de Théville ayant
depuis demeuré presque toujours en province, je
ne l'avais jamais vue. Elles entrèrent, et ma
surprise fut sans égale, quand je trouvai dans
Mademoiselle de Théville cette inconnue que
j'adorais, et à qui je croyais tant d'aversion pour
moi. Je ne pourrais exprimer que faiblement le
désordre que cette vue me causa; combien

d'amour, de transport et de craintes elle renou-
vela dans mon cœur. Madame de Lursay l'accablait de caresses, et je jugeai, par le ton qu'elle
prit avec Madame de Théville, qu'il y avait entre
elles une intime amitié. Cela me surprenait
d'autant plus que non seulement je ne l'avais
jamais vue chez Madame de Lursay, mais encore
que je ne lui en avais jamais entendu parler. Elle
fit des reproches à son amie de ce qu'elle avait
été longtemps sans la voir.

« Vous devez croire, répondit Madame de
Théville, qu'il faut que des affaires très importantes m'en aient empêchée. Je ne suis restée à
Paris que peu de temps, pendant lequel je vous ai
vue. Obligée d'aller à la campagne, je n'en suis
revenue que depuis deux jours, et j'y aurais
même été plus longtemps si elle avait moins
ennuyé Hortense. »

Que ne devins-je pas, quand j'appris par les
discours de Madame de Théville, que le seul lieu
où je n'eusse pas cherché mon inconnue était
celui où je l'aurais rencontrée et qu'en fuyant
opiniâtrement Madame de Lursay, j'avais perdu
toutes les occasions de m'approcher d'Hortense!
En faisant ces tristes réflexions, je ne cessais pas
de la regarder et d'achever de me perdre auprès
d'elle. Madame de Lursay me présenta, en me
nommant, à Madame de Théville, qui me parla
obligeamment quoique d'un air fort sérieux
qu'elle prit peut-être à propos du froid qui était
entre elle et ma mère.

Si je ne parus pas lui plaire beaucoup, elle ne
fit pas sur moi non plus une impression fort
agréable. C'était une femme assez belle encore
mais dont la physionomie était haute et n'annon-

çait pas beaucoup de douceur dans le caractère.
Elle était, disait-on, fort vertueuse et d'autant
plus respectable qu'elle était sans faste, qu'elle
l'avait toujours été et ne croyait pas pour cela
qu'il lui fût permis de médire de personne; mais
peu faite pour le monde, et le méprisant, elle ne
songeait pas assez à plaire. On était forcé de la
respecter, on l'admirait, mais on ne l'aimait pas.

Pour Mademoiselle de Théville, elle me
regarda, à ce que je crus, avec une extrême
froideur et répondit à peine au compliment que je
lui fis. Il est vrai que j'ai pensé depuis qu'il
n'était pas impossible qu'elle n'y eût rien compris : le trouble de mes sens avait passé jusqu'à
mon esprit, et la confusion de mes idées m'empêchait d'en exprimer bien aucune. L'air froid
d'Hortense me piqua plus que celui de sa mère.
Rêveuse et comme embarrassée de ma présence,
elle ne jetait sur moi que des regards tristes ou
distraits. Sa mère et Madame de Lursay qui se
parlaient nous laissaient en liberté d'en faire
autant, mais je sentais trop vivement le plaisir
d'être auprès d'elle pour pouvoir lui parler
d'autres choses que de mon amour et rien dans
cet instant n'en pouvait autoriser l'aveu. D'ailleurs ce qui s'était passé aux Tuileries entre elle
et moi, l'indifférence avec laquelle elle avait paru
me revoir, cette passion secrète dont par ses
propres discours je la soupçonnais, tout contribuait à me gêner auprès d'elle. Je cherchais
vainement à commencer la conversation; la
sombre rêverie dans laquelle je la voyais plongée
augmentait ma timidité. Quoi! me disais-je, j'ai
pu penser que c'était moi qui l'avais frappée! J'ai
osé croire que cet inconnu si dangereux pour son

cœur n'était autre que moi! Quelle erreur! Avec
quelle indifférence, quel odieux mépris ne suis-je
pas reçu d'elle! Ah! cet inconnu, quel qu'il soit,
n'ignore plus son bonheur; il dit qu'il aime, il
s'entend dire qu'il est aimé. Leurs cœurs, unis
par les plus tendres plaisirs, les goûtent sans
contrainte, et moi je nourris dans la douleur une
funeste passion privée à jamais de la douceur de
l'espérance! Par quelle cruelle bizarrerie faut-il
que ce moment où elle m'inspire le p'us violent
amour soit celui où naisse sa haine!

Ces affreuses idées m'accablaient, et ne me
guérissaient pas. Je m'en laissais pénétrer, lorsqu'on annonça Madame de Senanges. Tout entier
à ma tristesse, à peine la remarquai-je quand elle
entra; il n'en fut pas d'elle ainsi. Elle me saisit
d'abord, et ses yeux s'étaient promenés sur toute
ma personne avant que j'eusse seulement entrevu
la sienne.

« Versac, que je quitte, dit-elle à Madame de
Lursay, vient de m'apprendre que vous restiez
chez vous ce soir. C'est un temps dont je veux
profiter : vous le voulez bien, n'est-il pas vrai?

— Ne vous a-t-il pas dit, lui demanda Madame
de Lursay, que je vous faisais bien des reproches
de ce que je ne vous vois jamais?

— C'est un étourdi, reprit-elle, il ne m'a rien
dit de votre part, mais dites-moi donc, Reine, ce
que vous devenez, qu'il n'est plus possible de
vous trouver nulle part. »

Pendant ces compliments aussi faux que fades,
Madame de Senanges me regardait avec complaisance. Elle embrassa Madame de Théville qu'elle
était, disait-elle, charmée de revoir et qu'elle
gronda de s'être enterrée si longtemps dans la

province. Elle loua les charmes d'Hortense, mais
en femme qu'ils ne satisfaisaient pas : l'éloge fut
court et sec, et fait avec un air distrait et
orgueilleux. Elle ne me dit rien sur ma figure,
mais elle la regardait sans cesse et je crois que si
elle avait cru honnête de m'en faire compliment,
il aurait été plus sincère et plus étendu que celui
qu'elle fit à Mademoiselle de Théville. En me
parlant, elle ne me perdait pas de vue; et
l'expression qu'elle mettait dans ses regards était
si marquée, que, tout ignorant que j'étais encore,
il ne me fut pas possible de m'y tromper.

Madame de Senanges à qui, comme on le verra
dans la suite, j'ai eu le malheur de devoir mon
éducation, était une de ces femmes philosophes,
pour qui le public n'a jamais rien été. Toujours
au-dessus du préjugé, et au-dessous de tout, plus
connues encore dans le monde par leurs vices que
par leur rang, qui n'estiment le nom qu'elles
portent que parce qu'il semble leur permettre les
caprices les plus fous et les fantaisies les plus
basses, s'excusant toujours sur un premier
moment, dont elles n'ont jamais senti la puissance, et qu'elles veulent trouver partout; sans
caractère comme sans passions, faibles sans être
sensibles, cédant sans cesse à l'idée d'un plaisir
qui les fuit toujours, telles, en un mot, qu'on ne
peut jamais ni les excuser, ni les plaindre.

Madame de Senanges avait été jolie, mais ses
traits étaient effacés. Ses yeux languissants et
abattus n'avaient plus ni feu ni brillant. Le fard
qui achevait de flétrir les tristes restes de sa
beauté, sa parure outrée, son maintien immo-
deste, ne la rendaient que moins supportable.
C'était enfin une femme à qui, de toutes ses

anciennes grâces, il ne restait plus que cette
indécence que la jeunesse et les agréments font
pardonner, quoiqu'elle déshonore l'un et l'autre,
mais qui, dans un âge plus avancé, ne présente
plus aux yeux qu'un tableau de corruption qu'on
ne peut regarder sans horreur.

À l'égard de l'esprit, elle en avait : j'entends de
celui qu'on trouve si communément dans le
monde. Ce n'était rien que ce qu'elle disait, mais
elle ne s'épargnait rien, médisait toujours et, ne
pensant jamais bien, ne craignait jamais de dire
ce qu'elle pensait. Elle avait de ces tournures de
Cour, bizarres, négligées et nouvelles, ou renouve-
lées. Elle les aidait d'un ton nonchalant et traîné,
paresse affectée qu'on prend quelquefois pour du
naturel, et qui n'est à mon sens qu'une façon
d'ennuyer plus lentement. Malgré ces rares
talents pour le frivole, elle en sortait quelquefois,
dissertait opiniâtrement, et, sans justesse et sans
connaissance, ne laissait pas de juger. Pétrie au
reste de sentiments et de probité, et toujours
étonnée à l'excès des dérèglements de son siècle,
sur lesquels elle gémissait volontiers.

La respectable Senanges, telle que je viens de
la dépeindre, fut frappée à ma vue. Ce moment
qui décidait chez elle les grandes passions, ce
moment malheureux dont elle ne pouvait jamais
se sauver, parce que, comme elle le disait elle-
même, il était impossible d'y résister, l'entraîna
et me la soumit. Ce n'est pas, elle me l'a avoué
depuis, que j'eusse bien précisément tout ce qu'il
fallait pour lui plaire. J'étais trop uni dans mes
façons, je n'avais ni tons extravagants, ni
manières ridicules; je paraissais ignorer ce que je
valais, mais en sentant tout ce qui me manquait,

elle fut flattée de la gloire de me le faire
acquérir : elle se mit enfin en tête de me former.
Terme à la mode, qui couvre bien des idées qu'il
serait difficile de rendre.

Pour moi, quand je l'eus bien examinée, il ne
me vint pas dans l'esprit que ce serait elle qui me
formerait, et malgré ses mines obligeantes, je ne
vis d'abord en elle qu'une coquette délabrée,
dont l'impudence même me gênait. J'avais
encore ces principes de pudeur, ce goût pour la
modestie que l'on appelle dans le monde sottise
et mauvaise honte, parce que, s'ils y étaient
encore des vertus ou des agréments, trop de
personnes auraient à rougir de ne les point
posséder.

Je ne sais si Madame de Senanges s'aperçut
que ces regards avides qu'elle jetait sur moi
m'embarrassaient, mais elle ne s'en contraignit
pas davantage. Pour que je connusse bien tout le
prix de ma conquête, elle m'étala toute sa
nonchalance et toutes ses grâces, et joignit, pour
m'achever, tous les ridicules de sa personne à
ceux de sa conversation. Je me reprochai enfin de
donner tant d'attention à quelqu'un qui se
définissait au premier coup d'œil, et quelque
froideur que je trouvasse dans Mademoiselle de
Théville, je cherchai sa vue comme le contrepoi-
son a celle de Madame de Senanges. Elle l'écoutait, et je crus remarquer, à sa rougeur et à son
air dédaigneux, qu'elle en jugeait comme moi :
cela ne me surprit pas. Je réfléchissais avec
étonnement sur la distance prodigieuse qui était
entre elle et Madame de Senanges, sur ces grâces
si touchantes, ce maintien si noble, réservé sans
contrainte, et qui seul l'aurait fait respecter, sur

cet esprit juste et précis, sage dans l'enjouement, libre dans le sérieux, placé partout. Je voyais de l'autre côté ce que la nature la plus perverse, et l'art le plus condamnable peuvent offrir de plus bas et de plus corrompu.

Madame de Senanges qui, pour se prouver son mérite, pensait plutôt au nombre de ses amants qu'au temps qu'ils avaient voulu demeurer dans ses chaînes, était très persuadée que ses charmes agissaient sur moi comme il lui convenait et qu'elle ne s'en retournerait pas sans une déclaration en bonne forme.

Cette idée la rendait d'une gaieté détestable, lorsque Versac, que son fracas annonçait de loin, entra suivi du marquis de Pranzi, homme à la mode, élève et copie éternelle de Versac. Madame de Lursay rougit en le voyant, et le reçut d'un air embarrassé. Versac, qui avait prévu cette réception, ne fit pas semblant d'apercevoir le trouble où la présence de Pranzi jetait Madame de Lursay. Il ne remarqua d'abord que Madame de Senanges, et affectant un air étonné :

« Elle ici, s'écria-t-il en regardant Madame de Lursay; elle ici! Mais est-ce que je me serais trompé?

— Que voulez-vous donc dire? demanda-t-elle.

— Ah! rien, répondit Versac, en baissant un peu la voix; c'est seulement que j'ai cru que quand on avait quelqu'un à qui l'on prenait intérêt, on n'imaginait pas de le laisser voir à Madame de Senanges.

— Je ne la crois redoutable ici pour personne, répliqua-t-elle.

— Eh oui! reprit-il. C'est ce qui fait que je me suis trompé. »

Il aurait sans doute poussé vivement Madame de Lursay qu'il n'aimait pas, si Mademoiselle de Théville, qu'alors il envisagea, ne lui eût donné d'autres idées. Il demeura un instant comme ébloui. Surpris de ce qu'une beauté si rare avait été si longtemps cachée pour lui, il la regardait avec un air d'étonnement et d'admiration. Il salua Madame de Théville, et elle, avec un respect qui ne lui était pas ordinaire, et après les premières politesses :

« Quel ange, quelle divinité est donc descendue chez vous, Madame, demanda-t-il tout bas à Madame de Lursay? Quels yeux! Quelle noblesse! Que de grâces! Et comment avons-nous pu jusques à présent ignorer ce que Paris a vu de plus beau et de plus parfait? »

Madame de Lursay lui dit tout bas qui elle était : « Admirez-la, si vous voulez, ajouta-t-elle, mais je ne vous conseille pas de l'aimer.

— Eh! pourquoi, s'il vous plaît? répliqua-t-il.

— C'est que vous pourriez n'y pas réussir.

— Ah, parbleu! reprit-il, c'est ce que je suis curieux de voir, et puis, reprenant haut la conversation : Madame, lui dit-il, je me flatte que vous ne trouverez pas mauvais que je vous aie amené Monsieur de Pranzi; c'est une ancienne connaissance pour vous, un vieux ami. L'on revoit ces gens-là avec plaisir, n'est-il pas vrai? Quand on a pour ainsi dire vu naître les gens, qu'on les a mis dans le monde, on a beau les perdre de vue, on s'intéresse à eux, on est toujours charmé de les retrouver.

- Il me fait honneur, répondit Madame de Lursay d'un air contraint.

- Eh bien! reprit Versac, vous n'imagineriez

pas la peine que j'ai eue à le déterminer : il ne voulait pas venir, parce que, dit-il, il y a quelques années qu'il ne vous a rendu ses respects. Mauvais scrupules! car quand on s'est une fois bien connu, l'on se met au-dessus de ces frivoles bienséances. »

L'air ricaneur et malin de Versac, et l'embarras de Madame de Lursay, me surprirent d'abord, moi qui n'étais au fait de rien. J'ignorais qu'il y avait dix ans que le public avait donné Pranzi à Madame de Lursay, et qu'il y avait apparence qu'elle l'avait pris. Elle aurait eu raison de se défendre d'avoir jamais pu faire un pareil choix, et si l'on peut juger le cœur d'une femme sur les objets de ses passions, rien n'était plus capable d'avilir Madame de Lursay, et de la rendre à jamais méprisable, que son goût pour Monsieur de Pranzi.

C'était un homme qui, noble à peine, avait sur sa naissance cette fatuité insupportable même dans les personnes du plus haut rang, et qui fatiguait sans cesse de la généalogie la moins longue que l'on connût à la Cour. Il faisait avec cela semblant de se croire brave. Ce n'était pas cependant ce sur quoi il était le plus incommode : quelques affaires, qui lui avaient mal tourné, l'avaient corrigé de parler de son courage à tout le monde. Né sans esprit comme sans agréments, sans figure, sans bien, le caprice des femmes et la protection de Versac en avaient fait un homme à bonnes fortunes, quoiqu'il joignît à ses autres défauts le vice bas de dépouiller celles à qui il inspirait du goût. Sot, présomptueux, impudent, aussi incapable de bien penser que de rougir de penser mal; s'il n'avait pas été un fat (ce qui est

beaucoup, à la vérité), on n'aurait jamais su ce
qui pouvait lui donner le droit de plaire.

Quand Madame de Lursay n'aurait pas cherché
à ensevelir ses faiblesses, aurait-elle pu sans
horreur se souvenir que Monsieur de Pranzi lui
avait été cher? Ce n'était peut-être pas ce motif
qui lui faisait supporter si impatiemment sa
présence; mais la méchanceté que Versac lui
faisait, les discours qu'il lui avait tenus l'après-
dînée, et les sujets qu'elle lui avait donnés de
se plaindre d'elle, la faisaient frémir pour le reste
de la journée. Elle ne pouvait pas douter qu'il
n'eût pénétré son amour pour moi, et qu'il ne fût
tout occupé du soin d'en instruire le public et de
la perdre peut-être dans mon esprit. Versac était
un de ces hommes à qui l'on ne peut pas plus
imposer silence que leur confier un secret. Qu'elle
s'observât ou non sur sa conduite avec moi, elle
sentait qu'il n'en serait ni plus trompé, ni plus
sage. Cette cruelle situation la plongeait dans un
chagrin que l'on remarquait visiblement, et le
discours de Versac sur elle et sur Pranzi l'avait
jetée dans la dernière confusion. Je l'en vis rougir
sans y répondre, et je conclus sur-le-champ, de
son silence et de son air humilié, que Pranzi était
infailliblement un de mes prédécesseurs.

Versac ne s'aperçut pas plus tôt du succès des
coups qu'il portait à Madame de Lursay, qu'il
résolut de les redoubler, et, continuant son
discours :

« Devineriez-vous bien, Madame, dit-il à Madame de Lursay, d'où j'ai tiré Pranzi aujour-
d'hui? Où cet infortuné allait passer sa soirée?

— Eh, paix! interrompit Pranzi, Madame
connaît, ajouta-t-il d'un air railleur, mon respect,

et, si je l'ose dire, mon tendre attachement pour elle. Je me souviens de ses bontés, et je n'aurais point résisté à Versac, si j'avais pu croire qu'elle me les eût conservées.

— Discours poli, dit Versac, et qui ne détruit rien de ce que je voulais dire : en honneur, il allait souper tête-à-tête avec la vieille Madame de ***.

— Ah, mon Dieu! s'écria Madame de Senanges, est-il vrai, Pranzi? Quelle horreur! Madame de ***! Mais cela a cent ans!

— Il est vrai, Madame, reprit Versac; mais cela ne lui fait rien. Peut-être même la trouve-t-il trop jeune; quoi qu'il en soit, ce que je sais et quelques autres aussi, c'est que vers cinquante ans on ne lui déplaît pas. »

Pendant cette impertinente conversation, Versac ne cessait de regarder Mademoiselle de Théville, mais avec une attention si particulière, que je ne pus m'empêcher d'en frémir. L'idée que je m'étais faite de ce grand homme autorisait mes craintes. Je croyais qu'il n'y avait ni vertu, ni engagement qui pût tenir contre lui, et il le croyait lui-même. Il ne douta donc pas un moment, malgré le pronostic de Madame de Lursay, qu'il ne séduisît promptement Mademoiselle de Théville; mais elle en avait entendu dire tant de mal que, sans compter sa vertu, il la trouva prévenue contre lui. Il s'aperçut qu'elle était insensible aux agaceries des yeux, et qu'elle n'avait pas été étonnée de sa figure : cela le surprit. Vainqueur né des femmes, honoré de tant de triomphes, et dans son genre le premier des conquérants, il ne pouvait pas croire qu'il pût manquer un cœur. Mais, quand ce cœur qu'il

voulait attaquer n'eût pas alors été rempli de la
passion la plus vive, il était vertueux : chose que
Versac avait trouvée si rarement, qu'à peine
pouvait-il imaginer qu'elle existât.

L'indifférence de Mademoiselle de Théville ne
le découragea cependant pas. Il savait qu'elle
était fille : titre gênant, qui oblige celles qui le
portent à mieux dissimuler leurs désirs que les
femmes, à qui l'usage du monde, l'habitude et
l'exemple donnent moins de timidité. D'ailleurs,
elle était devant sa mère, et cette mère, dont l'air
était sévère et réservé, devait lui imposer et la
contraindre. Ces réflexions, que vraisemblablement il fit, le calmèrent : il compta, comme
Madame de Senanges avait fait, qu'il ne sortirait
pas sans avoir, à peu de chose près, arrangé cette
affaire à sa satisfaction; encore rougissait-il en
lui-même du répit qu'il se voyait forcé d'accorder. Pour tâcher de savoir plus tôt encore à quoi
s'en tenir, il étala ses charmes : il avait la jambe
belle, il la fit valoir. Il rit le plus souvent qu'il
put, pour montrer ses dents, il prit enfin les
contenances les plus décisives, celles qui mon-
trent le mieux la taille, et en développent le plus
les grâces.

Alarmé des desseins d'un homme à qui l'on
croyait qu'il était ridicule de résister, et commençant à avoir mauvaise opinion des femmes aussi
sottement que je l'avais eue bonne, j'examinais
Mademoiselle de Théville. Elle regardait Versac
avec une froideur singulière et une sorte de
mépris qui ne laissèrent pas de me rassurer. Pour
Monsieur de Pranzi, qui s'avisa aussi de lui
donner des marques d'attention, elle ne daigna

seulement pas témoigner qu'elle s'aperçût de sa
présence.

A peine Versac s'était-il assis, que Madame de
Senanges, toujours ne sachant que dire, et n'en
parlant que plus, se mit à l'interroger.

« Peut-on savoir, lui demanda-t-elle, d'où vient
le Versac? A quels divins amusements il avait
destiné sa journée? Quelle heureuse belle a tout
aujourd'hui possédé ce Héros?

— Vous demandez tant de choses, reprit-il,
que je doute que je vous satisfasse sur aucune.

— Il devient discret, s'écria spirituellement
Madame de Senanges, mais, Madame, ne vouloir
pas nous dire ce qu'il a fait aujourd'hui, cela est
admirable! Pour moi, j'en suis confondue au
possible. Dites-nous donc, petit comte, nous vous
garderons le secret.

— Voilà, dit Madame de Lursay, une belle
façon de l'encourager! Laissez-la parler, comte, et
soyez sûr que tout Paris saura demain ce que
vous nous aurez conté ce soir.

— En vérité! s'écria Versac, vous parlez de ma
discrétion comme si elle devait vous être indifférente à toutes deux; vous savez cependant qu'il y
a des choses dont je n'ai jamais parlé, et l'on
pourrait, avec un peu de politesse, me remercier...

— Eh! de quoi? répondit l'intrépide Madame
de Senanges.

— Poursuivez, Madame, reprit Versac avec un
ris moqueur, ce courage-là vous sied bien. »

Madame de Senanges, tout étourdie qu'elle
était, connaissait Versac, et n'osant pas le défier
sur l'indiscrétion, elle lui demanda où il en était
avec une femme qu'elle lui nomma.

« Moi, dit-il, je ne la connais pas.

— Beau mystère! reprit-elle, pendant que tout Paris sait que vous en êtes passionnément amoureux.

— Rien n'est plus faux, répondit-il; et Paris qui sait tout, ne sait pourtant pas cela si bien que moi. Le vrai de l'aventure est que cette femme, qu'à peine je connais de vue, s'est coiffée de l'idée que je l'aimerais un jour, et qu'en attendant que cela arrive, elle dit à tout le monde que nous sommes bien ensemble. Cette impertinence a même pris de façon que, pour peu que cela continue, je ferai prier cette femme, mais très sérieusement, de ne me plus donner de ridicule.

— Mais il me semble, dit Madame de Lursay, que c'est sur elle, et non pas sur vous que tombe le ridicule.

— Mon Dieu! Madame, dit-il, on voit bien que vous ne sentez pas toutes les conséquences qu'un discours pareil entraîne.

— Mais elle est jolie, reprit Madame de Senanges.

— Oui, elle est jolie, dit Pranzi, cela est vrai, mais cela est obscur : c'est une femme de fortune, cela n'a point de naissance, ne convient pas à un homme d'un certain nom et il faut surtout dans le monde garder les convenances. L'homme de la Cour le plus désœuvré, le plus obéré même, serait encore blâmé, et à juste titre, de faire un pareil choix.

— J'aime Pranzi, dit Versac en raillant, il a des façons de penser tout à fait nobles. En effet, ces femmes-là ne sont bonnes qu'à ruiner, et lorsque, comme lui par exemple, ce n'est pas

cette idée qui détermine, il ne faut pas permettre
qu'elles se fassent une réputation à nos dépens.

— Assurément, reprit Madame de Lursay,
elles ont grand tort et vous m'ouvrez les yeux.

— Parbleu! s'écria Versac avec un air de
dépit, c'est une chose singulière, oui, que la
persécution de ces petites espèces[4]; encore avec
elles n'est-on pas sûr du secret : comme ce n'est
que par vanité qu'elles vous recherchent, vous en
êtes à peine aux pourparlers que votre affaire est
aussi publique que si vous aviez de quoi vous en
faire honneur.

— Je suis surprise, reprit Madame de Lursay,
que vous, qui n'avez jamais su rien taire, vous
vous plaigniez d'une indiscrétion que vous auriez,
si on ne l'avait pas.

— Vous savez le contraire, marquise, répondit-il. Vous m'avez connu certaine affaire dont je
ne disais rien, et sur laquelle j'aurais bien voulu
que vous n'eussiez point parlé plus que moi.
Réellement vous m'aviez déjà fait tant de tracas-
series, que vous auriez fort bien pu vous dispenser de me faire celle-là. »

Versac, qui n'était venu chez Madame de
Lursay que pour se donner le plaisir de la
mortifier, n'aurait pas manqué une occasion où
elle s'enferrait d'elle-même, si l'on ne fût venu
dire qu'on avait servi. Résolu de la poursuivre, il
commença par avertir en secret Madame de
Senanges, de qui il avait pénétré les intentions,
que Madame de Lursay faisait tout ce qui était
convenable pour que nous fussions bien
ensemble. Il ne doutait pas de l'usage qu'elle
ferait de cet avis et qu'au moins elle en redouble-
rait ses agaceries. Ce ne fut pas tout : il pria

Pranzi de vouloir bien traiter familièrement avec elle, et de faire tout ce qui serait possible honnêtement pour que je ne pusse pas douter qu'elle l'avait autrefois bien traité.

Nous nous mîmes à table. Je fis vainement ce que je pus pour être auprès de Mademoiselle de Théville, ou pour éviter du moins Madame de Senanges : rien de tout cela ne me fut possible. Madame de Senanges, dont la résolution était prise, me mit d'autorité entre elle et Versac, qui de son côté ne put parvenir à s'approcher de Mademoiselle de Théville, que sa mère et Madame de Lursay gardaient soigneusement contre lui.

L'esprit qu'on emploie ordinairement dans le monde est borné, quoi qu'on en dise, et ce ton charmant qu'on appelle le ton de la bonne compagnie, n'est le plus souvent que le ton de l'ignorance, du précieux et de l'affectation. Ce fut le ton de notre souper : Madame de Senanges et Monsieur de Pranzi parlant toujours, et laissant rarement à la raison de quelques-uns d'entre nous, et à l'enjouement de Versac, le temps de paraître et de briller.

Tout occupée qu'était Madame de Senanges de son esprit, elle me faisait des agaceries sans ménagement. Soit que ce fût sa coutume de ne se contraindre jamais davantage, ou qu'elle le fît à dessein de tourmenter Madame de Lursay, à qui je m'apercevais qu'elles ne plaisaient pas, d'autant moins que j'avais en effet la fatuité de m'y prêter un peu. Ce n'était pas que je ne fusse extrêmement prévenu contre Madame de Senanges, mais j'étais comme tous les hommes du monde, qu'une conquête de plus, quelque mépri-

sable qu'elle puisse être, ne laisse pas de flatter :
d'ailleurs, j'imaginais par là me venger de Mademoiselle de Théville, que j'affectais alors de
regarder avec autant d'indifférence que j'avais
cru lui en remarquer pour moi.

Pendant que je me livrais aux ridicules propos
de Madame de Senanges, Mademoiselle de
Théville tomba dans une rêverie profonde. De
temps en temps elle me regardait, et quelquefois
avec une sorte de mépris que je n'interprétais pas
en bien, et dont, de moment en moment, je lui
voulais plus de mal. La seule chose qui pût m'en
consoler, était le peu de cas qu'elle s'obstinait
toujours à faire de Versac, qu'un accident si
extraordinaire mettait presque hors de lui.
Madame de Lursay, tourmentée par la jalousie
que lui causait Madame de Senanges, et par les
propos indécents, équivoques et familiers que lui
tenait Monsieur de Pranzi, était malgré son
attention sur elle-même d'une tristesse mortelle.
La perte de mon cœur, qu'elle craignait de faire,
sa réputation cruellement compromise, et entre les
mains de deux étourdis qu'elle voyait conjurés
contre elle et qu'elle était forcée de ménager :
pouvait-il être pour elle de situation plus
affreuse?

Jamais la conversation ne tournait vers la
médisance que, craignant d'en devenir l'objet,
elle ne fît son possible pour la déranger. Mais la
chose était difficile avec Versac : le malheur de ne
pas plaire à Mademoiselle de Theville lui donna
de l'humeur et toutes les femmes en souffrirent.

« Avez-vous oui parler, demanda-t-il, de la
conduite de Madame de ***, et en concevez-vous

une plus singulière? Avoir pris à son âge, après avoir été dévote deux fois, le petit de ***!

— Cela est plaisant, dit Madame de Senanges, et en même temps très ridicule, très absurde; car enfin, après s'être retirée du monde avec tant d'éclat, il y fallait du moins rentrer par une aventure plus sérieuse.

— Qui que ce fût qu'elle prît, dit Madame de Théville, je ne vois pas qu'au fond elle en eût été moins blâmable.

— Oh! pardonnez-moi, Madame, répondit Versac; sur ces sortes de choses, le choix ne laisse pas d'être important. L'on est quelquefois moins blâmée d'un magistrat que d'un colonel, et pour une prude, par exemple, l'un est plus convenable que l'autre : car à cinquante ans prendre un jeune homme, c'est ajouter au ridicule de la passion celui de l'objet.

— C'est qu'il y a, reprit Madame de Senanges, des femmes qui ne savent ce que c'est que se respecter.

— Oui, répondit Versac d'un ton ironique et en la regardant, cela est vrai, il y en a, et en vérité les femmes...

— Oh! point de thèses générales, interrompit-elle, elles sont toujours en droit de déplaire.

— Et moi je soutiens le contraire, reprit-il, ce sont celles qui ne doivent jamais fâcher.

— Quoi! répliqua-t-elle, si vous dites par exemple que toutes les femmes sont faciles à vaincre, si vous imputez à toutes les dérègle-ments dont quelques-unes seulement sont capables, vous croyez que toutes ne doivent pas s'en offenser?

— Sans doute, reprit-il, je le crois; je crois

plus encore : c'est qu'il n'y a précisément que celles qui sont dans le cas de se rendre promptement, qui n'aiment pas à l'entendre dire, et qui s'en plaignent.

— Je pense comme vous, dit Madame de Théville : une femme raisonnable ne doit point s'attribuer ce qui n'est dit que pour une femme qui ne l'est pas, et pourvu que je ne me rende pas, moi, il m'est fort indifférent qu'on dise qu'aucune femme ne sait résister.

— Mais comptez-vous pour rien, Madame, dit Madame de Lursay, l'opinion que de pareils discours peuvent donner de nous?

— Eh oui! ajouta Madame de Senanges, et que, sur un aussi faux principe, un homme, en nous regardant seulement, croie que nous sommes subjuguées?

— Hélas! Madame, dit Versac, c'est qu'il en est malheureusement tant d'exemples, qu'il y a plus de sottise à ne le pas penser que de fatuité à le croire.

— Eh! que vous importe qu'on vous croie subjuguée lorsque vous ne l'êtes pas, répondit Madame de Théville. Que fait à votre vertu l'opinion d'un fat? Croyez-moi, Madame, pour peu qu'un homme vive dans le monde, il sait bientôt que les femmes ne sont ni toutes vicieuses, ni toutes vertueuses, et l'expérience lui apprend aisément quelles sont les exceptions qu'il doit faire.

— Quand cela serait vrai, Madame, lui dit Madame de Lursay, cela nous expose-t-il moins aux sottes idées d'un jeune homme qui, en attendant l'usage du monde et l'expérience, commence toujours par mal penser de nous?

— Et qui quelquefois, reprit Versac, avec
l'expérience et l'usage, ne trouve pas de quoi
changer d'avis.

— En vérité, Monsieur, dit Madame de
Senanges, vous parlez comme quelqu'un qui
n'aurait jamais vu que *mauvaise compagnie*.

— Avant que de vous répondre là-dessus je
voudrais bien, Madame, lui dit-il, que vous me
dissiez ce que c'est que *mauvaise compagnie?*

— Eh mais! répondit-elle, ce sont des femmes
d'une certaine façon.

— Vous conviendrez aisément, reprit-il, que
votre définition n'est pas juste puisqu'en me
servant du même terme je puis rendre l'idée
contraire, et vous dire que des femmes d'une
certaine façon sont des femmes de *bonne compagnie*. Mais expliquons votre idée : par femmes de
bonne compagnie, qu'entendez-vous? sont-ce les
femmes vertueuses, ces femmes qui n'ont jamais
eu la moindre faiblesse à se reprocher?

— Sans doute! reprit-elle.

— Sans doute! s'écria Versac. Quoi! Vous
mettrez au même rang une femme notée par des
aventures infâmes, ou celle qui n'aura eu qu'une
faiblesse, que par sa façon de penser elle aura
rendu respectable! Ah! Madame, je suis moins
cruel : ce ne sont pas ces femmes-là que j'appelle-
rais *mauvaise compagnie*, et si vous les trouvez
telles, je conviendrai avec vous que je ne vois pas
bonne compagnie, puisque de toutes les femmes
que je vois, je n'en connais pas une qui n'ait été
sensible ou qui ne le soit encore.

— Quand cela ne serait pas, Monsieur, vous ne
le croiriez point, reprit Madame de Lursay, et
vous pensez si mal de nous...

— Il est vrai, Madame, interrompit-il, il est
des femmes dont je pense on ne peut pas plus
mal, dont je regarde le manège avec mépris, et
auxquelles enfin je ne connais nulle sorte de
vertu ; qui n'ont pas des faiblesses, mais des
vices ; toujours les premières à crier sur ce que
l'on dit de leur sexe, parce qu'elles ont toujours à
couvrir leur intérêt particulier de l'intérêt général. Pour celles-là sans doute le moindre trait est
cruel : elles perdent tant à être connues, et dans
le fond de leur cœur le savent si bien, qu'elles ne
peuvent supporter rien de ce qui les démasque ou
les définit. Ainsi quand je dirai : *les femmes se
rendent promptement, à peine attendent-elles qu'on
les en prie,* si je fais un portrait désavantageux de
quelques-unes, il me sera permis de croire que
celles qui s'élèvent contre pensent qu'il leur
ressemble.

— Sans doute, Monsieur, dit Madame de
Théville, et la colère sur ces sortes de choses
prouve seulement qu'on pense mal de soi-même.

— Eh bien ! Madame, dit Versac, en s'adressant à Madame de Senanges qui me faisait des
mines, concevez-vous à présent pourquoi tant de
femmes sont fâchées, et pourquoi Madame de
Théville ne l'est point ?

— Tout ce que je conçois, répondit-elle, c'est
qu'il vous sied moins qu'à un autre de parler mal
des femmes, et que le plus grand de leurs
ridicules est de vous traiter comme elles font.

— C'est peut-être à cause de cela, reprit-il en
riant, que j'en ai si mauvaise opinion.

— Ce qui m'outre de fureur, dit-elle, c'est que
ce ton de mépriser les femmes devient à la mode,
et qu'il n'y a pas jusqu'aux *auteurs* qui ne l'aient

pris. Il me tomba entre les mains, il y a quelque temps, une première partie de je ne sais quoi, une brochure détestable, où nous étions traitées à faire horreur : aussi ne l'achevai-je pas.

— En vérité, dit Madame de Lursay, ces mauvais petits livres-là devraient bien être défendus.

— Pourquoi donc, Madame, répliqua Versac? Les femmes font ce qu'il leur plaît. L'auteur en écrit ce qu'il veut : il en dit du mal, elles en disent de son livre. Elles ne se corrigent pas, ni lui non plus peut-être : jusqu'ici je les trouve quitte à quitte. »

En achevant ces paroles, on leva table, Versac commençant à douter de la réussite de ses projets, Madame de Senanges occupée à pousser les siens, et Madame de Lursay désespérée des façons malhonnêtes de Monsieur de Pranzi qui la pressait assez haut de lui rendre des bontés qui, disait-il, lui devenaient plus nécessaires que jamais. Quelque chagrin que de pareils discours lui causassent, il n'égalait pas celui de m'avoir vu répondre à Madame de Senanges sur qui, malgré la contrainte qu'elle s'imposait, elle jetait de temps en temps des yeux d'indignation et de mépris. Elle l'avait entendue me parler sentiment pendant tout le souper, et se plaindre de ce que tout ce qu'il y avait de mieux en France allant chez elle, je n'eusse pas encore songé à m'y faire présenter. Elle la connaissait trop, pour ne pas savoir que les compliments les plus simples avaient toujours chez elle un objet marqué : on m'avait trop interrogé sur l'état de mon cœur pour que cette curiosité ne fût qu'indifférente.

Madame de Senanges était vive, ne ménageait rien quand il s'agissait d'une conquête nouvelle, cherchait moins à toucher qu'à plaire, et dispensait volontiers de l'amour et de l'estime pourvu qu'elle inspirât des désirs. Madame de Lursay n'ignorait pas à quel point nous en sommes susceptibles; et même, en me supposant extrêmement amoureux d'elle, ne doutait pas que je ne me livrasse, pour le moment[5] du moins, à une femme qui saurait malgré moi-même me le faire trouver et m'y ramener plus d'une fois. La froideur que j'avais marquée pour elle depuis mon manque de respect, le peu de soins que j'avais pris de lui plaire, la complaisance que j'avais eue pour Madame de Senanges, tout lui faisait craindre que je ne fusse près de changer. Impatiente de connaître mes sentiments, elle n'osait cependant s'en instruire. Au milieu de tant de monde et qui lui était si suspect, le moyen d'arranger un rendez-vous? D'ailleurs comment, après ce qui s'était passé entre nous, me le proposer sans me donner d'elle les plus affreuses idées? Heureusement pour moi, la décence l'emporta. Madame de Senanges, qui en était un peu moins susceptible, et qui avait vu que je ne m'aidais presque pas, que les regards les plus marqués ne m'instruisaient point, et qu'aux prières pressantes qu'elle m'avait faites de la voir, je n'avais répondu que par des révérences, qui ne décidaient pas son état, ne savait plus comment me faire comprendre ce qu'elle exprimait si bien. Il ne lui restait plus, pour me mettre au fait, qu'un mot; mais tout irrégulière qu'elle était, elle n'osa pas le prononcer, soit parce que je ne l'en pressai point, ou, ce qui est aussi

vraisemblable, parce qu'elle ignorait que j'avais
besoin de l'explication la plus claire.

Nous avions épuisé à souper ce qu'il y avait de
plus nouveau en médisance : sans cette ressource
on soutient difficilement la conversation, et,
devant Versac et Madame de Senanges, la raison
ne pouvait point paraître longtemps. Bientôt
nous ne sûmes plus que nous dire. Madame de
Lursay, que Monsieur de Pranzi continuait à
impatienter, proposa de jouer. Nous y consen-
tîmes, et moi surtout qui espérais que le jeu me
mettrait auprès de Mademoiselle de Théville. Le
sort ne me servit cependant pas aussi bien que je
le désirais. Madame de Lursay, qui connaissait
toute la mauvaise volonté de Versac, et qui
voulait se donner en spectacle devant lui le moins
qu'il lui serait possible, me mit avec Madame de
Théville contre Madame de Senanges et contre
lui, et fit une reprise d'hombre [6] avec Hortense et
Monsieur de Pranzi. Dans le chagrin que j'en eus,
je pensai rompre la partie que je venais d'accepter. Pour m'en dédommager du moins, je me
plaçai de façon que j'avais Mademoiselle de
Théville en face : pénétré du plaisir de la regarder, je ne sus pas un instant ce que je faisais.
Occupé d'elle sans relâche, je ne m'attachais
qu'à ses mouvements. Nous nous surprenions
quelquefois à nous regarder; il semblait que nous
eussions le même intérêt à démêler ce qui se
passait dans nos cœurs. La tristesse où je la voyais
plongée m'en causait à moi-même, et les
réflexions qu'elle me faisait faire me donnèrent
des distractions si fréquentes, que Versac, qui
crut qu'elles avaient Madame de Lursay pour
principe, ne put s'empêcher d'en rire et de les

faire remarquer à Madame de Senanges qui en
haussa les épaules de pitié, sans cependant en
rien diminuer des espérances qu'elle avait fondées
sur ma personne.

Le jeu ne nous intéressait pas assez pour nous
tenir dans le silence. Versac et Madame de
Senanges donnaient de temps en temps carrière à
leur humeur médisante, ce qui, joint à mon peu
d'application, impatientait Madame de Théville,
qui aimait le jeu comme une femme qui n'aime
point autre chose. Versac chantait entre ses dents
des couplets nouveaux et fort méchants. Madame
de Senanges, que la calomnie amusait sous
quelque forme qu'elle se présentât, les demanda à
Versac qui répondit qu'il ne les avait pas et qu'il
était assez malheureux pour ne les savoir que par
fragments.

« Je les ai, Madame », lui dis-je, et sur-le-
champ je les lui offris.

Elle s'opiniâtra poliment à les refuser, et me
pria seulement de vouloir bien les lui faire copier.
Je lui promis de les lui envoyer le lendemain
matin.

« Les envoyer! dit Versac, d'un air d'étonnement. Vous n'y pensez pas! Ne voyez-vous pas
bien, ajouta-t-il tout bas, qu'on ne vous les aurait
point demandés si l'on n'avait pas cru que vous
les porteriez vous-même? C'est la règle. N'est-il
pas vrai, demanda-t-il à Madame de Senanges, on
porte soi-même ces sortes de bagatelles?

— Cela est plus poli, répondit-elle en souriant,
mais je ne veux pourtant pas le gêner. »

Je sentis bien que, par cette démarche,
Madame de Senanges voulait me faire entrer en
commerce avec elle, mais ne pouvant l'éviter sans

une impolitesse impardonnable, je pris le parti de me soumettre à la décision de Versac, et de dire à Madame de Senanges que je lui porterais le lendemain les vers qu'elle souhaitait, puisqu'elle voulait bien me le permettre. Elle parut contente de l'assurance que je lui en donnais, et Versac, qui mettait si bien les affaires en train pour tourmenter Madame de Lursay, en fut, je crois, encore plus charmé que Madame de Senanges.

Nos parties finirent peu de temps après, à l'extrême satisfaction de Madame de Lursay, qui, pour tâcher de dérouter Versac, s'était sacrifiée non seulement en jouant avec un homme qu'elle détestait, mais encore en me laissant exposé aux empressements d'une femme qui devenait ouvertement sa rivale.

Cependant le temps de sortir de chez Madame de Lursay approchait. J'allais perdre Mademoiselle de Théville et, près de la quitter, je sentis combien je désirais de la revoir. Ce bien, alors l'unique de ma vie, je ne voulais plus, s'il se pouvait, attendre que le hasard m'en fît jouir. Sans l'éloignement qui était entre Madame de Théville et ma mère, il m'aurait paru facile de me procurer un accès chez elle; mais retenu par cette considération et craignant que Madame de Théville ne reçût pas convenablement pour moi la prière que je lui ferais de me permettre de la voir, je n'osais la hasarder. Je m'étais approché de Mademoiselle de Théville, et prenant pour texte de la conversation la reprise qu'elle venait de faire, je lui demandai comment le jeu l'avait traitée.

« Assez mal, me répondit-elle froidement.

— Je n'y ai pas été, repris-je, plus heureux que vous.

— A la façon dont vous jouiiez, répliqua-t-elle, il aurait été difficile que vous eussiez fixé la fortune, et si je ne me trompe, je vous ai entendu reprocher vos distractions.

— Vous n'avez pas été plus attentive, lui dit alors Madame de Lursay, et je ne crois pas que vous ayez été un moment à votre jeu.

— C'est, répondit-elle en rougissant, que l'hombre m'ennuie.

— Je ne sais, dit Madame de Théville, mais je lui trouve depuis quelque temps un fond de tristesse qui m'alarme et que rien ne peut dissiper.

— Elle aime trop la solitude, dit Madame de Lursay, et je veux que demain nous prenions ensemble des mesures pour la distraire.

— Les plaisirs de ma cousine m'intéressent aussi, dis-je à demi bas à Madame de Théville. S'il me vient quelques idées, voudriez-vous me permettre d'aller vous en faire part chez vous?

— Je ne vous crois pas excellent pour le conseil, répondit-elle en riant, mais il n'importe, Monsieur, vous me ferez plaisir.

— En ce cas, me dit Madame de Lursay, mais d'un ton fort bas, si vous voulez vous rendre ici demain l'après-dînée, nous irons ensemble chez Madame. »

J'acceptai avec transport cette proposition, si charmé de l'espérance de voir le lendemain ce que j'adorais, que je ne fis aucune réflexion, ni sur le lieu du rendez-vous, ni sur le véritable objet qu'il pouvait avoir.

Pendant que je me félicitais de m'être procuré

un bonheur qui m'était si nécessaire, Versac, tout indisposé qu'il était contre Mademoiselle de Théville, lui parlait sur sa mélancolie et sur les moyens de la détruire. Quoiqu'il traitât assez sagement cette matière avec elle, il ne put en obtenir que des réponses froides et qui marquaient positivement le peu de cas qu'elle faisait de lui. Trop vain pour témoigner tout le dépit qu'il en ressentait, il fut cependant assez sensible pour n'y paraître pas indifférent, et je le voyais rougir malgré lui du peu d'attention que l'on marquait pour ses charmes. Cette conquête était en effet trop flatteuse pour en perdre l'espérance sans regret.

Plaire à une femme ordinaire, la voir passer des bras d'un autre dans les siens, c'était un triomphe auquel il était accoutumé et qu'il partageait avec trop de gens, pour que sa vanité en fût contente. Dans ce grand nombre de femmes qui toutes briguaient le bonheur de fixer un moment ses regards, peut-être n'en avait-il pas trouvé une qui pût flatter son orgueil : femmes perdues depuis longtemps de réputation, et qui voulaient finir par lui; femmes insensées, dont un homme à la mode, quel qu'il soit, mérite les hommages, et qui se rendent à ses agréments moins encore qu'au plaisir d'entendre dire quelque temps qu'elles lui appartiennent, plus touchées de s'être procuré une aventure qui les déshonore à jamais, que des plaisirs d'un commerce secret qui ne ferait point parler d'elles : voilà ce qu'il trouvait tous les jours. Objet de la fantaisie de toutes les femmes, ne régnant sur le cœur d'aucune, et lui-même indifférent pour toutes, [il] cédait à leurs désirs sans les aimer, vivait avec elles sans goût, et

les quittait sans les connaître plus que quand il
les avait prises, pour se donner à d'autres qu'il ne
connaîtrait ni n'estimerait davantage.

Ce n'était pas que, de quelques attraits que
Mademoiselle de Théville fût pourvue, elle pût
inspirer de l'amour à Versac. Il n'était point fait
pour connaître ces mouvements tendres qui font
le bonheur d'un cœur sensible : mais celui de
Mademoiselle de Théville était aussi neuf que ses
charmes, et, sans chercher à le rendre heureux, il
aurait voulu se le soumettre. Comme on ne lui
avait jamais résisté que par coquetterie, il voulait, une fois du moins, s'amuser du spectacle
d'une jeune personne vaincue sans le savoir,
étonnée de ses premiers soupirs, tout entière à
l'amour quand elle croit le combattre encore, qui
ne respire, ne pense, n'agit que pour son amant,
et pour qui rien n'est plaisir, peine et devoir, que
tout ce qui tient à sa passion.

La conquête de Mademoiselle de Théville
n'aurait sans doute, tout brillante qu'elle était,
satisfait que l'orgueil de Versac, qui, quoiqu'il
n'aimât rien, imaginait pourtant du plaisir à être
tendrement aimé; plaisir qu'il n'était pas assez
dupe pour chercher chez les femmes qu'il honorait de ses faveurs. Il avait compté sur les bontés
de Mademoiselle de Théville, et ne pouvait
concevoir ce qui lui procurait un désagrément
qu'il n'avait jamais éprouvé.

Las du personnage qu'il jouait, il se détermina
à prendre congé de Madame de Lursay. Il était
tard, et nous en fîmes tous autant. Je ne doute
pas qu'elle ne souhaitât que je restasse, mais il
n'était pas question d'imaginer des expédients
devant Versac, qui joignait alors à sa finesse

naturelle le désir de lui donner des travers.
Madame de Senanges me supplia, en me quittant,
de songer aux couplets que je lui avais promis, et
Versac, qui lui donnait la main, la pria ironique-
ment de n'être pas inquiète sur une affaire dont il
faisait la sienne. Monsieur de Pranzi donnait la
main à Madame de Théville, et je ne voyais que
moi pour conduire Hortense. Je lui présentai la
main, mais je n'eus pas sitôt touché la sienne,
que je sentis tout mon corps trembler. Mon
émotion devint si violente, qu'à peine pouvais-je
me soutenir. Je n'osai ni lui parler, ni la regarder,
et nous arrivâmes tous deux à son carrosse, en
gardant le plus profond silence. Versac l'y attendait, pour lui faire la plus froide révérence qu'il
pût imaginer : ce qu'il fit, je crois, pour lui
marquer combien il était mécontent de sa
conduite, ou pour lui prouver de l'indifférence.
Madame de Senanges m'accabla encore de ses
cruelles agaceries, comme Mademoiselle de
Théville de sa froideur. Elles partirent, et je me
hâtai d'autant plus de les suivre, que je craignais
qu'il ne prît un remords à Madame de Lursay.

Je passe sur les sentiments qui m'occupèrent
cette nuit-là. Il n'y a pas d'homme sur la terre
assez malheureux pour n'avoir jamais aimé, et
aucun qui ne soit par conséquent en état de se
les peindre. Si la vanité seule avait pu satisfaire
mon cœur, il aurait sans doute été moins agité.
Madame de Senanges, toute occupée du soin de
me plaire, Madame de Lursay, de qui je n'avais
plus de délais à craindre, me mettaient dans
une situation brillante, la première surtout, qui,
si elle ne s'attirait plus par ses charmes l'attention publique, se la conservait toujours par

de nouvelles aventures. Peu flatté de me voir en
même temps l'objet des vœux d'une prude et
d'une femme galante, le cœur qui semblait se
refuser à mes désirs était le seul qui pût remplir
le mien. Témoin de la tristesse d'Hortense, et de
sa froideur pour moi, à quoi pouvais-je mieux les
attribuer qu'à une passion secrète? Les premiers
soupçons que j'avais portés sur Germeuil se
réveillèrent dans mon esprit. A force de m'y
arrêter, ils s'accrurent. Je crus avoir vu mille
choses qui d'abord m'avaient moins frappé, et
qui toutes me convainquaient de leur ardeur
mutuelle.

Je fus incertain le lendemain si je dirais à
Madame de Meilcour que j'avais vu Madame de
Théville. Je craignais que l'antipathie qui les
désunissait ne la portât à me défendre de la voir.
J'étais si sûr en ce cas de lui désobéir, que
j'aurais voulu ne m'y pas exposer. Il pouvait être
plus dangereux de lui dérober mes démarches :
elle n'aurait pu les ignorer longtemps, et le
mystère que je lui en ferais ne servirait peut-être
qu'à les lui faire observer avec plus de soin. Je
crus donc que le parti le plus sage, non seulement
pour mon amour, mais encore pour rendre à
Madame de Meilcour ce que je lui devais, était de
ne lui rien cacher. J'entrai chez elle, et en lui
racontant, comme une chose indifférente, ce que
j'avais fait la veille, je lui dis que j'avais vu
Madame de Théville. Ce nom, que j'osais à peine
lui prononcer, ne lui causa pas le mouvement que
je craignais. Elle me répondit froidement qu'elle
ne croyait pas que Madame de Théville fût à
Paris.

« Madame de Lursay, qui sait que vous ne

l'aimez pas, repris-je, a craint, sans doute, de vous en parler.

— Ce n'était rien de fâcheux à m'apprendre que son retour, répliqua-t-elle. L'éloignement que nous avons l'une pour l'autre, ne nous rend pas ennemies.

— Vous ne désapprouverez donc pas, lui dis-je, que je la voie?

— Au contraire, répondit-elle, elle a trop de vertus pour que son commerce ne vous soit pas infiniment utile. Mais, ajouta-t-elle, on m'a dit que sa fille était belle. L'avez-vous vue? Comment la trouvez-vous? »

Je fus si embarrassé de cette question, toute simple qu'elle était, que je pensai lui répondre que je n'en savais rien. Je ne me remis de mon trouble que pour m'en préparer un autre. Obligé de dire ce que je pensais de Mademoiselle de Théville, l'amour me dicta son éloge.

« Si je l'ai vue! Et comment je la trouve? m'écriai-je. Ah! Madame, vous en seriez enchantée! Sa figure, son maintien, son esprit, tout plaît en elle, tout y attache. Ce sont les plus beaux yeux! Les plus tendres! Les plus touchants! Si vous l'aviez seulement vue sourire!...

— Vous la louez vivement, interrompit-elle, et vous aimeriez mieux, à ce que je crois, vivre avec elle, que moi avec sa mère. »

Je ne m'aperçus que dans cet instant, que j'en avais trop dit.

« Madame, lui répondis-je avec une émotion qu'en vain je voulais contraindre, je vous l'ai peinte telle que je l'ai vue, et peut-être encore moins bien qu'elle n'est. Je vous avouerai cependant que je ne me suis pas trouvé de disposition à la haïr.

— Je ne souhaite pas, dit-elle, que vous la haïssiez; mais je voudrais que ses charmes vous fissent moins d'impression qu'ils ne me paraissent vous en faire.

— Eh! que vous importerait, Madame, quand je l'aimerais, répondis-je avec un soupir qui m'échappa malgré moi, en serais-je aimé?

— Eh! si vous ne l'aimiez déjà, répliqua-t-elle, ses sentiments vous occuperaient-ils?

— Quoi! Madame, repris-je, pourriez-vous penser qu'en un moment que je l'ai vue, elle eût pu m'inspirer de l'amour?

— Elle est belle et vous êtes jeune, répondit ma mère : à votre âge, les coups de foudre sont à craindre, et moins on a d'expérience, plus on s'engage facilement.

— Mais, Madame, lui demandai-je, serait-ce un si grand mal que je l'aimasse?

— Oui, répondit-elle froidement, c'en serait un, puisque cette passion ne vous rendrait pas heureux.

— Peut-être, répondis-je, mes craintes sur son indifférence pour moi sont-elles sans fondement?

— Je serais bien fâchée que cela fût, dit-elle, et sa sensibilité pour vous ne vous rendrait que plus à plaindre. Je suis bien aise de vous apprendre que j'ai des vues sur vous, et qu'elles n'ont pas Mademoiselle de Théville pour objet : elle n'est pas faite pour occuper votre caprice, et je ne vous conseille pas, encore un coup, de lui rendre des soins bien sérieux. Je me flatte, ajouta-t-elle, que je puis encore vous parler là-dessus, et que vous n'avez pas assez engagé votre

cœur pour vous faire une peine des avis que je
vous donne.

— Madame, repris-je (en prenant tout sur moi
pour ne lui pas montrer ma douleur), je ne vous
ai parlé de Mademoiselle de Théville que par la
nécessité où vous m'avez mis de répondre à vos
questions. Je l'ai trouvée belle il est vrai, mais on
ne devient pas, du moins je le crois, amoureux de
tout ce qu'on admire. Je l'ai vue sans émotion, et
je la reverrai sans péril pour mon cœur. Vous êtes
cependant, Madame, ajoutai-je, maîtresse d'ordonner de mes démarches et je renonce à la voir
jamais, si vous croyez que je le doive. »

Mon air tranquille en imposa à Madame de
Meilcour, qui d'ailleurs m'aimait trop pour qu'il
me fût difficile de la tromper.

« Non, mon fils, répondit-elle, voyez-la. Quel
que soit le but du commerce que vous vouliez lier
avec elle, qu'il ait l'amour pour objet, qu'il n'en
ait point du tout, dans aucun de ces cas je ne dois
ni ne veux vous contraindre. Mes ordres, si vous
l'aimez, ne détruiront pas votre passion, et si
vous ne l'aimez point, je ne suis pas assez ridicule
pour vous en faire naître le désir en vous
interdisant sa vue. »

Cette conversation tourmentait trop mon cœur
pour chercher à la continuer, et je pris congé de
ma mère pour aller chez Madame de Lursay, qui
devait me conduire chez Hortense.

Je réfléchissais sur tout ce qui s'opposait à
mon amour, et moins je lui voyais d'espérance
d'être heureux, plus je le sentais s'affermir dans
mon cœur. Un rival, à qui je ne croyais plus rien
à désirer; une mère qui, sur un simple soupçon,
venait de se déclarer contre moi; une femme dont

j'allais blesser la passion ou le caprice, chose également dangereuse, rien ne m'arrêta. J'entrai chez Madame de Lursay, rempli d'Hortense, et peu disposé à me souvenir de ce qui s'était passé la veille avec la première, que, depuis mes soupçons sur M. de Pranzi, je méprisais plus que jamais.

Malgré toutes les menaces qu'elle m'avait faites de prendre des précautions contre moi, je la trouvai seule. Elle me reçut comme on reçoit quelqu'un avec qui l'on croit avoir tout terminé : avec tendresse et familiarité. Ma froideur, car je ne me prêtai à rien, l'embarrassa. Des révérences, du respect, un air morne; quel prix, et de ce qu'elle avait fait pour moi, et des bontés qu'elle me préparait encore! Comment accorder aussi peu d'amour et d'empressement avec les transports que je lui avais montrés? Elle se croyait en droit de s'en plaindre, et ne l'osait cependant pas faire. Elle me regardait avec des yeux étonnés, et cherchait vainement dans les miens l'ardeur que je semblais lui avoir promise. Interdit, et plus contraint que jamais, j'étais auprès d'elle, moins comme un amant qui est encore à favoriser, que comme un qui se lasse de l'être. Je ne lui avais dit, en entrant, que des choses communes : jargon d'usage, proscrit entre deux personnes qui s'aiment. Outrée d'un procédé si peu convenable, et ne l'ayant pas mérité de ma part, elle se rappela Madame de Senanges, et ne douta point qu'une indifférence si subite ne fût causée par un nouveau goût qui me dérobait à sa tendresse. Cette idée, qui n'était pas sans fondement, la pénétra de douleur; elle voyait une femme sans mœurs, sans jeunesse, sans beauté, lui enlever en un jour le fruit de trois mois de soins, et dans quel temps encore, et après quelles espérances! Lorsqu'elle pouvait se croire sûre de mon cœur, qu'elle avait vaincu ses scrupules, et qu'enfin j'avais surmonté mes préjugés.

Je m'aperçus aisément, quoiqu'elle gardât le silence, de son mécontentement et de sa douleur; mais je ne savais que lui dire. L'idée d'Hortense et les discours de ma mère me remplissaient tout entier, et me laissaient peu de pitié pour les maux que je faisais souffrir à Madame de Lursay. Ennuyé cependant d'être si longtemps seul avec elle, je pris mon parti.

« Madame, lui demandai-je, ne devions-nous pas aller chez Madame de Théville?

— Oui, Monsieur, répondit-elle sèchement, je vous attendais; je commençais même à croire que vous aviez oublié que je devais vous y conduire.

— Je n'ai pas, repris-je, d'aussi ridicules distractions.

— Vous avez cependant, répondit-elle, un assez beau sujet d'en avoir, et je crois qu'il n'y a que Madame de Senanges que vous ne puissiez plus oublier. »

Cette Madame de Senanges qu'on m'accusait de ne pouvoir plus oublier, existait pourtant si peu dans ma mémoire, que je ne me souvins que dans cet instant de la visite qu'elle m'avait engagé à lui faire. La jalousie de Madame de Lursay ne me déplut point. Il m'importait qu'elle ne découvrît pas quel était le véritable objet de ma passion et je vis avec joie Madame de Senanges devenue celui de ses craintes. Le plaisir de la voir se tromper me fit sourire malgré moi. L'indifférence avec laquelle je recevais l'espèce de

reproche qu'elle me faisait, la piqua sensiblement.

« Vous avez assurément fait un beau choix,
continua-t-elle, voyant que je ne lui répondais
rien. Vous ne pouviez pas débuter mieux : cela
est respectable et doit vous faire honneur.

— Je ne sais, Madame, répondis-je froidement,
de quoi vous me parlez.

— Vous ne savez! interrompit-elle d'un air
railleur, cela est singulier. J'aurais cru, quoique
votre défaut ne soit pas de deviner aisément, que
vous ne vous tromperiez pas à ce que je veux
vous dire, et vous ne vous y trompez pas non
plus. Mais si vous avez résolu d'être discret
aujourd'hui, il fallait hier vous y préparer mieux,
et ne pas découvrir à tout le monde l'important
secret de votre cœur. Après tout, Madame de
Senanges n'exige pas tant de mystère, sa vanité
veut un triomphe public, et vous la servirez bien
mal si vous lui gardez le secret.

— Vous me mettez mieux avec Madame de
Senanges que je ne souhaite d'y être, Madame,
répondis-je, et je doute aussi qu'elle m'honore
d'un sentiment particulier.

— Vous en doutez! reprit-elle. J'aime votre
modestie : vous n'en paraissiez pas hier si rempli,
et vous lui répondîtes comme quelqu'un qui avait
pénétré ses intentions et ne s'éloignait pas de s'y
conformer.

— Je ne sais, répliquai-je, quelles sont sur
mon compte ses intentions, mais j'ai cru pouvoir
répondre à ses politesses, sans que ce fût pour
vous matière à reproches.

— À l'égard des reproches, reprit-elle vivement, je ne me crois point en droit de vous en

faire. L'amour ici pourrait seul les autoriser; mais l'amitié peut donner des avis et, si vous imaginez davantage, vous m'entendez mal. Au surplus, vous me permettrez de vous dire que la politesse n'exige point qu'on fasse des mines à quelqu'un.

— En vérité! Madame, m'écriai-je, j'ignore ce que c'est qu'une mine, et vous le savez bien. Madame de Senanges a eu sans doute des attentions pour moi mais je n'y ai dû remarquer rien de ce désir de me plaire que vous lui attribuez. Si en effet il existe, c'est un secret qu'elle s'est réservé, et qui n'a point passé jusqu'à moi. J'ai répondu à ce qu'elle m'a dit, mais elle ne m'a parlé que de choses générales, dont, quand je l'aurais voulu, je n'aurais pu, sans être un fat, à ce qu'il me semble, tirer de conséquence particulière. Vous savez vous-même que nous ne nous sommes pas parlé en secret.

— Sans se parler en secret, interrompit-elle, il y a bien des choses sur lesquelles on peut s'arranger, et vous ne vous en êtes pas moins donné un rendez-vous.

— J'ai promis simplement, répliquai-je, de lui porter des couplets qu'elle avait envie d'avoir, et je ne crois pas qu'en aucun sens cela puisse s'appeler un rendez-vous.

— S'il ne l'est pas, reprit-elle brusquement, il le deviendra. Mais ne pouviez-vous pas lui laisser chercher ces vers? Était-il nécessaire de vous vanter de les avoir?

— Je n'ai fait pour elle, répondis-je, que ce que j'aurais fait pour tout autre, et sans Monsieur de Versac, qui m'a engagé à les lui porter chez elle malgré moi, je serais quitte aujourd'hui

de cette visite qui me procure une querelle de
votre part.

— Une querelle! dit-elle en haussant les
épaules. Cette expression me paraît singulière.
Eh! non, Monsieur, je ne vous fais point de
querelle. Je vous l'ai dit, je vous le répète, ayez
donc la bonté de m'en croire : je mets fort peu de
vivacité dans ce que je vous dis. En effet, que
m'importe à moi que vous aimiez Madame de
Senanges? N'êtes-vous pas le maître de vous
donner tous les ridicules qu'il vous plaira?

— Des ridicules! repris-je. Et à propos de
quoi?

— A propos de Madame de Senanges seulement, répondit-elle. On partage toujours le dés-
honneur des personnes à qui l'on s'attache : un
mauvais choix marque un mauvais fonds, et
prendre du goût pour une femme comme
Madame de Senanges, c'est avouer publiquement
qu'on ne vaut pas mieux qu'elle, c'est se dégrader
pour toute la vie. Oui, Monsieur, ne vous y
trompez pas, une fantaisie passe mais la honte en
est éternelle, quand l'objet en a été méprisable.
Nous sortirons à présent quand vous voudrez,
ajouta-t-elle en se levant, je n'ai plus rien à vous
dire. »

Je lui donnai la main. Elle marchait sans me
regarder, et je m'aperçus qu'elle avait sur le
visage des marques du plus violent dépit. En
effet, quoi de plus mortifiant pour elle que ce qui
venait de se passer entre nous deux? Pouvais-je
me défendre avec plus de froideur, et d'une façon
plus insultante? Est-ce ainsi qu'un amant se
justifie? Elle avait trop d'esprit, trop d'usage, et
en même temps trop d'amour pour ne pas sentir

vivement ce qu'il y avait d'affreux pour elle dans
mon procédé. Jamais elle ne m'avait mieux
montré sa tendresse, et jamais je n'y avais aussi
mal répondu. J'avais connu qu'elle me faisait des
reproches, nous étions seuls, et je n'étais pas
tombé à ses genoux! Je n'avais pas fait de ce
moment le plus heureux des miens! Je la laissais
sortir enfin! Ignorais-je donc le prix d'une querelle?

Je ne sais si elle fit ces réflexions, mais elle
monta en carrosse d'un air qui m'assura qu'elle
était infiniment mécontente et que rien de
gracieux ne lui remplissait l'esprit. Je me plaçai
auprès d'elle avec autant d'assurance que si elle
eût eu tous les sujets du monde de se louer de
moi. Je vis pourtant bien qu'elle était fâchée,
mais, loin de lui faire là-dessus la moindre
politesse, je ne m'occupai que de mon objet.
J'avais résolu de faire servir Madame de Lursay à
la réunion de Madame de Théville et de ma mère,
et, sans examiner si ce moment était favorable, je
ne voulus point perdre l'occasion de lui en parler.

« Ma mère, lui dis-je, sait que Madame de
Théville est à Paris, que je l'ai vue chez vous,
Madame, et que vous voulez bien m'y présenter
aujourd'hui. »

Elle ne me répondit rien.

« Madame, continuai-je, intime amie d'elles
deux comme vous l'êtes, je suis surpris que vous
n'ayez pas encore pu gagner sur elles de se revoir,
et d'autant plus que Madame de Meilcour ne me
paraît pas s'en écarter.

— Je ne crois pas, répondit-elle, sans me
regarder, que Madame de Théville refusât de se
prêter à ce que je lui proposerais là-dessus. J'en

ai même eu l'idée plus d'une fois, et je me flatterais d'autant plus aisément d'y réussir, que je sais qu'elles s'estiment mutuellement.

— Je puis répondre pour ma mère, repris-je, qu'elle ne se sent aucune aversion pour Madame de Théville, et je ne puis concevoir ce qui les éloigne l'une de l'autre.

— Des goûts différents forment assez souvent cet éloignement, répondit-elle. Nous vivons ordinairement plus avec les gens qui nous plaisent qu'avec ceux que nous estimons. Madame de Théville, avec beaucoup de vertus, n'est point douce ; l'inflexibilité de son caractère se retrouve partout dans la société : il faut la connaître extrêmement pour l'aimer, parce que les qualités de son âme ne se développent pas d'abord, et qu'elles sont cachées sous une dureté apparente, qui révolte assez pour qu'on ne cherche pas si l'on peut en être dédommagé. Madame de Meilcour, douce, prévenante, polie, née avec autant de vertus mais avec des dehors plus agréables, n'a pu s'accommoder de l'air impérieux de sa cousine, et sans se haïr, elles ont depuis longtemps cessé de se voir.

— Je sens ce que vous me dites, repris-je, et je conçois que, sans le long séjour de Madame de Théville en province, cette antipathie aurait moins duré.

— Mais, répondit-elle, on ne peut pas appeler cela de l'antipathie : ce qui les éloigne l'une de l'autre, est sans doute moins fort et plus facile à détruire.

— Oserais-je, Madame, lui dis-je, vous prier d'employer vos soins pour les rapprocher? Cela me paraît d'autant plus convenable, qu'étant vos

amies, elles peuvent se rencontrer chez vous, et
s'y voir peut-être avec chagrin.

— Quand cela serait, répliqua-t-elle, elles ont
du monde et de l'esprit, et ne se livreraient pas
avec indécence à leurs mouvements, quelque
violents qu'ils pussent être. C'est au contraire
chez moi que je veux qu'elles se voient. Les
préparer avec éclat à un raccommodement, ce
serait peut-être les y mal disposer, et il me suffit
de les connaître toutes deux, pour ne pas craindre
de faire une fausse démarche en les mettant à
portée de se revoir. »

Comme elle finissait ces paroles, nous arrivâmes chez Madame de Théville. Le plaisir de
penser que j'allais revoir Hortense me donna cette
émotion que je sentais auprès d'elle, et j'en
négligeai plus encore Madame de Lursay, que
mes rigueurs mal placées avaient jetée dans un
abattement inconcevable. Je l'avais entendue
soupirer dans le carrosse. Chaque mot qu'elle
m'avait dit, elle l'avait prononcé d'une voix
tremblante, et comme étouffée par la colère, ou
par la douleur : toutes choses dont elle avait bien
voulu que je m'aperçusse, que je vis en effet,
mais sans paraître y prendre plus de part que si
je ne les eusse pas causées. L'état où je la mettais
flattait cependant ma vanité : c'était un spec-
table nouveau pour moi, mais qui m'amusait sans
m'attendrir, et qui cessait même de me paraître
agréable, quand je me souvenais qu'elle l'avait
donné à Monsieur de Pranzi; sans compter encore
ceux que je ne connaissais pas, et que je croyais
innombrables : car la mauvaise opinion que
j'avais d'elle était sans bornes. Nous entrâmes
ensemble chez Madame de Theville. Hortense

était seule avec elle. Malgré sa grande parure, je lui trouvai l'air abattu, mais cette langueur ajoutait encore à ses charmes. Elle tenait un livre, qu'elle quitta en nous voyant. Madame de Théville me reçut aussi bien que je pouvais le désirer, mais je ne trouvai dans Hortense, ni plus de gaieté, ni moins de contrainte avec moi, que je ne lui en avais vu la veille. C'était une chose assez simple, qu'elle fût réservée avec quelqu'un qu'elle connaissait aussi peu que moi, et, si je ne l'avais point aimée, je n'en aurais point pris d'alarmes; mais dans l'état où je me trouvais, tout était pour moi matière à soupçon, tout augmentait mon inquiétude. Je voulais qu'elle me tînt compte d'un amour qu'elle n'avait pas dû pénétrer : il me semblait qu'elle ne pouvait pas se tromper aux mouvements qu'elle me faisait éprouver, que mon embarras et mes regards lui disaient assez combien elle m'avait rendu sensible, et qu'enfin j'aurais été entendu, si j'avais dû être aimé.

La conversation ne fut pas longtemps générale entre nous, et j'eus bientôt le temps d'entretenir Mademoiselle de Théville. Le livre qu'elle avait quitté était encore auprès d'elle.

« Nous avons, lui dis-je, interrompu votre lecture, et nous devons d'autant plus nous le reprocher, qu'il me semble qu'elle vous intéressait.

— C'était, répondit-elle, l'histoire d'un amant malheureux.

— Il n'est pas aimé, sans doute, repris-je.

— Il l'est, répondit-elle.

— Comment peut-il donc être à plaindre, lui dis-je?

— Pensez-vous donc, me demanda-t-elle, qu'il suffise d'être aimé pour être heureux, et qu'une passion mutuelle ne soit pas le comble du malheur, lorsque tout s'oppose à sa félicité?

— Je crois, répondis-je, qu'on souffre des tourments affreux, mais que la certitude d'être aimé aide à les soutenir. Que de maux un regard de ce qu'on aime ne fait-il pas oublier! Quelles douces espérances ne fait-il pas naître dans le cœur! De combien de plaisirs n'est-il pas la source!

— Mais considérez donc, reprit-elle, quel est l'état de deux amants dont tout contrarie les désirs!

— Ils souffrent sans doute, répondis-je, mais ils s'aiment : ces obstacles qu'on leur oppose, ne font qu'augmenter dans leur cœur un sentiment qui leur est déjà si cher; et n'est-ce pas travailler pour eux, que de leur donner les moyens d'accroître leur passion? Se voient-ils un moment? Que ce moment a de charmes! Peuvent-ils se parler? Avec quel plaisir ne se rendent-il pas compte de leurs plus secrètes pensées! Sont-ils gênés par des jaloux, ou des surveillants? Ils savent encore se dire qu'ils s'aiment, se le prouver même, mettre de l'amour dans les actions qui paraissent le plus indifférentes, ou dans les discours qui semblent le moins animés.

Ce que vous dites peut être vrai, répondit-elle; mais pour un moment tel que celui dont vous parlez, que de jours d'inquiétude et de douleur! Souvent encore, la crainte de l'infidélité se joint aux tourments de l'absence. Le moyen qu'on se croie sûre d'un amant qu'on ne voit pas? Ne peut-il pas se lasser, chercher d'abord des distractions, et finir par un autre attachement qui ne lui laisse pas même le souvenir du premier?

— Le malheur de perdre ce qu'on aime ne dépend pas toujours d'une passion contraire, et je crois, repris-je, que des amants qui jouissent en liberté du plaisir d'aimer, peuvent plus aisément encore se porter à l'inconstance.

— Je suis toujours surprise, répondit-elle, quand je songe combien il est difficile de conserver un amant, que l'on puisse jamais être tentée d'en prendre.

— Nous pourrions dire la même chose d'une maîtresse, et je n'imagine pas que le cœur des femmes se fixe plus facilement que le nôtre.

— J'aurais, reprit-elle en souriant, de quoi vous prouver le contraire : mais je vous laisse volontiers cette idée. Je ne trouve pas que nous y perdions assez, pour la combattre.

— Je ne pense pas de même, lui répondis-je, et si je pouvais vous ôter la vôtre, je me croirais le plus heureux des hommes.

— Cela serait difficile, répondit-elle, en rougissant.

— Ah! je ne le sais que trop, m'écriai-je, et c'est un bonheur dont je ne me flatte pas.

— Celui de me faire changer d'opinion, reprit-elle avec un extrême embarras, serait si peu pour vous, que je ne sais pourquoi vous le souhaitez. Je suis fort attachée à la mienne, et je doute que l'on puisse jamais la détruire.

— Vous ne la garderez cependant pas toujours.

— Cette prédiction, reprit-elle en riant, ne me fait pas trembler : je suis plus opiniâtre que vous

ne croyez, et si sûre d'ailleurs que le bonheur de
ma vie dépend de ce que je pense là-dessus, que
rien au monde ne peut me faire changer.

— Avec autant de raison de craindre que vous
en pouvez avoir vous-même, je ne me sens pas,
répondis-je, autant de fermeté que vous, et j'en
aurais, s'il se pouvait, davantage, qu'un seul de
vos regards suffirait pour m'en priver à jamais. »

Emporté par ma passion, j'allais sans doute la
découvrir tout entière à Mademoiselle de Théville,
si Madame de Lursay, qui venait de finir une lettre que Madame de Théville lui avait donnée à lire,
ne se fût pas rapprochée de nous. Privé de la douceur de dire à Hortense combien je l'aimais, j'avais
du moins celle de croire qu'elle l'avait pu deviner,
et que le peu que je lui avais montré de mes
sentiments ne lui avait pas déplu. Nous avions
été tous deux émus en nous parlant, mais je
n'avais pas trouvé de colère dans ses yeux, et
quoiqu'elle ne m'eût répondu rien dont je pusse
tirer avantage, je n'avais pas non plus lieu de
penser qu'elle eût pour moi cette aversion dont
jusque-là je l'avais soupçonnée.

« Il me semble, lui dit Madame de Lursay,
que vous vous querelliez?

— Pas tout à fait, répondit-elle en riant, mais
pourtant nous n'étions pas d'accord.

— C'est votre faute, lui dis-je, et je vous ai
offert le moyen de terminer la dispute.

— De quoi s'agit-il donc, demanda Madame
de Lursay?

— De presque rien, Madame, reprit-elle. M. de
Meilcour voulait me faire prendre une opinion
que je lui promettais de n'avoir jamais.

— Si c'est une des siennes qu'il veut vous

donner, je ne trouve pas que vous ayez tort de ne
vouloir pas la prendre, dit Madame de Lursay
d'un ton aigre, car il n'en a que de singulières,
qui ne peuvent aller qu'à lui, et qu'il ne conserve
qu'avec plus de plaisir.

— Quelque entêté que vous puissiez me croire,
Madame, lui répondis-je, je cédais à ma cousine,
et elle peut vous dire que c'était sans regret et de
bonne foi.

— Ce n'est pas, reprit Hortense, ce dont je
suis persuadée.

— Et vous avez raison, ajouta Madame de Lursay, car avec l'air simple que vous lui voyez, il
ne laisse pas d'avoir de la fausseté. »

Je m'aperçus aisément que Madame de Lursay
voulait se servir de cette occasion pour me faire
une querelle particulière; mais, quelque sensible
qu'il me fût d'être accusé de fausseté devant
Hortense, j'aimai mieux ne pas lui répondre que
de lui donner le plaisir d'une explication : sûr
d'ailleurs que si je pouvais accoutumer Hortense
à m'entendre, je la persuaderais bientôt de ma
sincérité. Mon silence acheva de piquer Madame de
Lursay. Un regard qu'elle lança sur moi, m'aver-
tit de sa fureur, mais je ne m'occupais plus de ce
qu'elle pouvait penser. Rempli des commence-
ments de ma passion, je ne songeais qu'à ce qui
pouvait la faire réussir. Aussi prompt à me flatter
du succès que je l'avais été à en désespérer, je
n'osais plus douter qu'Hortense ne devînt pas
sensible. Que dis-je! à peine doutais-je qu'elle ne
le fût pas déjà. J'oubliais, dans les douces
illusions dont je repaissais mon amour, et cette
antipathie dont j'avais cru ne pouvoir jamais
triompher, et ce rival qui la veille même m'avait

causé les plus grandes alarmes. A peine enfin
avais-je parlé, qu'il me semblait qu'elle m'avait
répondu. Je la regardais, et il me paraissait
qu'elle ne fuyait pas mes regards. Cette tristesse,
que tant de fois en moi-même je lui avais
reprochée, que j'avais attribuée à l'absence de
quelqu'un qu'elle aimait, n'était plus à mes yeux
que cette voluptueuse mélancolie où se plonge un
cœur tout occupé de son objet, celle enfin que je
sentais depuis que je l'avais vue.

Ces charmantes idées ne me séduisirent pas
longtemps. On annonça Germeuil. Je frémis en le
voyant entrer et l'étonnement que parut lui
causer ma présence augmenta la jalousie que me
donnait la sienne. L'air familier qu'il prit, l'extrême amitié que Madame de Théville lui marqua,
la joie qui se répandit sur le visage d'Hortense,
tout réveilla mes soupçons, tout me déchira le
cœur. Ciel! me dis-je, avec fureur, j'ai pu croire
que je serais aimé! J'ai pu oublier que Germeuil
seul pouvait lui plaire! Comment, avec cette certitude qu'ils m'ont donnée de leur amour, s'est-il
effacé de ma mémoire?

Plus je m'étais flatté, plus le coup que me
portait Germeuil était affreux. Je me sentais, en
le regardant, des transports de rage que j'avais
une peine extrême à contraindre. Je n'en eus pas
moins à le saluer, mais je ne pus prendre assez
sur moi pour répondre convenablement aux
choses obligeantes qu'il me dit. Il alla avec
empressement auprès de Mademoiselle de
Théville et l'aborda avec cette politesse animée
qu'on a pour les femmes à qui l'on veut plaire.
Une douce satisfaction éclatait dans ses yeux; je
crus même y lire de l'amour, mais un amour

paisible, et tel qu'il est quand on l'a rendu
certain du retour. Il lui dit mille choses fines et
galantes, qui me firent frémir pour ce qu'il
pouvait lui dire quand ils étaient sans témoins :
c'était des expressions tendres et vives, qu'il me
semblait qu'on ne devait trouver que pour ce
qu'on aime éperdument, et que je n'imaginais
moi-même que pour Hortense. Il lui lançait de
ces regards que j'aurais désirés d'elle. De son
côté, elle lui souriait, l'écoutait avec complaisance, se pressait de lui répondre, et ne daignait
pas contraindre le plaisir que lui donnait sa vue.
Un spectacle aussi cruel pour moi acheva de me
percer le cœur. Cent fois je me dis que je
n'aimais plus Mademoiselle de Théville et je
sentais augmenter mon amour à chaque protesta-
tion d'indifférence que je lui faisais. Chaque fois
que je voyais ses beaux yeux, pleins de douceur
et de feu, s'arrêter sur Germeuil, que ses lèvres
charmantes s'entr'ouvraient pour lui sourire,
enivré de plaisir, en frémissant, je m'y laissais
entraîner. A peine pouvais-je me souvenir qu'un
autre régnait sur ce cœur pour qui j'aurais tout
sacrifié, et que je ne devais qu'à mon rival la
satisfaction de la voir si belle. Je me trouvais
cependant trop à plaindre quand ces mouvements se ralentissaient, pour que mon malheur
ne me pénétrât pas de rage, et ce sentiment
douloureux me faisait jeter sur eux, de temps en
temps, les regards les plus sombres. Errant dans
la chambre où nous étions, plein de mon désespoir et de mon amour, je ne pouvais ni m'approcher d'eux, ni prendre part à leur conversation.
Germeuil m'adressa la parole plus d'une fois : je
ne lui répondais qu'à peine, et toujours si peu de

chose, qu'il prit enfin le parti de ne me plus rien dire. On aurait cru, à voir la conduite de Mademoiselle de Théville, qu'elle n'avait deviné mes sentiments que pour avoir sans cesse la barbare joie de les mortifier. De moment en moment, elle parlait bas à Germeuil, se penchait familièrement vers lui, et ces choses qui, toutes simples qu'elles sont en elles-mêmes, ne me le paraissaient pas alors, achevaient de me désespérer.

Tant de mouvements différents, et que je n'étais pas dans l'habitude d'éprouver, m'accablèrent. La tristesse où je me plongeais devint si forte, que je ne pus plus la dissimuler. Madame de Lursay, qui s'aperçut de l'altération de mes yeux, et de la pâleur subite qui se répandit sur mon visage, me demanda si je me trouvais mal. A cette question Mademoiselle de Théville s'avança vers moi précipitamment, dans le temps que je répondais à Madame de Lursay qu'en effet je ne me trouvais pas bien, et m'offrit d'une eau dont elle me vanta la vertu.

« Ah! Mademoiselle, lui dis-je en soupirant, je crains qu'elle ne me soit inutile, et ce dont je me plains n'est pas ce que vous pensez. »

Elle ne me répondit rien. Je crus seulement remarquer qu'elle était touchée de mon état. Cette idée et son empressement à voler vers moi, me causèrent un instant de plaisir. Je la regardai fixement, mais, mon attention la gênant sans doute, elle baissa les yeux en rougissant et me quitta. Je retombai dans ma première douleur; j'eus du dépit de lui avoir parlé; je craignis d'en avoir trop dit, ou que mes yeux, qui se portaient sur elle trop tendrement, ne lui eussent donné le sens de mes paroles.

Madame de Lursay, qui ne connaissait pas les intérêts secrets de mon cœur et qui s'occupait uniquement des torts que j'avais avec elle, prit pour l'ennui d'être éloigné de Madame de Senanges le chagrin que je marquais. Cette passion, qui lui paraissait aussi prompte que ridicule, ne laissait pas de l'inquiéter extrêmement. Elle jugeait par son progrès de sa vivacité, et cette affaire, à ce qu'il lui semblait, se poussait trop rapidement des deux côtés pour qu'elle y pût apporter des obstacles. Elle ne doutait pas que je ne revisse le soir même Madame de Senanges et que je ne fusse à jamais perdu pour elle. Surtout elle craignait Versac, qui se ferait un point d'honneur de conduire une intrigue dans laquelle il m'avait embarqué, moins par amitié pour Madame de Senanges et pour moi, que dans le dessein de lui enlever mon cœur. Le mal était certain, et le remède difficile à trouver; elle avait perdu par sa lenteur le droit d'acquérir de l'empire sur moi, et ne croyait pas pouvoir me retenir en me faisant espérer des faveurs que je ne sollicitais plus. Incertaine de la façon dont je prendrais le ton sur lequel elle me parlerait, elle n'osait en hasarder aucun. Celui de l'amour ne séduit qu'autant qu'il est employé sur quelqu'un qui aime, et devient ridicule partout où il n'attendrit pas. Elle jugea cependant que ce serait le seul qui pût me ramener, puisque les airs ironiques et méprisants n'avaient point paru seulement me donner à penser.

Elle vint donc s'asseoir auprès de moi. Madame de Théville, qui écrivait, lui laissait le loisir de me

parler. Elle me regarda quelque temps, et, me
voyant toujours plongé dans la rêverie la plus
profonde :

« Y songez-vous, me dit-elle fort bas? Que
voulez-vous qu'on pense ici de la mine que vous
faites?

— Ce qu'on voudra, Madame, répondis-je,
d'un ton chagrin.

— Il semble à voir, reprit-elle doucement, que
vous y soyez malgré vous. Quelque chose vous a-
t-il déplu? Mais non, ajouta-t-elle en soupirant,
j'ai tort de vous interroger sur ce que je ne sais
que trop bien. Ma présence seule vous afflige, et
l'intérêt que je prends à vous commence à vous
devenir insupportable. Vous ne répondez rien :
voudriez-vous donc que je le crusse?

— Vous vous impatientez aisément, répliquai-
je, et je crains que la querelle que vous me faites
à présent ne soit pas mieux fondée que celle que
vous m'avez faite tantôt.

— Mais quand il serait vrai que toutes deux
fussent injustes, devriez-vous, répondit-elle, vous
en offenser? Peut-être fais-je mal de vous le dire,
mais, Meilcour, si jamais vous aviez pensé à ce
que vous m'avez répété tant de fois, loin de vous
plaindre de moi, vous me remercieriez sans doute.
Eh! quel est donc mon crime? Je vous ai dit que
je vous soupçonnais non d'aimer Madame de
Senanges, vous pensez trop bien pour être capable
d'un goût aussi peu fait pour un honnête homme,
mais de vous être livré trop étourdiment à ses
agaceries dont vous ne sentiez pas la conséquence. Je sais mieux que vous-même ce qu'une
femme de cette espèce peut prendre sur vous : ce
ne serait point le sentiment qui vous conduirait

auprès d'elle; mais, en la méprisant, vous lui
céderiez. Qui pourrait vous répondre que ce
même caprice, dont d'abord vous auriez eu honte
en le satisfaisant, ne devînt pas pour vous une
passion violente? Malheureusement, les objets les
plus méprisables sont presque toujours ceux qui
les inspirent. On se repose sur le peu de goût que
d'abord on prend pour eux, on n'imagine pas
qu'ils puissent jamais être à craindre; mais, sans
qu'on s'en aperçoive, l'imagination s'échauffe, la
tête se frappe, on se trouve amoureux de ce qu'on
croyait détester, et le cœur partage enfin le
désordre de l'esprit. Que me restera-t-il donc, je
ne dis pas des sentiments que si je vous en crois
je vous ai inspirés, mais de l'amitié que j'ai
toujours eue pour vous, si je ne puis vous donner
des conseils sans vous révolter? Quand il serait
vrai que, plus sensible en effet que je n'ai voulu
vous le paraître, je craignisse en secret de vous
perdre, qu'enfin je fusse jalouse, serait-ce pour
vous une raison de me haïr?

— Mais je ne vous hais pas, Madame.

— Vous ne me haïssez pas! répliqua-t-elle. Ah!
la plus cruelle indifférence pourrait-elle s'exprimer avec plus de froideur? Vous ne me haïssez
point! Vous me le dites, et vous ne rougissez
point de me le dire.

— Que voulez-vous que je vous réponde,
Madame, lui dis-je? Rien de ma part ne vous
satisfait, tout vous irrite, tout est crime à vos
yeux. Je vois chez vous une femme que je ne
cherchais pas, pour qui je n'ai rien marqué, vous
trouvez cependant que je l'aime. Je suis rêveur
ici, parce que je me sens un mal de tête affreux :
c'est l'ennui que vous me causez, qui me tour-

mente. Si chacune de mes actions vous fait faire de pareils commentaires, nous serons, à ce que je prévois, souvent mal ensemble.

— Non, Monsieur, répondit-elle, indignée de mes discours, vous prévoyez mal. Je ne suis pas assez bien payée de mes soins pour daigner les prendre davantage. Je connais votre cœur, et l'estime ce qu'il vaut. Peut-être serez-vous quelque jour fâché d'avoir perdu le mien. »

En achevant ces paroles, elle se leva brusquement et moi, impatienté de ses reproches et de la présence de Germeuil, et ne pouvant plus soutenir l'un et l'autre, je pris congé de Madame de Théville, qui fit, mais vainement, tous ses efforts pour me retenir. J'étais trop piqué des procédés d'Hortense pour vouloir lui paraître content d'elle, et je lui témoignai, en la quittant, une extrême froideur, que, de son côté, elle me rendit sans ménagement.

J'avais ordonné, malgré Madame de Lursay, que mon carrosse suivît le sien, et j'y montai, désespéré d'avoir laissé Hortense avec mon rival, et sur le point de rentrer chez elle, ce que j'aurais fait sans doute, si j'avais imaginé quelque chose qui eût pu justifier cette démarche. Livré à moi-même, et l'esprit dans la situation du monde la moins tranquille, je ne sus d'abord de quel côté tourner mes pas. On me demanda deux fois inutilement où je voulais aller. Je craignais la solitude, et ne me sentais pas en état de voir du monde. Enfin, irrésolu encore sur ce que je voulais faire, je dis à tout hasard, et pour gagner du temps, qu'on me menât chez Madame de Senanges. Mon dessein, cependant n'était point du tout de la voir. Il était déjà assez tard pour

que je pusse espérer de ne la pas trouver, et je
comptais, en me faisant écrire, et laissant les
couplets qu'elle m'avait demandés, être débarrassé d'elle pour longtemps. J'arrivai, mais je
n'étais pas fait ce jour-là pour être heureux.
Madame de Senanges était chez elle. Son carrosse, que je vis dans la cour, me fit connaître
qu'elle était près de sortir et qu'heureusement ma
visite ne serait pas longue. Je montai, fort
inquiet du tête-à-tête que j'allais avoir avec elle :
je ne savais pas encore l'art de les rendre courts
quand ils ennuient, et de les remplir quand ils
doivent amuser. L'idée que j'allais voir une
femme qui était prévenue de goût pour moi, me
donna cependant plus d'audace qu'à mon ordinaire. J'aurais en effet été le seul homme à qui
Madame de Senanges eût pu inspirer de la
crainte, si ce n'est pourtant qu'on eût celle de lui
plaire un peu plus qu'on n'aurait voulu, ce qui
aurait été très pardonnable. Je ne connaissais pas
assez le péril où je m'exposais pour le craindre
beaucoup. Je savais bien que naturellement elle
était fort tendre, mais j'avais trop peu d'expérience pour porter là-dessus mes idées bien loin.
J'entrai. Quoique la journée fût déjà fort avan-
cée, Madame de Senanges était encore à sa
toilette; cela n'était pas bien surprenant : plus les
agréments diminuent chez les femmes, plus elles
doivent employer de temps à tâcher d'en réparer
la perte, et Madame de Senanges avait beaucoup
à réparer. Elle me parut comme la veille à peu
près, si ce n'est qu'au grand jour je lui trouvai
quelques années de plus, et quelques beautés de
moins. Comme elle pensait aussi bien d'elle que
tout le monde en pensait mal, elle ne s'aperçut

pas de l'impression désavantageuse qu'elle faisait
sur moi. Elle croyait d'ailleurs m'avoir conquis le
soir précédent et se flattait que ma visite n'avait
pour objet que de régler entre nous certains
préliminaires, qui, avec la disposition qu'elle
apportait à finir, devaient vraisemblablement
être peu disputés.

Elle fit un cri de joie en me voyant.

« Ah, c'est vous, me dit-elle familièrement.
Vous êtes charmant d'être régulier. Je craignais
qu'on ne vous retînt, je n'osais presque plus vous
espérer : je vous attendais pourtant.

— Je suis au désespoir, Madame, lui dis-je,
d'être venu si tard, mais des affaires indispen-
sables m'ont arrêté plus longtemps que je n'aurais voulu.

— Des affaires! Vous? interrompit-elle. A
votre âge, en connaît-on d'autres que celles de
cœur? En serait-ce par hasard une de cette espèce
qui vous aurait retenu?

— Non je vous jure, Madame, répliquai-je. On
laisse mon cœur assez tranquille.

— Vous me surprenez, reprit-elle, et ce n'est
pas ce que j'aurais imaginé. Mais le croyez-vous
fait pour cet abandon-là, Madame, demanda-
t-elle à une femme qui était chez elle, et que
jusque-là j'avais à peine remarquée. Ce qu'il dit
ne vous étonne-t-il pas comme moi? »

L'autre ne répondit que par un geste d'appro-
bation.

« Mais vous n'êtes pas sincère, continua
Madame de Senanges, ou l'on ne vous dit pas
tout ce qu'on pense de vous.

— Ah! Madame, repartis-je : et qu'en pourrait-on penser qui me fût si favorable?

— Je n'aime point, répondit-elle, les gens qui pensent trop bien d'eux-mêmes. Mais, en vérité, il y a une justice qu'il faut se rendre. Quand on est fait d'une certaine façon, il me semble qu'il est ridicule de l'ignorer à un certain point, et vous êtes au mieux. N'est-il pas vrai, Madame? Mais c'est qu'on voit fort peu de figures comme la sienne. On en admire toute la journée qui n'en approchent pas. Je vois les femmes s'entêter sans qu'elles sachent pourquoi, mettre à la mode de petits riens qui ne sont point faits seulement pour être regardés. Ne diriez-vous pas que c'est quelquefois le règne des *atomes?* Avec le plus beau visage du monde, il est fait merveilleusement : je l'ai dit, et cela est vrai, ajouta-t-elle affirmativement, on n'est pas mieux. »

Pendant qu'elle me louait avec cette maussade indécence, ses regards aussi peu mesurés que ses discours m'assuraient qu'elle était pénétrée de ce qu'elle me disait. Elle me regardait, je ne dirai pas avec tendresse, ce n'était pas là l'expression de ses yeux; mais qui pourrait peindre ce qu'ils étaient? Ennuyé de mon panégyrique, et plus encore de celle qui le faisait :

« Voilà, Madame, lui dis-je, les chansons que vous me demandâtes hier.

— Ah! oui, je vous en remercie, elles sont charmantes. Puis me tirant à part : Savez-vous bien, me dit-elle, que si Madame de Mongennes n'était pas ici, je vous gronderais fort sérieusement d'être venu si tard, et que le plaisir que j'ai à vous voir ne m'empêche pas de sentir que, si vous l'aviez voulu, je vous aurais vu plus tôt? Mais, pour m'en dédommager, je veux que vous veniez avec nous aux Tuileries. »

Cette proposition ne m'agréant pas, je fis ce que je pus pour m'en défendre, mais elle m'en pressa tant, que je fus obligé de lui céder. En descendant, je lui donnai le bras. Elle s'appuya familièrement dessus, me sourit, et me donna enfin toutes les marques d'attention et de bontés que le temps et le lieu lui permettaient. Plus embarrassé que flatté de ce qu'elle faisait pour moi, chaque moment augmentait l'aversion qu'elle m'avait inspirée. Quelque prévenu que je fusse contre Madame de Lursay, je ne laissais pas de sentir toute la distance qu'il y avait de l'une à l'autre. Si Madame de Lursay n'avait pas toutes les vertus de son sexe, elle en avait du moins. Ses faiblesses étaient cachées sous des dehors imposants, elle pensait et s'exprimait avec noblesse, et rien ne dédommageait en Madame de Senanges des vices de son cœur. Faite pour le mépris, il semblait qu'elle craignît qu'on ne vît pas assez tôt combien on lui en devait ; ses idées étaient puériles, et ses discours rebutants. Jamais elle n'avait su masquer ses vues, et l'on ne saurait dire ce qu'elle paraissait dans les cas où presque toutes les femmes de son espèce ont l'art de ne passer que pour galantes. Quelquefois cependant elle prenait des tons de dignité, mais qui la rendaient si ridicule ! Elle soutenait si mal l'air d'une personne respectable, que l'on ne voyait jamais mieux à quel point la vertu lui était étrangère, que quand elle feignait de la connaître. L'air sérieux avec lequel je recevais ses attentions, ne lui donna pas d'inquiétude, et ma tristesse ne lui paraissant causée que par l'incerti- tude où je pouvais être encore de lui plaire, elle ne s'en crut que plus obligée à me remettre l'esprit sur des craintes qui ne lui semblaient pas naître à propos. A tout ce qu'elle employa pour me rassurer, je dus croire qu'elle ne jugeait pas ma peur médiocre, et je descendis aux Tuileries avec elle, comblé de ses faveurs, et accablé d'ennui.

TROISIÈME PARTIE

L'heure du Cours [7] était passée quand nous entrâmes dans les Tuileries; le jardin était rempli de monde. Madame de Senanges, qui ne m'y menait que pour me montrer, en fut charmée, et résolut de se comporter si bien, qu'on ne pût pas douter que je ne lui appartinsse. Je n'étais pas en état de m'opposer à ses projets, et quoique fâché de lui plaire, je ne savais ni comment recevoir les soins qu'elle marquait pour moi, ni le moyen de m'y dérober. Ce que j'avais vu chez Mademoiselle de Théville m'avait rempli le cœur d'une tristesse que les objets les plus agréables n'auraient pas dissipée, et que les deux femmes avec qui je me trouvais augmentaient à chaque instant.

Madame de Mongennes surtout me déplaisait. Elle avait une de ces figures qui, sans avoir rien de décidé, forment cependant un tout désagréable, et auxquelles le désir immodéré de plaire ajoute de nouvelles disgrâces. Avec beaucoup trop d'embonpoint et une taille qui n'avait jamais été faite pour être aisée, elle cherchait les airs légers. A force de vouloir se faire un maintien libre, elle était parvenue à une impudence si

déterminée et si ignoble qu'il était impossible, à
moins que de penser comme elle, de n'en être pas
révolté. Jeune, elle n'avait aucun des charmes de
la jeunesse, et paraissait si fatiguée et si flétrie,
qu'elle m'en faisait compassion. Telle qu'elle était
cependant, elle plaisait; et ses vices lui tenaient
lieu d'agréments dans un siècle où, pour être de
mode, une femme ne pouvait trop marquer
jusqu'où elle portait l'extravagance et le dérèglement.

Loin qu'elle me touchât, le sot orgueil que je
lisais dans ses yeux, et ses grâces forcées,
m'indignaient contre elle. Je ne lui faisais pas
injustice dans le fond, mais je doute que, sans ses
airs dédaigneux, j'en eusse d'abord aussi mal
pensé. Témoin de tout ce que Madame de
Senanges m'avait dit de tendre, elle n'avait pas
semblé m'en estimer davantage. Cette inatten-
tion me déplut et me la fit examiner moi-même
avec une sévérité qui ne lui pardonna rien, et me
la montra même un peu plus mal qu'elle n'était.
J'ignorais qu'on n'en était pas plus mal avec elle
pour paraître ne la pas séduire au premier coup
d'œil, et que souvent elle affectait cette mépri-
sante indifférence, uniquement pour qu'on fût
tenté d'en triompher : car, ainsi que je le lui ai
depuis entendu dire, une facilité continuelle et
une vertu qui ne relâche jamais rien de sa
sévérité, sont deux choses également à craindre
pour une femme. Ce fut apparemment pour se
conformer à cette sage maxime, qu'elle ne commença à m'être favorable qu'une heure environ
après m'avoir vu.

Tant que nous fûmes dans un endroit où les
spectateurs lui manquaient, elle ne daigna pas

m'adresser la parole; mais en approchant de la grande allée, je vis changer sa physionomie. Ses façons devinrent vives, elle me parla sans cesse, et avec une familiarité déplacée, et que sans de grands desseins on n'a jamais à la première vue. Peu touché d'un changement dont j'ignorais l'objet, et qui, quand je l'aurais deviné, ne m'en aurait pas intéressé davantage, je continuais avec elle sur le ton que d'abord elle semblait m'avoir marqué. Madame de Senanges ne s'aperçut pas plus tôt des nouvelles idées de Madame de Mongennes, qu'elle en conçut des alarmes : elle jugea, et je crois avec raison, que si elle ne voulait pas me plaire, elle voulait du moins qu'on pût penser qu'elle me plaisait. L'insulte était la même pour Madame de Senanges, qui peut-être aussi était moins flattée de ma conquête que du bruit qu'elle pourrait faire. Les entreprises de Madame de Mongennes allant directement contre ses intentions, elle prit avec elle un air sérieux et sec. L'autre y répondit un peu plus sèchement encore, et j'eus la gloire, en commençant ma carrière, de désunir deux femmes auxquelles je ne pensais pas.

Sans comprendre alors ce qui causait entre elles le froid que j'y remarquais depuis un instant, leurs regards me firent juger qu'elles se tenaient pour brouillées. Elles s'examinaient mutuellement avec un œil railleur et critique, et, après quelques moments d'une extrême attention, Madame de Senanges dit à Madame de Mongennes qu'elle se coiffait trop en arrière pour son visage.

« Cela se peut, Madame, répondit l'autre; le

soin de ma parure ne m'occupe pas assez pour
savoir jamais comme je suis.

— En vérité! Madame, répliqua Madame de
Senanges, c'est que cela ne vous sied pas du tout,
et je ne sais comment j'ai jusqu'ici négligé de
vous le dire. Pranzi même qui, comme vous
savez, vous trouve aimable, le remarquait aussi
la dernière fois.

— M. de Pranzi, répondit-elle, peut faire des
remarques sur ma personne, mais je ne lui
conseillerais pas de me les confier.

— Mais pourquoi donc? Madame, reprit
Madame de Senanges. Qui voulez-vous, si ce n'est
pas notre ami, qui nous dise ces sortes de choses?
Ce n'est point que vous ne soyez fort bien, mais
c'est que fort peu de personnes pourraient soutenir cette coiffure-là : c'est vouloir de gaieté de
cœur gâter sa figure que de ne pas consulter
quelquefois comme elle doit être, ou plutôt,
ajouta-t-elle avec un ris malin, c'est vouloir
penser qu'on la croit faite pour aller avec tout, et
cela ne ferait pas une prétention modeste.

— Eh! mon Dieu! Madame, répondit-elle, qui
est-ce qui n'en a pas des prétentions? Qui ne se
croit point toujours jeune, toujours aimable, et
qui ne se coiffe pas à cinquante ans comme je le
fais à vingt-deux? »

Ce discours tombait si visiblement sur Madame
de Senanges, qu'elle en rougit de colère, mais la
discussion là-dessus lui pouvait être si désavantageuse, qu'elle crut à propos de n'y pas entrer : ce
n'était d'ailleurs ni le lieu, ni le temps de se
livrer à de petits intérêts. Aussi ne s'occupa-
t-elle que de l'objet qui seul alors la remuait
vivement. Il s'agissait de prouver que je n'étais

pas à Madame de Mongennes, et tout le reste ne
lui paraissait rien.

Nous ne nous étions pas plus tôt montrés dans
la grande allée, que tous les regards s'étaient
réunis sur nous. Les deux Dames avec qui je me
promenais n'étaient pas assurément un objet
nouveau pour le public; mais j'en devenais un
digne de son attention et de sa curiosité. On les
connaissait trop pour croire que je ne fusse là
pour aucune d'elles, et le soin que toutes deux
prenaient de me plaire, empêchait qu'on ne pût
bien savoir à laquelle j'appartenais. Madame de
Senanges, que cette irrésolution impatientait,
n'épargnait rien pour faire décider la chose en sa
faveur : chaque fois que sa rivale voulait me
regarder, un coup d'éventail donné à propos
interceptait le regard et le rendait inutile. Elle
ajoutait à cela toutes les minauderies qui lui
avaient autrefois réussi : me parlait bas, avait des
airs si tendres, si languissants, si abandonnés,
qu'à cette indécence si supérieurement employée,
il fut impossible au public de ne pas croire ce
qu'elle voulait qu'il crût. Cette victoire lui fut
d'autant plus douce qu'elle avait entendu louer
extrêmement ma figure. Cependant ce n'était
encore rien pour elle de triompher de Madame de
Mongennes, si je ne me prêtais pas mieux aux
grâces dont elle me comblait. Inattentif et
rêveur, à peine daignais-je répondre aux interro-
gations fréquentes dont elle ne cessait de me
fatiguer. Versac l'avait si positivement assurée
qu'elle m'avait vivement touché, qu'elle ne
concevait pas ce qui m'empêchait de le lui dire.
Elle sentait que, sans s'exposer aux railleries de
Madame de Mongennes, elle ne pouvait point

paraître douter de mon amour; cependant elle
désirait de me faire parler. Elle se souvint en ce
moment que Versac lui avait dit que Madame de
Lursay avait des vues sur moi et qu'il lui avait
semblé que je ne m'éloignais pas d'y répondre.
Elle imagina que, sans se compromettre, il lui
serait aisé d'éclaircir ses doutes, et me demanda
d'un air négligent s'il y avait longtemps que je
connaissais Madame de Lursay. Je lui répondis
que depuis fort longtemps elle était amie de ma
mère.

« Je la croyais pour vous plus nouvelle connaissance, dit-elle. On m'avait même assurée qu'elle
avait eu l'envie du monde la plus forte de vous
plaire.

— A moi! Madame, m'écriai-je, je vous jure
qu'elle n'y a jamais pensé.

— Peut-être, répondit-elle, n'avez-vous pas
voulu le voir, n'est-il pas vrai? Cela vous aura
échappé? Peut-être aussi l'avez-vous aimée : il est
un âge où tout plaît, c'est un malheur. On prend
quelqu'un sans savoir pourquoi, parce qu'il le
veut, parce qu'on est trop jeune aussi pour savoir
dire qu'on ne le veut pas : qu'on est pressé
d'avoir une affaire, et que la plus promptement
décidée paraît toujours la meilleure. On est
amoureux quelque temps, les yeux s'ouvrent à la
fin, on voit ce qu'on a pris, on s'ennuie de l'avoir,
on en rougit, et l'on quitte. Et voilà comme vous
aurez eu Madame de Lursay.

— Elle a, je crois, répondis-je, beaucoup
d'amitié pour moi; mais...

— Eh oui, interrompit-elle, vous allez être
discret, et ce ne sera que par vanité.

— Je ne crois pas, dit alors Madame de

Mongennes, que ce soit là sa raison. Il ferait trop d'injustice à Madame de Lursay, s'il pensait d'elle aussi mal, et je la trouve assez aimable pour n'être pas surprise qu'elle eût pu lui plaire.

— Vous le trouvez, Madame, reprit-elle, d'un ton de pitié. C'est un goût qui vous est particulier : elle a peut-être plu jadis, mais personne d'aujourd'hui n'était de ce temps-là.

— Il n'est pourtant pas si éloigné que vous ne puissiez vous en souvenir, répliqua Madame de Mongennes. Moi, qui vous parle, je l'ai vu, ce temps.

— Eh bien, Madame, répondit-elle, vous ne voulez pas apparemment qu'on vous croie jeune. »

Comme elles en étaient là, et qu'une aigreur polie se mettait dans leurs discours, nous aperçûmes Versac. Madame de Senanges l'appela, il vint à nous, mais sans cet air libre que j'admirais en lui, et que je cherchais vainement à prendre. Il semblait que la vue de Madame de Mongennes le gênât, et qu'elle eût sur lui cette supériorité qu'il avait sur toutes les autres femmes.

« Ah ! venez, comte, lui dit Madame de Senanges, j'ai besoin de vous contre Madame, qui me soutient depuis deux heures des choses inouïes.

— Je le croirais bien, répondit-il sérieusement. Avec un esprit supérieur, il n'y a rien de bizarre et même d'absurde, qu'on ne puisse soutenir avec succès : eh bien, quel était l'objet de la dispute ?

— Vous connaissez Madame de Lursay, lui demanda-t-elle ?

— Excessivement, Madame, répondit-il. C'est

assurément une personne respectable, et dont
tout le monde connaît les agréments et la vertu.

— Madame soutient, reprit-elle, qu'on peut
encore aimer Madame de Lursay avec décence.

— J'y trouverais pour moi, dit-il, plus de
générosité et de grandeur d'âme.

— C'est ce que je dis, repartit-elle, et qu'on ne
peut s'attacher à quelqu'un de l'âge de Madame
de Lursay, sans se faire un tort considérable.

— Cela est exactement vrai, repartit-il, mais
du premier vrai. Il y a mille belles actions comme
celles-là qu'on ne saurait faire sans se commettre,
et qui ne prennent jamais en bien dans le monde.

— Eh! que dites-vous, dit Madame de Mongennes? On excuse tous les jours des goûts
extraordinaires : plus ils sont bizarres, plus on
s'en fait honneur; et vous voudriez...

— Oui, Madame, interrompit-il, non seulement on les tolère, on fait pis, on les approuve; et
vous n'ignorez pas que j'en ai des preuves; mais
le public n'est pas toujours aussi complaisant que
je l'ai trouvé. Il est des goûts qu'il s'obstine à
proscrire.

— Il serait, comme vous le dites, peu complaisant, reprit-elle, et j'ajoute qu'il serait fort
injuste, si l'on ne pouvait aimer Madame de
Lursay sans qu'il y trouvât à redire. Je conviens
qu'elle n'est plus de la première jeunesse; mais
combien ne voit-on pas de femmes, beaucoup
moins jeunes qu'elle, inspirer encore des sentiments, ou du moins chercher à les faire naître?

— Cela n'est pas douteux, dit Versac, mais
aussi ne le souffre-t-on pas tranquillement.

— Ah! pour cela, dit Madame de Senanges, on

en voit fort peu : il est un âge où l'on sait qu'il
faut se rendre justice.

— Oui, reprit Versac, mais il me semble qu'il
n'arrive pour personne, et que communément on
meurt de vieillesse en l'attendant encore. Moi,
par exemple, je connais des femmes qui ont vieilli
beaucoup, extrêmement, qui par conséquent sont
devenues laides, et ne s'en doutent seulement
pas; et qui croient, de la meilleure foi du monde,
avoir encore tous les charmes de leur jeunesse,
parce qu'elles en ont conservé soigneusement
tous les travers.

— Ah! que c'est bien Madame de Lursay,
s'écria-t-elle! Des travers qu'on prend pour des
charmes! Il est inconcevable combien cela est
frappant, cela est d'un lumineux particulier : et
combien de gens cela ne peint-il pas? Pour moi,
j'y reconnais mille personnes.

— Pas encore toutes celles à qui cela ressemble, dit Madame de Mongennes; et vous
l'attribuez à beaucoup d'autres pour qui il n'est
point fait : car, en vérité, Madame de Lursay
n'est ni vieille, ni ridicule.

— Je ne conçois rien à votre entêtement,
Madame, répliqua Madame de Senanges; il me
pique; laissons là ses ridicules, ils sont prouvés;
mais enfin, quel âge a-t-elle donc?

— Eh bien! Madame, dit Versac, elle n'a
véritablement que quarante ans, mais je soutiens
qu'elle en a plus, parce que je ne l'aime pas assez
pour permettre qu'elle n'ait que son âge.

— Assurément vous vous trompez, répliqua-
t-elle aigrement : quarante ans! il est impossible
qu'elle n'ait que cela. Je me souviens...

— Madame, interrompit-il, en poussant cela

jusqu'à la calomnie, elle en a quarante-cinq. Mais
je ne saurais aller plus loin. Au reste, voudriez-
vous bien me dire à propos de quoi cette obligeante dissertation sur Madame de Lursay?

— Vous le voyez bien, dit-elle; ce ne peut être
qu'à propos de l'amour qu'elle avait inspiré, l'on
ne sait comment, à M. de Meilcour.

— Ah! Madame, répondit-il d'un air mystérieux, pour peu qu'on estime les gens, on ne dit
point ces choses-là tout haut. On ne devrait pas
même les penser : mais la faiblesse humaine ne
permet pas une si grande perfection. Je ne
connais personne qu'un fait pareil, s'il était
avéré, ne perdît à jamais dans le monde. M. de
Meilcour a sans doute pour Madame de Lursay de
l'estime, du respect, de la vénération même, si
vous voulez; mais il serait trop dangereux pour
lui qu'on le soupçonnât seulement du reste.

— Vous le défendez mieux que lui-même,
reprit-elle. Vous voyez qu'il s'en laisse accuser
sans répondre et que ce propos l'embarrasse.

— Peut-être aussi, dit-il, ne fait-il que l'ennuyer et j'en serais peu surpris. A l'égard de son
embarras, je ne vois pas ce que vous en pouvez
conclure. Être embarrassé de l'accusation, n'est
pas être convaincu du crime. Il est bien vrai que
Madame de Lursay a pour lui d'assez tendres
sentiments : mais qui, dans le monde, est à l'abri
de ces accidents-là? Répond-on de toutes les
passions qu'on inspire? Et, pourvu qu'on les
méprise, qu'on les rende bien infortunées quand il
n'est pas de la dignité de s'y prêter, que reste-t-il
au public à dire? Je suis, pour moi, très certain
que M. de Meilcour a fait de même, et qu'il n'a

pas là-dessus la moindre complaisance à se reprocher.

— Tant pis si cela est vrai, dit Madame de Mongennes. Je ne vois pas qu'il puisse mieux faire, ou du moins je vois qu'il pourrait faire beaucoup plus mal.

— Malgré l'extrême et malheureuse déférence que j'ai pour tout ce que vous pensez, Madame, répondit Versac, je ne saurais être de votre avis. Pour vous, Madame, continua-t-il en parlant à Madame de Senanges, je suis surpris que vous soyez assez mal instruite de son choix, pour avoir encore Madame de Lursay à lui reprocher.

— Moi! lui dit-elle, je suis, je vous jure, dans la bonne foi. Il ne m'a point encore fait de confidences.

— Qu'importe, Madame? Vous à qui j'ai vu deviner tant de choses plus obscures que ne l'est le secret de son cœur, ne pourriez-vous pas vous servir encore de votre pénétration? Par pitié, Madame, devinez-nous.

— Non, dit-elle, cela ne serait pas convenable : quand il m'aura confié ses tourments, je verrai ce qu'il sera à propos de lui répondre.

— Allons, Monsieur, me dit Versac, confiez. Vous êtes trop heureux, mais, ajouta-t-il, en me voyant interdit, ces sortes de confidences se font rarement devant témoins.

— Enfin, demanda-t-elle, qu'est-ce donc que ce secret? Je ne l'imagine pas.

— J'en suis fâché, Madame, répondit-il, car si vous ne paraissez pas avoir deviné quelque chose, on n'aura rien du tout à vous dire.

Vous concevez bien, Madame, dit alors

Madame de Mongennes, que ce secret si merveil-
leux ne peut vous échapper.

— Et cependant, reprit-elle, on me le cache
encore.

— Je crois voir à présent, dit Versac, que nous
ne risquons plus rien à vous l'apprendre. Mais où
soupez-vous aujourd'hui? Au Faubourg?

— Oui, répondit-elle, mais ce n'est pas chez
moi : nous allons toutes deux chez la Maréchale
de ***; vous devriez bien y venir.

— Je ne saurais, dit-il. Il y a aussi un
faubourg où je soupe, mais ce n'est pas le vôtre.

— Quelque tendre engagement vous y retient
sans doute?

— Tendre! reprit-il, non.

— Est-ce toujours la petite de ***?

— Il serait un peu difficile, repartit-il, que ce
fût toujours elle. Je ne l'ai jamais eue.

— Ah! quelle folie, s'écria Madame de Mongennes, nier une affaire aussi publique, et dont
tout le monde se tue de parler depuis deux mois!

— Je voudrais bien, Madame, lui dit-il, que
vous fussiez quelquefois persuadée que je ne
prends pas toujours ni toutes les femmes, ni tous
les travers qu'on me donne.

— Est-ce, dit Madame de Senanges, une vieille
affaire?

— Non, dit-il, j'en ai fini une ce matin.

— Pourrait-on savoir qui vous attache à présent?

— Qui? La plus nouvelle?

— Oui, la plus nouvelle.

— Vous l'ignorez! reprit-il; il est singulier que
vous ne sachiez pas qui c'est. On se tuera d'en
parler, vous l'apprendrez de reste : j'imaginais

pourtant que le fait était déjà public. Cela s'est commencé très vivement à l'Opéra, continué ailleurs, et cela s'achève aujourd'hui dans ma petite maison. Elle est charmante, ajouta-t-il, ma petite maison [8] : je prétends au premier jour vous y donner une fête.

— Cela est galant au possible, dit Madame de Mongennes; est-ce?...

— Oui, Madame, interrompit-il, c'est toujours la même. Eh bien! Acceptez-vous ma proposition?

— Une fête dans une petite maison! dit Madame de Senanges; vous n'y pensez pas : voilà de ces parties qui ne sont pas décentes, et qu'on a raison de blâmer.

— Mais quel conte! reprit Versac; et quand il serait vrai qu'on les blâmât, serait-il juste de s'en contraindre? Cachez-vous, le public vous devine-t-il moins? Quelques égards que vous vouliez avoir pour lui, il est sûr qu'il parle. Et d'ailleurs, je ne connais, moi, rien de plus décent qu'une petite maison, rien qui vous expose moins à ces discours qu'il semble que vous craigniez. Je commence même à croire que l'amour des bienséances, plus encore que la nécessité, les a mises à la mode.

» N'est-ce pas dans une petite maison qu'on soupe sans scandale tête-à-tête? Et peut-on, sans cette ressource, former aujourd'hui un engagement? N'en fait-elle pas même un des premiers articles? Une femme qui se respecte, c'est-à-dire, qui, avec le cœur tendre ou l'esprit libertin, veut cacher sa faiblesse ou ses sottises, peut-elle en imposer sans le secours d'une petite maison? Eh! quoi de plus pur, de moins interrompu, de plus

ignoré, que les plaisirs qu'on y goûte? Tous deux
soustraits à une pompe embarrassante, arrachés
de ces appartements somptueux où l'amour
querelle, ou languit sans cesse, c'est dans une
petite maison qu'on le réveille, ou qu'on le
retrouve : c'est sous son humble toit que l'on sent
renaître ces désirs étouffés dans le monde par la
dissipation, et qu'on les satisfait sans les perdre.

— Ah! Comte, dit Madame de Senanges en
riant, s'il était vrai qu'une petite maison eût
cette dernière vertu, qui voudrait en habiter une
grande?

— Je ne vous dirai pas bien positivement
qu'on ne les y perde pas, reprit Versac, mais il est
sûr qu'on les y amuse davantage.

— C'est toujours y gagner, répondit-elle; mais
en attendant qu'on accepte la fête que vous
proposez, vous feriez bien de souper tous deux
chez moi à mon retour de Versailles, qui sera
dans fort peu de jours. Je vous le manderai,
Versac.

— A moi! s'écria-t-il. Vous connaissez mes
distractions, j'oublierais peut-être de le faire
avertir : écrivez-lui, cela sera plus sûr et plus
honnête, et il voudra bien m'instruire du jour que
vous aurez choisi.

— Je le veux bien, dit-elle, c'est un billet sans
conséquence.

— Oh! vous êtes insoutenable aussi avec vos
ménagements sur les bienséances; je ne vois
personne les pousser aussi loin que vous, vous en
deviendrez ridicule à la fin, reprit-il. Il est bon de
s'observer; mais une trop grande exactitude est
gênante : je meurs de peur que vous ne deveniez
prude.

— Non, répondit-elle, pour prude, je ne crois pas que je le devienne, cela n'est pas de mon caractère; mais je vous avouerai que je hais l'indécence. Être indécente, est une chose qui me révolte, et que je ne pardonne pas.

— On ne saurait penser autrement quand on est aussi bien née que vous l'êtes, répondit-il d'un air sérieux. Mais rassurez-vous sur ce billet : tous les jours on en écrit de pareils.

— Viendrez-vous, Monsieur, me demanda-t-elle?

— Je désire assurément de le pouvoir, Madame, répondis-je, mais je ne sais si je ne vais pas à la campagne avec ma mère, avant votre retour.

— Non, Monsieur, me dit Versac, non, vous n'irez pas à la campagne, ou vous en reviendrez : ce n'est pas dans une situation aussi charmante que la vôtre qu'on s'embarque dans de semblables parties. »

Quelque chose que pût dire Versac, mon air mécontent lui prouvait qu'il ne me persuadait pas, et je m'aperçus que Madame de Senanges s'alarmait de l'obstacle que j'apportais à ce souper. Versac, qui avait résolu de m'enlever à Madame de Lursay, m'engagea si positivement qu'il me fut impossible de songer davantage à me défendre, et je promis, très décidé à manquer à une parole que je donnais aussi forcément.

Je rêvais avec un extrême chagrin à la violence qu'on me faisait, et je me confirmais plus que jamais dans l'idée que Madame de Senanges, malgré ses discours contre l'indécence, n'était que ce qu'au premier coup d'œil elle m'avait paru.

Elle ne s'en flatta pas moins que je ne m'occupais
que de mon bonheur prochain.

« Que je suis satisfaite de votre complaisance!
me dit-elle tendrement. Vous êtes charmant! Cela
est vrai, vous êtes charmant! Mais dites-moi donc
que vous serez bien aise de me revoir!

— Oui, Madame, répondis-je froidement.

— Je ne sais, continua-t-elle, si je devrais vous
dire que je penserai à vous avec plaisir : je crains
que vous ne vous intéressiez que médiocrement à
ce que je pourrais vous apprendre là-dessus.

— Pourquoi, Madame, répondis-je?

— Ah! pourquoi, reprit-elle? Voilà ce que je ne
dois pas encore vous apprendre. Cependant...;
mais quel usage ferez-vous de ce que je vous
dirai? »

Excédé d'impatience et d'ennui, j'allais, je
crois, la prier de vouloir bien ne me rien confier,
lorsqu'au détour de l'allée, je vis Madame de
Lursay, Hortense et sa mère, qui venaient vers
nous. Le désordre où cette vue inopinée me
plongea, fut extrême. Sans croire que je fusse
aimé d'Hortense, j'étais désespéré qu'après
l'avoir quittée si brusquement, elle me retrouvât
avec Madame de Senanges. Quoique la crainte de
déplaire à Madame de Lursay ne m'occupât plus,
sa présence ne laissait pas de m'embarrasser. Le
reproche de fausseté qu'elle m'avait fait devant
Hortense, et la dernière querelle que nous avions
eue ensemble m'avaient aigri contre elle au
dernier point et m'éloignaient d'un raccommodement dont je craignais les suites; mais je redoutais ses discours. Sans découvrir l'intérêt qui la
ferait parler sur mes liaisons avec Madame de
Senanges, sachant même, à cet égard, se couvrir

du masque le plus noble, elle pouvait faire penser à Hortense qu'elles n'étaient pas innocentes, et si elle n'allait pas à me détruire dans son cœur, contribuer du moins à m'en fermer l'accès pour toujours. Je m'efforçais vainement de cacher mon trouble : il était peint dans toutes mes actions et dans mes yeux. Je n'osais les lever sur Hortense, et ne pouvais pas en même temps les porter ailleurs : un charme secret et invincible les arrêtait sur elle malgré moi.

Madame de Lursay me parut pénétrée de douleur; mais, accoutumée à prendre sur elle, son visage changeait à mesure qu'elle approchait de nous; et elle répondit en souriant, et de l'air du monde le plus libre et le plus ouvert, à la révérence décontenancée que je leur fis. Pour Hortense, que j'examinais avec soin, elle ne marqua, en me voyant, ni trouble, ni plaisir. J'entendais cependant de tous côtés se récrier sur ses charmes, et j'en sentais augmenter mon amour et ma douleur. Nous passâmes sans nous parler.

« Voilà donc, dit Madame de Mongennes, en regardant Madame de Lursay, cette femme qu'on ne pourrait plus aimer que par générosité? Il serait singulier assurément qu'avec autant d'agréments elle ne pût pas faire une passion.

— Hélas! oui, Madame, répondit Madame de Senanges, elle a précisément ce malheur-là, et votre étonnement ne le fera pas cesser. Eh bien! Monsieur, ajouta-t-elle en s'adressant à moi, rien ne pourra-t-il vous tirer de votre rêverie? Est-ce Madame de Lursay qui la cause?

— Je vous ai déjà dit, Madame, interrompis-je, qu'elle ne prend rien sur mon cœur. Une autre idée que la sienne l'occupe trop vivement pour qu'il puisse être partagé : et dût cette passion causer tous les tourments de ma vie, je sens avec plaisir qu'elle n'en peut jamais être effacée. »

L'amour dont j'étais pénétré, me donnait une expression de sentiment à laquelle Madame de Senanges se méprit. Je vis ses yeux s'animer.

« Vous, malheureux! me dit-elle. Eh, pourquoi le seriez-vous? Devez-vous seulement imaginer que vous puissiez l'être; et fait-on quelque chose qui doive vous le faire craindre? Soyez constant, mais que ce ne soit que pour être toujours heureux! »

Je reconnus sa méprise, et la lui laissai. Il m'importait assez peu qu'elle me crût amoureux d'elle, et j'étais sûr qu'elle ne pourrait pas le croire longtemps.

Versac, qui s'amusait à contredire Madame de Mongennes, repassa dans cet instant de notre côté.

« N'est-il rien arrivé d'extraordinaire à Madame de Mongennes, qui ait bouleversé ses idées, demanda-t-il? Elle veut que Madame de Lursay soit belle, et n'imagine seulement pas que Mademoiselle de Théville puisse l'être.

— Mais sur la dernière partie de ce qu'elle pense, je serais assez de son avis, répondit Madame de Senanges : Mademoiselle de Théville a plus d'éclat que de beauté, plus d'air que de taille. C'est en tout une personne à passer fort vite.

— Pour moi, qui m'y connais, dit Versac, je ne lui trouve qu'un défaut, c'est d'avoir l'air trop modeste : elle s'en défera dans le monde vraisem-

blablement; et plût au ciel que je fusse le premier
à l'en corriger!

— Donnez-lui, si vous pouvez aussi, l'air
spirituel, dit Madame de Mongennes, défaites-la
de ces grands yeux inanimés, dont il paraît
qu'elle ne sait que faire : jetez-y de l'intention et
du feu, ce sera un d'autant plus bel ouvrage, que
sûrement il n'est pas facile.

— Si vous le trouviez plus aisé, repartit-il, il le
serait bien moins; et la façon dont vous parlez
d'elle m'assure qu'elle n'a rien à acquérir. »

Indigné de la basse jalousie qui régnait dans les
discours de ces deux femmes, et du peu de cas
qu'elles faisaient de la beauté de Mademoiselle de
Théville, je ne pus me contenir.

« En effet, dis-je à Versac, elle est trop belle
pour qu'on ne veuille pas lui trouver des défauts.
Il est plus sûr de louer Madame de Lursay, elle
peut enlever moins de conquêtes. »

L'air méprisant avec lequel je parlais ne
devait pas plaire à Madame de Mongennes, mais
je lui aurais dit des choses plus désobligeantes,
qu'elle ne s'en serait pas offensée : ses desseins
sur moi étaient moins détruits que dissimulés; et
quoiqu'elle n'affectât plus cette grande vivacité
qui avait alarmé Madame de Senanges, et que le
désir qu'elle avait de m'engager fût extérieure-
ment modéré, il n'en était pas dans le fond moins
ardent. Elle jugeait, aux façons froides que
j'avais pour Madame de Senanges, que je ne
l'aimais point; et, trop sotte pour n'être pas
excessivement vaine, elle ne doutait point que je
ne lui cédasse aussitôt qu'elle le voudrait. Je
jugeais de ses espérances par ses attentions, et
par certains regards dont je commençais à

comprendre la valeur, quoiqu'ils ne m'en trouvassent pas plus sensible.

Depuis que j'avais rencontré Mademoiselle de Théville, j'avais senti redoubler l'ennui que m'inspirait Madame de Senanges; mais la crainte de lui faire penser que j'étais impatient de retrouver Madame de Lursay m'avait retenu auprès d'elle. Heureusement, ma contrainte ne fut pas longue, et elle partit peu d'instants après, en me priant de songer à elle, et en m'assurant qu'elle n'oublierait pas de m'écrire à son retour de Versailles. Je me séparai d'elle et de Versac, résolu de chercher l'un avec autant de soin que je me promettais d'en mettre à éviter l'autre.

Je ne fus pas plutôt libre, que je cherchai Mademoiselle de Théville. Quelque chose que je souffrisse de sa froideur, je souffrais encore plus de son absence : il semblait, quand je ne la voyais pas, que ma jalousie me tourmentât plus violemment. J'imaginais qu'elle pensait sans distraction à Germeuil, et que son cœur jouissait trop tranquillement d'une idée que je lui croyais si chère. J'espérais que du moins ma présence l'empêcherait de s'en occuper autant que je le craignais : enfin, et sans tous ces motifs, je voulais la revoir, dussé-je encore être témoin de son amour pour mon rival.

Enfin, je la retrouvai. Elles venaient de mon côté. Madame de Lursay rougit à ma vue; mais, peu inquiet de ses mouvements, ce fut dans les yeux d'Hortense que je cherchai ma destinée. Il me parut qu'elle me voyait arriver comme quelqu'un à qui l'on prend peu d'intérêt. J'eus lieu de penser qu'il lui était égal que je fusse auprès de Madame de Senanges, ou auprès d'elle;

et les nouvelles preuves que je recevais de son indifférence achevèrent de me percer le cœur.

Madame de Lursay, pendant le temps que j'employais à examiner Hortense, me regardait fixement, et d'un air railleur, dont enfin je m'aperçus, et qui redoubla l'aversion que je commençais à sentir pour elle. Je savais tout ce qu'elle avait à me dire, et les idées qu'elle s'était faites sur Madame de Senanges. Ce qui s'était passé entre elle et moi, était encore trop secret pour que ce lui fût une raison de se contraindre. Elle pouvait, sans se sacrifier, parler librement du nouvel amour dont elle me croyait occupé et j'étais presque certain qu'elle l'avait fait. Si nous avions été seuls, j'aurais été moins embarrassé d'une explication où j'aurais pu lui montrer qu'il ne me restait pour elle pas plus d'estime que d'amour, mais la présence de Madame de Théville et d'Hortense lui donnait sur moi un avantage que, sans renoncer à toutes bienséances, je ne lui pouvais ôter.

« Eh bien! Monsieur, me demanda-t-elle d'un ton railleur, ce mal de tête si violent n'a pas, ce me semble, été de longue durée?

— En effet, répondis-je, la promenade l'a dissipé.

— Serait-ce seulement à la promenade qu'il faudrait, répliqua-t-elle, attribuer une guérison si prompte, et Madame de Senanges y sera-t-elle comptée pour rien?

— Je n'avais pas encore imaginé, répondis-je, que ce fût elle que j'en dusse remercier. Instruit par vos bontés de tout ce que je lui dois, je n'oublierai pas de lui en marquer ma reconnaissance.

— Elle vous en donnera sans doute des sujets plus importants, répondit-elle, et je la crois personne à ne pas borner ses bienfaits à si peu de chose. Elle est fort noble, Madame de Senanges; mais comment êtes-vous resté ici sans elle?

— Apparemment, repartis-je avec une aigreur qui commençait à me surmonter, qu'il ne m'a pas été possible de la suivre : mais la certitude de la revoir bientôt adoucit extrêmement le regret que j'ai de son absence. »

Madame de Lursay ne me répondit que par un regard d'indignation qui redoubla la mienne; et sans rien dire, nous nous exprimâmes avec force toute la colère que nous ressentions. Elle ne s'en tint pas aux regards, et croyant me mortifier d'avilir Madame de Senanges, elle employa tout son esprit à peindre, avec les traits les plus marqués, ses vices et ses ridicules. Elle ne pouvait pas en penser plus mal que moi-même; mais, loin de l'en laisser médire à son gré, je me crus obligé de la défendre, et je le fis avec tant d'ardeur et si peu de ménagement, qu'il ne fut plus possible à Madame de Lursay de douter de la nouvelle passion, dont auparavant elle ne faisait que me soupçonner. Aveuglé par ma colère, je ne crus pas que ce fût assez que je parusse estimer Madame de Senanges, et j'en parlai comme si je l'eusse trouvée jeune, jolie et spirituelle, et avec cet enchantement où nous met un objet qui commence à nous plaire.

Je m'aperçus, à la douleur de Madame de Lursay, que je venais de la convaincre qu'elle m'avait perdu et je goûtai pendant quelques instants le plaisir de la vengeance. Ce fut trop tard que je sentis ce qu'il m'allait coûter. Occupé

du désir de la tourmenter, j'avais oublié qu'Hortense m'écoutait, et que je ne pouvais persuader
l'une de mon amour pour Madame de Senanges,
sans donner à l'autre la même idée. Cette
réflexion que je fis enfin, m'accabla. Avant une si
cruelle étourderie que celle que je venais de faire,
je n'avais à combattre que la froideur d'Hortense; mais comment lui oser parler de ma
tendresse, après avoir avoué que Madame de
Senanges avait fait sur moi la plus vive des
impressions? Devais-je lui confier les raisons qui
m'avaient porté à louer avec opiniâtreté une
femme si digne de mépris? Pouvais-je moi-même,
sans mériter le sien, me justifier aux dépens de
Madame de Lursay, et sacrifier le secret de son
cœur? Moi, à qui l'honneur imposait si sévèrement la loi de ne le laisser même jamais pénétrer!

Plus je me voyais condamné à garder le silence,
moins j'espérais pouvoir sortir de l'embarrassante
situation où je m'étais mis. Quelque peu d'intérêt
qu'Hortense eût paru prendre à mes discours, je
ne sais quelle idée, que je trouvais sans fondement, mais qui ne m'en occupait pas moins,
ranimait mes espérances. Presque certain que je
serais un jour obligé de me justifier auprès d'elle,
je préparais déjà tout ce qui pouvait détruire
dans son esprit une prévention qu'elle aurait
prise avec d'autant plus de justice que j'avais
travaillé moi-même à la lui donner. Sa tristesse
augmentait encore mon trouble et mon inquiétude. Un état aussi singulier que le sien ne
pouvait guère être attribué qu'à une passion
secrète et malheureuse; mais s'il était vrai,
comme ce jour même je l'avais cru, qu'elle aimât
Germeuil, quelle pouvait être la cause de sa

mélancolie? Quand je les avais quittés, aucun
nuage ne paraissait devoir s'élever entre eux. Son
absence avait-elle pu faire naître un si violent
chagrin? On s'attriste quand on perd pour
longtemps ce qu'on aime; ne fait-on que le
quitter pour quelques instants, on pense à lui,
l'on s'en occupe, mais cette rêverie est plus
tendre que douloureuse : Germeuil n'était donc
pas l'objet de ses peines. Dans le fond, je ne
pouvais le croire mon rival que parce qu'il est
assez naturel que, quand on en craint un auprès
d'une femme, ce soit l'ami qu'elle paraît aimer le
plus tendrement qui nous cause le plus d'inquiétude.

Le moyen le plus simple de me délivrer des
miennes était sans doute de m'expliquer avec
Hortense, et je le sentais bien. Mais convenir que
cette explication m'était nécessaire n'était pas
me la rendre plus facile. Je n'entrevoyais rien qui
pût me conduire sûrement à l'éclaircissement que
je souhaitais, et m'aider à découvrir si Germeuil
était cet inconnu que je savais aimé, ou si je
n'avais pas à craindre quelque autre que lui.

Absorbé dans cette confusion d'idées et de
sentiments, les parcourant toutes, les éprouvant
tous, sans m'arrêter sur aucun, je marchais
auprès d'Hortense dans un état peu différent du
sien. Je voulais interrompre sa rêverie, et ne
trouvais rien à lui dire. Ce fut aussi vainement
que je cherchai à fixer ses yeux sur moi, et nous
arrivâmes à la porte sans qu'il lui fût rien
échappé de tout ce qui pouvait m'instruire, ou
me satisfaire.

Madame de Lursay qui, depuis le panégyrique
qu'elle m'avait entendu faire de Madame de

Senanges, ne m'avait point parlé, après avoir vu
partir Madame de Théville et Hortense, me
demanda, mais avec une douceur extrême, si je
voulais qu'elle me ramenât chez moi, ou qu'elle
me conduisît chez elle. Le chagrin que ce jour
même elle m'avait causé, et l'état où m'avait mis
l'opiniâtre froideur d'Hortense, m'éloignaient
également de ce qu'elle me proposait, et je lui
répondis sèchement que je ne pouvais faire ni
l'un, ni l'autre. Il me parut qu'elle était conster-
née de ma réponse, et de la profonde et sérieuse
révérence dont je l'avais accompagnée; cependant elle insista. Je lui soutins, avec moins de
ménagement encore, que des raisons invincibles
s'opposaient à ce qu'elle désirait, et nous nous
séparâmes enfin tous deux, tristes et mécontents
l'un de l'autre.

Je rentrai chez moi, l'esprit et le cœur trop
tourmentés pour vouloir y voir personne et je
passai toute la nuit à faire sur mon aventure les
plus cruelles et les plus inutiles réflexions.

On connaît assez les songes des amants, leurs
incertitudes, leurs différentes résolutions, pour
concevoir tous les mouvements dont je fus agité
tour à tour; et j'ai trop parlé de mon peu
d'expérience, on voit trop par ce récit combien je
lui devais d'idées fausses, pour avoir besoin de
m'arrêter sur ce sujet plus longtemps.

Je ne savais encore à quel projet je devais
m'arrêter, lorsqu'on entra chez moi. Je reçus en
même temps ce billet de la part de Madame de
Lursay :

« Si je ne consultais que votre cœur, je ne
prendrais pas la peine de vous écrire, mon silence
sans doute m'épargnerait de nouveaux affronts.

Plus tendre que je ne suis vaine, je ne crains pas de m'y exposer encore. Je vais aujourd'hui à la campagne pour deux jours : vous ne mériteriez pas que je vous en avertisse, beaucoup moins que je vous priasse de m'y accompagner : cependant je fais l'un et l'autre. Tant d'indulgence de ma part ne vous rendra peut-être que plus ingrat; mais il me sera doux de vous confondre par mes bontés, si je ne puis vous y rendre sensible. Je suis d'ailleurs curieuse de savoir si vous trouvez à Madame de Senanges autant de charmes que vous lui en trouviez hier. Je veux bien encore m'inquiéter de ce que vous pensez sur ce sujet. Songez que je puis ne le pas vouloir longtemps. Adieu, je vous attends à quatre heures. »

Ce billet ne m'ôta rien de ma colère contre Madame de Lursay, avec qui je ne voulais point d'explication. Ainsi, sans réfléchir sur cette partie de campagne si subitement formée, et dont la veille je n'avais pas entendu parler, je lui écrivis avec la dernière froideur, qu'il m'était impossible de faire ce qu'elle désirait, et que j'avais pris, la veille, des engagements que je ne pouvais rompre. Dans la situation où nous étions ensemble, cette réponse était impertinente, mais plus je le sentis, plus je fus content de la lui avoir faite. J'étais déterminé à rompre avec elle. C'était, de tous mes projets, le seul qui me fût resté constamment dans l'esprit, et je ne pouvais me blâmer d'un refus qui, selon toutes les apparences, assurait et avançait notre rupture.

La haine que je ressentais alors pour Madame de Lursay ne me l'avait pas seule dictée. J'avais craint encore moins d'ennui pour moi, à être auprès d'elle, que de chagrin à être éloigné d'Hortense, que je ne voulais pas quitter dans des circonstances où il m'était important de lui dire que je l'aimais, ou de veiller du moins sur mes rivaux. Je passai à m'occuper de son idée tous les moments où il ne m'était pas encore permis de la voir, et il était à peine cinq heures, que je volai chez elle.

J'arrivai bientôt, on ouvrit. Entre quelques équipages que je vis dans la cour, je reconnus celui de Madame de Lursay. Il ne m'en fallut pas davantage pour me faire connaître la faute que j'avais faite, et l'impossibilité de la réparer me désespéra. Je ne pouvais plus douter qu'Hortense ne fût de cette partie que j'avais refusée. La hauteur avec laquelle j'avais écrit à Madame de Lursay que je ne pouvais en être, ne me permettait pas de songer à la renouer avec elle, et ne la dispensait que trop de vouloir bien m'en prier encore.

Plein de fureur contre moi-même, j'entrai, mais décontenancé et tremblant. Madame de Lursay pâlit à ma vue, et il me parut qu'elle lui causait autant de colère que d'étonnement. Quoique je méritasse toute sa haine, je ne laissai pas de m'offenser autant de ce qu'elle m'en marquait que si elle m'eût fait injustice. Je ne m'arrêtai pas longtemps à cette idée. Hortense qui parlait à Germeuil, l'air familier que je lui trouvais avec lui, la surprise qu'elle marqua en me voyant, et sa rougeur subite, étaient pour moi des objets qui anéantissaient tous les autres dans mon esprit, et me donnaient seuls à rêver.

« Vous venez sans doute avec nous, Monsieur? me demanda Madame de Théville.

— Non, Madame, répondit vivement Ma-

dame de Lursay : je l'en avais prié, mais il a
des engagements qu'il ne saurait rompre. Je crois
que vous les devinez.

— Quelle folie! s'écria Germeuil; je vous jure,
Madame, qu'il n'a rien à faire.

— Je sais le contraire positivement, reprit-elle
d'un air sec; mais l'heure nous presse, et il
voudrait, sans doute, d'autant moins retarder
notre départ, que sûrement nous retardons ses
plaisirs. Adieu, Monsieur, me dit-elle en souriant,
je serai peut-être plus heureuse une autre fois, ou
vous serez moins occupé. »

En achevant ces paroles, elle me présenta la
main d'un air aussi libre que s'il n'eût été
question de rien entre nous; et, mourant de rage,
je fus obligé de la conduire jusques à son
carrosse.

« Il serait cependant singulier, me dit-elle tout
bas, en descendant, que vous fussiez fâché de la
réponse que vous m'avez faite. Mais non, vous ne
savez qu'offenser, et j'aurais tort de vous croire
capable de repentir.

— Ah! de grâce, Madame, répondis-je, cessons
de pareils discours. Le temps en est passé pour
vous, et pour moi.

— Je connais, reprit-elle, votre obligeante
façon de répondre, mais je veux bien ne m'y pas
arrêter, vous m'avez accoutumée à être indulgente. Que je sache seulement si, comme vous ne
pensez pas longtemps la même chose, il ne vous
aurait pas pris un remords? Ne craignez pas de
me l'avouer; serait-il vrai que vous voulussiez
venir?

— C'est, Madame, repartis-je, une question à
laquelle j'ai répondu dès ce matin.

Il suffit, reprit-elle, et je vous supplie de vouloir bien oublier que j'ai osé vous la faire deux fois. »

Elle me fit alors une de ces révérences choquantes que je savais si bien lui faire quelquefois. Je voulais en vain déguiser mon chagrin. Voir Germeuil auprès d'Hortense, et penser que dans la solitude de la campagne il trouverait mille moments pour lui dire les choses les plus tendres, était un supplice que je ne pouvais supporter, surtout quand je me souvenais qu'il avait dépendu de moi de me l'épargner. Je me repentis, en les voyant près de partir, de cette fausse honte à laquelle je venais de sacrifier l'intérêt le plus vif de mon cœur. Je tenais encore la main de Madame de Lursay et je crus qu'il ne me serait pas difficile d'obtenir d'elle une chose qu'elle m'avait paru désirer vivement. Je pris enfin assez sur ma sotte vanité pour essayer de me faire parler encore de cette partie que je ne voyais faire sans moi qu'avec la plus vive douleur.

« Si vous m'aviez averti plus tôt, Madame, dis-je à Madame de Lursay, vous ne m'auriez pas trouvé engagé.

— Oh! je le crois, répondit-elle, sans me regarder.

— Si vous le vouliez même, continuai-je...

— Non, assurément, interrompit-elle, je ne veux rien. Je ne mérite pas le moindre des sacrifices que vous voudriez me faire, et n'en accepterai aucun.

— Vous pensiez différemment tout à l'heure, repris-je, et j'ai cru pouvoir...

— Eh bien! interrompit-elle encore, je pensais fort mal, et je m'en suis corrigée. »

A ces mots, elle me quitta, et me laissa
d'autant plus piqué que je croyais m'être com-
promis en la priant d'une chose qu'un moment
auparavant j'avais refusée d'elle, et que j'avais
vainement abaissé mon orgueil.

Quelque intérêt que j'eusse à ne point quitter
Hortense, j'imaginai qu'il fallait le faire céder à
ce que je croyais me devoir à moi-même, et que
mon amour m'avait même engagé trop loin.
Ainsi, ne pouvant me pardonner d'avoir donné à
Madame de Lursay lieu de penser qu'elle me
mortifiait, je les laissai partir, désespéré qu'Hortense, qui n'avait seulement pas daigné me
parler, n'eût pas été témoin de mes dernières
démarches auprès de Madame de Lursay, et
qu'elle pût attribuer mes refus à mon amour pour
Madame de Senanges.

Ils étaient déjà loin, que je n'étais pas encore
sorti du trouble où cette situation m'avait
plongé. Revenu enfin à moi-même, je retournai
chez moi méditer profondément sur des minuties,
penser faux sur tout ce qui m'arrivait, et
m'affliger jusques au retour d'Hortense.

Quoique je susse qu'elle devait être deux jours
à la campagne, j'envoyai le lendemain savoir si
elle n'était pas revenue. Tourmenté par mon
impatience et ma jalousie, le jour d'après j'y allai
moi-même, et, ne la trouvant pas, je fus cent fois
tenté d'aller la joindre : mais plus vain encore que
je n'étais amoureux, la crainte de faire croire à
Madame de Lursay que je ne pouvais supporter
son absence, l'emporta, et, malgré mes terreurs,
me fit rester.

J'étais à peine rentré, qu'on m'annonça Versac. Quelque occupé que je fusse de mon amour,

la solitude à laquelle je m'étais condamné, m'ennuyait, et je fus charmé de le revoir.

« Je viens savoir, me dit-il, ce que vous faites depuis deux jours. Il n'y a pas d'endroit dans Paris que je n'aie parcouru sans vous y rencontrer.

— Je suis, répondis-je, de la plus mauvaise humeur du monde.

— Les amants heureux ont-ils du chagrin? me demanda-t-il. Je ne suis pas fâché de vous voir sensible à l'absence de Madame de Senanges; mais vous devez être si sûr d'être aimé...

— Ah! Ciel, m'écriai-je.

— Cette exclamation tragique me confond, interrompit-il à son tour : est-ce qu'on ne vous aurait pas encore écrit?

— Non assurément, répondis-je, il n'y a que deux jours qu'elle est partie, et vous savez qu'elle ne doit m'écrire qu'à son retour ici.

— Cela est vrai, repartit-il, mais je n'en suis pas moins surpris que vous n'ayez encore entendu parler de rien. Avant-hier on vous demanda la permission de vous écrire et, dans toutes les règles, vous auriez dû recevoir quelques billets. C'est une femme charmante que Madame de Senanges! On n'a jamais avec elle, ni sottes réflexions, ni lenteurs affectées à craindre. En un instant, son esprit a tout aperçu, son cœur a tout senti.

— Ce ne serait pas, repris-je, ce qui me la ferait aimer davantage. Un peu d'indécision, quand il s'agit du choix d'un amant, sied, je crois, mieux à une femme que cette précipitation dont vous savez si bon gré à Madame de Senanges.

— Autrefois, dit-il, on pensait comme vous, mais les temps sont changés. Nous parlerons là-dessus plus à loisir. Revenons à Madame de Senanges. Après les espérances que vous lui avez données, et les soins que vous lui avez rendus, votre indifférence m'étonne.

— Moi, m'écriai-je, je lui ai donné des espérances?

— Mais sans doute, répondit-il froidement : quand un homme de votre âge va chez une femme comme Madame de Senanges, paraît en public avec elle, et laisse établir un commerce de lettres, il faut bien qu'il ait ses raisons. Communément on ne fait point ces choses-là sans idée. Elle doit croire que vous l'adorez.

— Ce qu'elle croit m'importe peu, repris-je; je saurai la détromper.

— Cela ne sera pas honnête, repartit-il, et vous la mettez en droit de se plaindre de vos procédés.

— Il me semble, répondis-je, que je suis plus en droit de me plaindre des siens. A propos de quoi peut-elle croire que je lui dois mon cœur?

— Votre cœur! dit-il, jargon de roman. Sur quoi supposez-vous qu'elle vous le demande? Elle est incapable d'une prétention si ridicule.

— Que demande-t-elle donc? répondis-je.

— Une sorte de commerce intime, reprit-il, une amitié vive qui ressemble à l'amour par les plaisirs, sans en avoir les sottes délicatesses. C'est, en un mot, du goût qu'elle a pour vous, et ce n'est que du goût que vous lui devez.

— Je crois, répliquai-je, que je le lui devrai longtemps.

— Peut-être, dit-il. La raison vous éclairera

sur une répugnance si mal fondée; Madame de
Senanges ne vous inspire rien à présent, mais
vous ne pouvez pas empêcher qu'incessamment
elle ne vous paraisse plus aimable. Ce sera malgré
vous, mais cela sera, ou vous renoncerez à toutes
sortes de bienséances et d'usages.

— Je suis, quoi que vous en disiez, répondis-
je, très certain que cela ne saurait être. On
pensera de moi ce qu'on voudra, il est décidé que
je n'en veux point.

— Je le vois avec une extrême douleur, reprit-
il; il ne vous reste seulement qu'à examiner si
vous avez raison de n'en pas vouloir.

— Mais vous, lui demandai-je, la prendriez-
vous?

— Si j'étais, dit-il, assez infortuné pour qu'elle
le voulût, je ne vois pas que je pusse faire
autrement, et par mille raisons cependant je
pourrais m'en dispenser.

— Eh! pourquoi pourrais-je m'en dispenser
moins que vous?

— Vous êtes trop jeune, me répondit-il, pour
ne pas avoir Madame de Senanges. Pour vous,
c'est un devoir; si je la prenais, moi, ce ne serait
que par politesse. Vous avez actuellement besoin
d'une femme qui vous mette dans le monde, et
c'est moi qui y mets toutes celles qui veulent y
être célèbres. Cela seul doit faire la différence de
votre choix et du mien.

— Permettez-moi une question, lui dis-je; ne
soyez même pas surpris si, dans le cours de cette
conversation, je vous en fais quelques-unes. Vous
me dites des choses qui me sont trop nouvelles
pour que je les saisisse d'abord comme vous le
voudriez. Vous devez d'ailleurs vous attendre à

me trouver incrédule aussi souvent que vous m'étonnerez.

— Comme je n'ai d'autre but que celui de vous instruire, je me ferai toujours un vrai plaisir d'éclaircir vos doutes, repartit-il, et de vous montrer le monde tel que vous devez le voir. Mais pour nous livrer plus librement à des objets qui, par leur étendue et leur variété, pourront nous mener loin, je voudrais que nous allassions chercher quelque promenade solitaire, où nous pussions n'être pas interrompus, et je crois que l'Étoile pourrait convenir à notre dessein. »

J'approuvai son idée, et nous partîmes. Nous ne nous entretînmes en chemin que de choses indifférentes, et ce ne fut qu'en arrivant à l'Étoile que nous commençâmes une conversation qui n'a que trop influé sur les actions de ma vie.

« Vous avez piqué ma curiosité, lui dis-je, voudriez-vous la satisfaire?

— N'en doutez pas, répondit-il, je serai charmé de vous instruire.

» Il y a des choses qu'on ne peut ignorer longtemps sans une sorte de honte, parce qu'elles renferment la science du monde, et que, sans elle, les avantages que nous avons reçus de la nature, loin de nous tirer de l'obscurité, tournent souvent contre nous. Je sais que cette science n'est, à proprement parler, qu'un amas de minuties, et que beaucoup de ses principes blessent l'honneur et la raison; mais, en la méprisant, il faut l'apprendre et s'y attacher plus qu'à des connaissances moins frivoles, puisque, à notre honte, il est moins dangereux de manquer par le cœur que par les manières.

» Vous rêvez déjà, continua-t-il.

— Ce n'est pas, repartis-je, que je ne vous prête une extrême attention, mais ce ton sérieux me paraît si peu fait pour vous, que je ne puis revenir de la surprise qu'il me cause. Je vous trouve philosophe, vous!...

— Cessez de vous en étonner, interrompit-il : mon amitié pour vous ne m'a pas permis de vous tromper longtemps, et le besoin que vous avez d'être instruit m'a contraint de vous montrer que je sais penser, et réfléchir. Je me flatte, au reste, que vous saurez me garder le secret le plus inviolable sur ce que je vous dis, et sur ce que je vais vous dire.

— Quoi! lui dis-je en riant, vous pourriez être fâché que je dise : *Versac sait penser?*

— Sans doute, répliqua-t-il fort sérieusement, et vous saurez bientôt pourquoi il m'est important que vous ne le disiez pas. Revenons à vous.

» Je me suis aperçu avec surprise, en mille occasions, que le monde vous était absolument inconnu. Quoique vous soyez fort jeune, vous êtes d'un rang à n'avoir pas dû conserver jusques à présent les préjugés que je vous trouve. Je ne puis surtout m'étonner assez que vous connaissiez si peu les femmes. Les réflexions que j'ai faites sur elles pourront vous être utiles. Ce n'est pas cependant que je me flatte que vous puissiez marcher sûrement d'après mes seuls préceptes, mais du moins ils affaibliront en vous des idées qui retarderaient longtemps vos lumières ou vous empêcheraient peut-être à jamais d'en acquérir.

» Quelque nécessaire que vous soit la connaissance des femmes, elle n'est cependant pas la seule à laquelle vous deviez vous borner. Celle des usages, des goûts, et des erreurs de votre siècle,

doit partager vos soins, avec cette différence qu'il
vous sera facile de vous former des femmes l'idée
que vous en devez avoir, et qu'après l'étude la
plus opiniâtre, vous ne connaîtrez peut-être
jamais le reste parfaitement.

» C'est une erreur de croire que l'on puisse
conserver dans le monde cette innocence de
mœurs que l'on a communément quand on y
entre, et que l'on y puisse être toujours vertueux
et toujours naturel, sans risquer sa réputation ou
sa fortune. Le cœur et l'esprit sont forcés de s'y
gâter, tout y est mode et affectation. Les vertus,
les agréments et les talents y sont purement
arbitraires, et l'on n'y peut réussir qu'en se
défigurant sans cesse. Voilà des principes que
vous ne devez jamais perdre de vue : mais ce
n'est pas assez de savoir que, pour réussir, il faut
être ridicule. Il faut étudier avec soin le ton du
monde où notre rang nous a placés, les ridicules
qui conviennent le plus à notre état, ceux, en un
mot, qui sont en crédit, et cette étude exige plus
de finesse et d'attention qu'on ne peut l'imaginer.

— Qu'entendez-vous, lui demandai-je, par des
ridicules en crédit?

— J'entends, reprit-il, ceux qui, dépendant du
caprice, sont sujets à varier, n'ont, comme toutes
les modes, qu'un certain temps pour plaire, et
qui, pendant qu'ils sont en règne, effacent tous
les autres. C'est dans le temps de leur vogue qu'il
faut les saisir; souvent il y a aussi peu de fruit à
les prendre lorsqu'on commence à s'en dégoûter,
que de risque à les garder, lorsqu'ils sont absolument proscrits.

— Mais quand on sait, lui dis-je, que ce règne

est un ridicule, comment peut-on se résoudre à le prendre?

— Bien peu de gens, répondit-il, sont assez en état de réfléchir, pour savoir ce qui en est; et ceux qui pensent, se livrent souvent, même par réflexion, aux erreurs qu'intérieurement ils condamnent de plus. Vous dirai-je davantage? C'est presque toujours à ceux d'entre nous qui raisonnent le plus profondément, que l'on doit ces opinions absurdes qui font honte à l'esprit et ce maintien affecté qui gâte et contraint la figure. Moi, par exemple, qui suis l'inventeur de presque tous les travers qui réussissent, ou qui du moins les perfectionne, pensez-vous que je les choisisse, les entretienne et les varie uniquement par caprice, et sans que la connaissance que j'ai du monde règle et conduise mes idées là-dessus?

— Sans savoir, répondis-je, toutes les raisons qui peuvent vous déterminer, je conçois que vous n'imaginez des ridicules, que parce que vous les croyez des moyens de plaire dans la société.

— Oui, je le crois, répliqua-t-il : la façon dont j'ai pris dans le monde est, je pense, une assez bonne preuve que je ne me trompe pas, et que ce n'est qu'en suivant mes traces qu'on peut parvenir à une aussi grande réputation. Ne soyez point, au reste, arrêté par le nom que je donne aux choses qui sont en possession de séduire : tant qu'un ridicule plaît, il est grâce, agrément, esprit; et ce n'est que quand pour l'avoir usé on s'en lasse, qu'on lui donne le nom qu'en effet il mérite.

— Mais, lui dis-je, à quoi s'aperçoit-on qu'un ridicule commence à vieillir?

— Au peu de cas que les femmes en font, répliqua-t-il.

— C'est, je crois, une étude bien pénible, que celle que vous me prescrivez, répondis-je.

— Non, reprit-il; l'on peut réduire l'art de plaire, aujourd'hui, à quelques préceptes assez peu étendus, et dont la pratique ne souffre aucunes difficultés. Je suppose d'abord, et avec assez de raison, ce me semble, qu'un homme de notre rang, et de votre âge, ne doit avoir pour objet que de rendre son nom célèbre. Le moyen le plus simple et en même temps le plus agréable pour y parvenir, est de paraître n'avoir dans tout ce qu'on fait que les femmes en vue, de croire qu'il n'y a d'agrément que ce qui les séduit, et que le genre d'esprit qui leur plaît, quel qu'il soit, est en effet le seul qui doive plaire. Ce n'est qu'en paraissant soumis à tout ce qu'elles veulent, qu'on parvient à les dominer. Je puis aisément vous faire convenir de cette vérité, mais avant que de vous parler des femmes, j'ai quelques conseils à vous donner sur le chemin que vous devez prendre pour plaire dans le monde : conseils fondés, au reste, sur ma propre expérience.

» Il faut d'abord se persuader qu'en suivant les principes connus, on n'est jamais qu'un homme ordinaire; que l'on ne paraît neuf qu'en s'en écartant; que les hommes n'admirent que ce qui les frappe, et que la singularité seule produit cet effet sur eux. On ne peut donc être trop singulier, c'est-à-dire qu'on ne peut trop affecter de ne ressembler à personne, soit par les idées, soit par les façons. Un travers que l'on possède seul fait plus d'honneur qu'un mérite que l'on partage avec quelqu'un.

» Ce n'est pas tout : vous devez apprendre à déguiser si parfaitement votre caractère, que ce soit en vain qu'on s'étudie à le démêler. Il faut encore que vous joigniez à l'art de tromper les autres, celui de les pénétrer; que vous cherchiez toujours, sous ce qu'ils veulent vous paraître, ce qu'ils sont en effet. C'est aussi un grand défaut pour le monde que de vouloir ramener tout à son propre caractère. Ne paraissez point offensé des vices que l'on vous montre, et ne vous vantez jamais d'avoir découvert ceux que l'on croit vous avoir dérobés. Il vaut souvent mieux donner mauvaise opinion de son esprit, que de montrer tout ce qu'on en a ; cacher, sous un air inappliqué et étourdi, le penchant qui vous porte à la réflexion, et sacrifier votre vanité à vos intérêts. Nous ne nous déguisons jamais avec plus de soin que devant ceux à qui nous croyons l'esprit d'examen. Leurs lumières nous gênent. En nous moquant de leur raison, nous voulons cependant leur montrer qu'ils n'en ont pas plus que nous. Sans nous corriger, ils nous forcent à dissimuler ce que nous sommes, et nos travers sont perdus pour eux. Si nous étudions les hommes, que ce soit moins pour prétendre à les instruire, que pour parvenir à les bien connaître. Renonçons à la gloire de leur donner des leçons. Paraissons quelquefois leurs imitateurs, pour être plus sûrement leurs juges; aidons-les par notre exemple, par nos éloges mêmes, à se développer devant nous, et que notre esprit ne nous serve qu'à nous plier à toutes les opinions. Ce n'est qu'en paraissant se livrer soi-même à l'impertinence, qu'il n'échappe rien de celle d'autrui.

— Vous me semblez vous contredire, interrompis-je : ce dernier précepte détruit l'autre. Si je deviens imitateur, je cesse d'être singulier.

— Non, reprit-il, cette souplesse d'esprit que je vous conseille, n'exclut pas la singularité que je vous ai recommandée. L'une ne vous est pas moins nécessaire que l'autre : sans la première, vous ne frapperiez personne, sans la seconde, vous déplairiez à tout le monde, ou du moins, vous perdriez le fruit de toutes les observations que vous feriez. D'ailleurs, on n'est jamais moins à portée de deviner ce que vous êtes que lorsque vous paraissez être tout; et un génie supérieur sait embellir ce que les autres lui fournissent, et le rendre neuf à leurs yeux mêmes.

» Une chose encore extrêmement nécessaire, c'est de ne s'occuper jamais que du soin de se faire valoir. On vous aura dit, peut-être même aurez-vous lu, que celui de faire valoir les autres est plus convenable; mais il me semble qu'on peut s'en reposer sur eux, et, pour moi, je n'ai encore vu personne, quelque modestie qu'il affectât, qui ne trouvât toujours en fort peu de temps le secret de m'apprendre à quel point il s'estimait, et combien je devais l'estimer moi-même.

» De toutes les vertus, celle qui, dans le monde, m'a toujours paru réussir le moins à celui qui la pratique, c'est la modestie. Ne soyons pas intérieurement prévenus de notre mérite, je le veux, mais paraissons l'être : qu'une certaine confiance soit peinte dans nos yeux, dans nos tons, dans nos gestes, et jusque dans les égards que nous avons pour les autres. Surtout, parlons toujours, et en bien, de nous-mêmes : ne craignons point de dire et de répéter que nous avons un mérite supérieur. Il y a mille gens à qui l'on n'en croit que parce qu'ils ne cessent pas de dire qu'ils en ont. Ne vous arrêtez point à l'air de froideur et de dégoût avec lequel on vous écoutera, au reproche même qu'on vous fera de ne vous perdre jamais de vue. Tout homme qui vous blâme de trop parler de vous, ne le fait que parce que vous ne lui laissez pas toujours le temps de parler de lui : plus modeste, vous seriez martyr de sa vanité. Je ne sais d'ailleurs si quelqu'un qui entretient les autres de ce qu'il croit valoir, est plus blâmable que celui qui, en se taisant sur lui-même, pense qu'il fait un sacrifice à la société, et s'il n'y a pas bien de l'orgueil à se croire obligé d'être modeste.

» Quoi qu'il en soit, il est plus sûr de subjuguer les autres, que de leur immoler sans cesse les intérêts de notre amour-propre. Le trop grand désir de leur plaire suppose le besoin qu'on en a. Ils ne sont jamais plus portés à nous juger avec sévérité, que lorsqu'ils nous voient chercher servilement à nous les rendre favorables. C'est avouer que nous croyons qu'un homme nous est supérieur, que d'être timide devant lui. Cette crainte de lui déplaire, même en le flattant, ne nous le gagne pas. L'hommage que nous lui rendons l'enhardit à nous trouver des défauts, sur lesquels, sans nos ménagements pour lui, il n'aurait peut-être jamais osé porter ses yeux. Il est vrai qu'il veut bien s'y prêter, mais la bonté avec laquelle il les excuse est une injure pour nous, que plus de confiance en nous-mêmes nous aurait épargnée. Cet orgueilleux qui pousse la

facilité jusques à vouloir bien nous rassurer, qui,
en blâmant nos vices, nous estime assez peu pour
ne plus nous dissimuler les siens, se serait cru
trop heureux d'obtenir de nous l'indulgence qu'il
nous accorde, si nous n'avions pas cru avoir
besoin de la sienne.

» Ce n'est pas là le seul inconvénient où nous
jette la timidité : je ne prétends pas vous parler
ici de celle qui ne vient que du peu d'usage que
l'on a du monde, et qui ne gêne l'esprit et la
figure que pour peu d'instants; mais de cette
timidité qui, naissant ou du peu de connaissance
que nous avons de nos avantages, ou du trop de
cas que nous faisons de ceux des autres, nous
jette dans le découragement, nous rend fort
inférieurs à nous-mêmes, et nous donne pour
maîtres, ou nous rend égaux du moins, des gens
que la nature a placés au-dessous de nous.

» Vous ne sauriez donc trop présumer de vos
forces, ni vous affaiblir assez celles des autres.
Gardez-vous surtout de vous faire du monde une
trop haute idée; n'imaginez pas que, pour y
briller, il faille être doué d'un mérite supérieur; si
vous le croyez encore, examinez-moi, voyez (car
je vais me donner pour exemple, et cela m'arrivera encore quelquefois) voyez ce que je deviens
quand je veux plaire : que d'affectations, de
grâces forcées, d'idées frivoles! Dans quels travers enfin ne donné-je pas?

» Pensez-vous que je me sois condamné sans
réflexion au tourment de me déguiser sans cesse?
Entré de bonne heure dans le monde, j'en saisis
aisément le faux. J'y vis les qualités solides
proscrites, ou du moins ridiculisées, et les
femmes, seuls juges de notre mérite, ne nous en

trouver qu'autant que nous nous formions sur
leurs idées. Sûr que je ne pourrais, sans me
perdre, vouloir résister au torrent, je le suivis. Je
sacrifiai tout au frivole; je devins étourdi, pour
paraître plus brillant; enfin, je me créai les vices
sont j'avais besoin pour plaire : une conduite si
ménagée me réussit.

» Je suis né si différent de ce que je parais, que
ce ne fut pas sans une peine extrême que je
parvins à me gâter l'esprit. Je rougissais quelquefois de mon impertinence : je ne médisais qu'avec
timidité. J'étais fat, à la vérité, mais sans grâces,
sans brillant, tel que beaucoup d'autres, et bien
loin encore de cette supériorité qu'en ce genre
depuis je me suis acquise.

» Il est sans doute aisé d'être fat, puisque
quelqu'un qui craint de le devenir a besoin de
veiller sans cesse sur lui-même, et que cependant
il n'y a personne qui n'ait sa sorte de fatuité :
mais il n'est pas si facile d'acquérir celle qu'il me
fallait. Cette fatuité audacieuse et singulière, qui,
n'ayant point de modèle, soit seule digne d'en
servir.

» Car quels que soient les avantages de la
fatuité, il ne faut pas croire qu'elle seule réus-
sisse, et qu'un homme qui est fat de bonne foi et
sans principes, aille aussi loin que celui qui sait
raisonner sur sa fatuité, et qui, occupé du soin de
séduire, et en poussant l'impertinence aussi loin
qu'elle peut aller, ne s'enivre point dans ses
succès, et n'oublie point ce qu'il doit penser de
lui-même. Un fat dont l'esprit est borné, et qui se
croit véritablement tout le mérite qu'il se dit, ne
va jamais au grand. Vous ne saurez imaginer
combien il faut avoir d'esprit pour se procurer un

succès brillant et durable dans un genre où vous
avez tant de rivaux à combattre, et où le caprice
d'une seule femme suffit souvent pour faire un
nom à l'homme du monde le moins fait pour être
connu. Combien de pénétration ne faut-il pas
avoir pour saisir le caractère d'une femme que
vous voulez attaquer, ou (ce qui est infiniment
plus flatteur, et ne laisse pas d'arriver quelquefois) que vous voulez réduire à vous parler la
première! De quelle justesse ne faut-il pas être
doué, pour ne pas se tromper à la sorte de
ridicule que vous devez exposer à ses yeux, pour
la rendre plus promptement sensible! De quelle
finesse n'avez-vous pas besoin pour conduire tout
à la fois plusieurs intrigues que pour votre
honneur vous ne devez pas cacher au public, et
qu'il faut cependant que vous dérobiez à chacune
des femmes avec qui vous êtes lié! Croyez-vous
qu'il ne faille pas avoir dans l'esprit bien de la
variété, bien de l'étendue, pour être toujours, et
sans contrainte, du caractère que l'instant où
vous vous trouvez exige de vous : tendre avec la
délicate, sensuel avec la voluptueuse, galant avec
la coquette? Être passionné sans sentiment,
pleurer sans être attendri, tourmenter sans être
jaloux : voilà tous les rôles que vous devez jouer,
voilà ce que vous devez être. Sans compter
encore que vous ne pouvez avoir trop d'usage du
monde pour voir une femme telle qu'elle est,
malgré le soin extrême qu'elle apporte à se
déguiser, et ne croire pas plus à la fausse vertu
que souvent elle oppose, qu'à l'envie qu'elle
témoigne de vous garder, lorsqu'elle s'est rendue.

— Ce détail est étonnant, lui dis-je, il m'effraie, je sens que je ne pourrai jamais en porter le poids.

— J'avoue, reprit-il, qu'il n'est pas fait pour tout le monde, mais j'ai meilleure opinion de vous que vous-même, et je ne doute pas que je ne vous voie bientôt partager avec moi l'attention publique; mais continuons.

» Je vous ai dit que vous ne pouviez point trop parler de vous. A ce précepte, j'en ajoute un que je ne crois pas moins nécessaire : c'est qu'en général vous ne pouvez assez vous emparer de la conversation. L'essentiel dans le monde n'est pas d'attendre pour parler que l'imagination fournisse des idées. Pour briller toujours, on n'a qu'à le vouloir.

» L'arrangement, ou plutôt l'abus des mots, tient lieu de pensées. J'ai vu beaucoup de ces gens stériles, qui ne pensent, ni ne raisonnent jamais, à qui la justesse et les grâces sont interdites, mais qui parlent avec un air de capacité des choses mêmes qu'ils connaissent le moins, joignent la volubilité à l'impudence, et mentent aussi souvent qu'ils racontent, l'emporter sur des gens de beaucoup d'esprit, qui, modestes, naturels et vrais, méprisent également le mensonge et le jargon. Souvenez-vous donc que la modestie anéantit les grâces et les talents; qu'en songeant à ce que l'on a à dire, on perd le temps de parler, et que, pour persuader, il faut étourdir.

— Je me souviens, lui dis-je, d'avoir vu quelquefois de ces gens que vous venez de me dépeindre; mais, loin qu'ils plussent, il me semble qu'on les accablait de tout le mépris qu'on leur doit, et qu'on les trouvait aussi insupportables qu'ils le sont.

— Dites, répondit-il, qu'on blâmait leurs travers, qu'on en riait même; mais que, malgré cela, ils ne plussent pas, l'expérience y est totalement contraire. Voilà l'avantage des ridicules, c'est de séduire et d'entraîner les personnes mêmes qui les blâment le plus.

» De tous ceux qui règnent aujourd'hui, le fracas est celui qui en impose le plus généralement, et surtout aux femmes. Elles ne regardent jamais comme vraies passions que celles qui commencent par les enlever à elles-mêmes. Ces attachements que l'habitude de se voir forme quelquefois, ne leur paraissent presque toujours que des affaires de convenance, dont elles ne croient devoir s'occuper que médiocrement. L'impression qu'on ne leur fait qu'avec lenteur, n'agit jamais sur elles avec vivacité. Il faut, pour qu'elles aiment vivement, qu'elles ne sachent pas ce qui les a déterminées à la tendresse. On leur a dit qu'une passion, pour être forte, devait commencer par un trouble extrême; et il y a trop longtemps qu'elles le croient, pour pouvoir imaginer qu'elles reviennent jamais de cette idée. Rien n'est plus propre à faire naître dans leur âme ce trouble enchanteur, que cette ivresse de vous-même qui, vous faisant tout hasarder, anime les grâces de votre personne, ou en couvre les défauts. Une femme admire, s'étonne, s'enchante, et, parce qu'elle se refuse à la réflexion, croit que ce sont vos charmes qui ne lui laissent pas le temps. Si par hasard elle songe à la résistance qu'elle pourrait vous faire, ce n'est que pour mieux se persuader qu'elle serait inutile, et qu'on n'en doit point employer contre quelque chose d'aussi fort, d'aussi imprévu, d'aussi extraordinaire enfin, qu'un coup de sympathie. Prétexte assez bien imaginé, dans le fond, pour se rendre promptement sans donner mauvaise opinion d'elle : puisqu'il n'y a point d'homme qui ne soit plus flatté d'inspirer tout d'un coup un amour violent, que de le faire naître par degrés.

— Quels que soient, lui dis-je, les avantages que l'on peut retirer d'une impudence sans bornes, je doute que je puisse jamais adopter un système qui m'obligerait à cacher les vertus que je puis avoir, pour me parer des vices que je n'aurais pas.

— Ce que vous venez de dire est parfaitement beau quant à la morale, reprit-il, mais le monde et elle ne s'accordent pas toujours, et vous éprouverez que, le plus souvent, on ne réussit dans l'un qu'aux dépens de l'autre. Il vaut mieux, encore un coup, prendre les erreurs de son siècle, ou du moins s'y plier, que d'y montrer des vertus qui y paraîtraient étrangères, ou ne seraient pas du bon ton.

— Du bon ton! repris-je.

— Vous ne saurez peut-être pas encore ce que c'est? repartit-il, d'un air railleur.

— Je vous avouerai, lui dis-je, qu'on m'a souvent ennuyé de ce terme, et d'autant plus, qu'on n'a pas encore pu me le définir. Ce ton de la bonne compagnie, si célébré, en quoi consiste-t-il? Les gens qui le veulent partout, et le trouvent à si peu de personnes, et dans si peu de choses, l'ont-ils eux-mêmes? Qu'est-ce enfin que ce ton?

— Cette question m'embarrasse, répondit-il.

C'est un terme, une façon de parler dont tout le monde se sert, et que personne ne comprend. Ce que nous appelons le ton de la bonne compagnie, nous, c'est le nôtre, et nous sommes bien déterminés à ne le trouver qu'à ceux qui pensent, parlent, et agissent comme nous. Pour moi, en attendant qu'on le définisse mieux, je le fais consister dans la noblesse, et l'aisance des ridicules; et je vais, en vous disant tout ce qu'il faut pour avoir le ton de la bonne compagnie, vous mettre en état de juger si ma définition est juste.

» Une négligence dans le maintien, qui, chez les femmes, aille jusques à l'indécence, et passe, chez nous, ce qu'on appelle aisance et liberté; tons et manières affectés, soit dans la vivacité, soit dans la langueur; l'esprit frivole et méchant, un discours entortillé : voilà ce qui, ou je me trompe fort, compose aujourd'hui le ton de la bonne compagnie. Mais ces idées sont trop générales pour vous; étendons-les.

» Quelqu'un qui veut avoir le ton de la bonne compagnie doit éviter de dire souvent des choses pensées : quelque naturellement qu'il les exprime, quelque peu de vanité qu'il en tire, on y trouve une affectation marquée de parler autrement que tout le monde et l'on dit d'un homme qui a le malheur de tomber dans cet inconvénient, non qu'il a de l'esprit, mais qu'il s'en croit.

» Comme c'est à la médisance uniquement que se rapporte aujourd'hui l'esprit du monde, on s'est appliqué à lui donner un tour particulier, et c'est plus à la façon de médire qu'à toute autre chose, que l'on reconnaît ceux qui possèdent le bon ton. Elle ne saurait être ni trop cruelle, ni trop précieuse. En général, et même lorsqu'on songe le moins à railler, ou qu'on en a le moins de sujet, on ne peut avoir l'air trop ricaneur, ni le ton trop malin. Rien n'embarrasse les autres davantage, ni ne donne une plus haute opinion de votre enjouement et de votre esprit. Que votre sourire soit méprisant, qu'une fade causticité règne dans tous vos propos. Avec de pareils secours, quelque peu de mérite qu'on ait d'ailleurs, on se distingue parce qu'on se fait craindre et que, dans le monde, un sot qui se tourne vers la méchanceté est plus respecté qu'un homme d'esprit qui, trop supérieur à ces vils objets pour descendre jusqu'à eux, rit en secret des travers de son siècle et les méprise assez pour ne pas même les blâmer tout haut.

» La noble négligence qu'on veut dans les manières, quelque recommandable qu'elle soit, est peu de chose sans celle de l'esprit. Les gens du bon ton laissent au vulgaire, et le soin de penser, et la crainte de penser faux. Persuadés d'ailleurs que, plus l'esprit est cultivé, moins il conserve de naturel, ils se sont volontairement bornés à quelques idées frivoles, sur lesquelles ils voltigent sans cesse; ou, si par hasard ils savent quelque chose, c'est d'une façon si superficielle, ils en font eux-mêmes si peu de cas, qu'il serait impossible de leur donner des ridicules là-dessus. Comme rien n'est plus ignoble à une femme que d'être vertueuse, rien n'est plus indécent à un homme du bon ton que de passer pour savant. L'extrême ignorance à laquelle l'usage semble le condamner, est cependant d'autant plus singulière qu'il est en même temps établi qu'il ne doit hésiter sur aucune décision.

— En effet, repris-je, cela ne laisse pas d'être embarrassant.

— Moins que vous ne croyez, répondit-il. Une profonde ignorance avec beaucoup de modestie, serait à la vérité fort incommode, mais, avec une extrême présomption, je puis vous assurer qu'elle n'a rien de gênant. D'ailleurs, devant qui parlez-vous ordinairement, pour être si inquiet sur ce que vous dites? S'il est du ton de la bonne compagnie de décider toujours, il n'en est point de justifier jamais sa décision, et la bonne opinion que l'on a de soi-même. Ignorer tout, et croire n'ignorer rien; ne rien voir, quelque chose que ce puisse être, qu'on ne méprise ou ne loue à l'excès; se croire également capable du sérieux et de la plaisanterie; ne craindre jamais d'être ridicule, et l'être sans cesse; mettre de la finesse dans ses tours et du puéril dans ses idées; prononcer des absurdités, les soutenir, les recommencer : voilà le ton de l'extrêmement bonne compagnie.

— Une chose m'embarrasse, interrompis-je. Comment des personnes qui n'ont rien appris, ou se sont cru dans l'obligation de tout oublier, peuvent-elles se parler sans cesse? Il faut nécessairement avoir l'esprit bien fécond pour soutenir, sans les ressources que fournissent les diverses connaissances, une conversation perpétuelle. Car enfin, je vois que dans le monde on ne tarit pas.

— C'est qu'on n'y a pas de fonds à épuiser, répliqua-t-il. Vous avez remarqué qu'on ne tarissait point dans le monde : ne vous seriez-vous pas aperçu aussi qu'on s'y parle toujours sans se rien dire? Que quelques mots favoris, quelques tours

précieux, quelques exclamations, de fades sourires, de petits airs fins, y tiennent lieu de tout?

— Mais on y disserte sans cesse! repris-je.

— Eh bien! oui, répondit-il, on y disserte sans
raisonner, et voilà ce qui fait le sublime du bon
ton. Est-ce que l'on peut, sans s'appesantir,
suivre une idée? On peut la proposer, mais a-t-on
jamais le temps de l'établir? N'est-ce pas même
blesser la bienséance que d'y songer? Oui. La
conversation, pour être vive, ne saurait être assez
peu suivie. Il faut que quelqu'un qui parle guerre
se laisse interrompre par une femme qui veut
parler sentiment; que celle-ci, au milieu de toutes
les idées que lui fait naître un sujet si noble, et
qu'elle possède si bien, se taise pour écouter un
couplet galamment obscène; que celui, ou celle
qui le chante, cède, au grand regret de tout le
monde, la place à un fragment de morale, qu'on
se hâte d'interrompre pour ne rien perdre d'une
histoire médisante, qui, quoique écoutée avec un
extrême plaisir, bien ou mal contée, est coupée
par des réflexions usées ou fausses, sur la
musique ou la poésie, qui disparaissent peu à peu
et sont suivies par des idées politiques sur le
gouvernement, que le récit de quelques coups
singuliers arrivés au jeu abrège dans le temps
qu'on y compte le moins; et qu'enfin un petit-
maître, après avoir longtemps rêvé, traverse le
cercle et dérange tout, pour aller dire à une
femme qui est loin de lui qu'elle n'a pas assez de
rouge, ou qu'il la trouve belle comme un ange.

— Voilà un portrait bien bizarre, lui dis-je.

— Il n'en est pas moins ressemblant, répliqua-
t-il. Au reste, il peut vous prouver qu'il n'y a
personne qui ne puisse trouver dans sa vanité, ou

dans la stérilité d'autrui, de quoi sentir moins le peu qu'il vaut, et se faire, en dépit de la nature même, une sorte de mérite qui le mette au niveau de tout le monde.

Mais, vous, lui demandai-je, avez-vous le ton de la bonne compagnie?

Assurément, reprit-il, je le méprise, mais je l'ai pris. Vous avez dû vous apercevoir que je n'ose parler devant personne comme je viens de le faire avec vous, et quand je vous ai prié de me garder, sur tout ce que je vous dirais, un secret inviolable, c'est qu'il m'est d'une extrême conséquence qu'on ne sache pas ce que je suis et à quel point je me déguise. Je vous conseille, encore un coup, de m'imiter. Sans cette condescendance, vous n'acquerrez que la réputation d'un esprit dur et peu fait pour la société. Plus vous refuserez de vous prêter aux travers, plus on s'empressera à vous en donner. Je ne suis pas le seul qui ai senti que, pour ne point passer pour ridicule, il faut le devenir, ou le paraître du moins. Le bon ton a moins d'admirateurs qu'on ne croit, et quelques-uns de ceux qui semblent s'y livrer le plus, ne laissent pas d'être persuadés avec moi que, pour avoir le ton de la vraiment bonne compagnie, il faut avoir l'esprit orné sans pédanterie, et de l'élégance sans affectation, être enjoué sans bassesse et libre sans indécence.

» A présent, ajouta-t-il, nous pourrions en venir aux femmes. Mais la conversation que nous venons d'avoir ensemble a été d'une longueur si énorme qu'avec plus d'ordre, et des idées plus approfondies, elle pourrait presque passer pour un Traité de Morale. Remettons-en le reste à un autre jour. Si vous avez autant d'envie d'apprendre que j'en ai de vous instruire, nous saurons aisément nous retrouver.

Au moins, lui dis-je, répondez a la question que je voulais vous faire. Pourquoi avons-nous besoin qu'une femme nous mette dans le monde?

— Quelque simple que cette question vous paraisse, elle tient à tant de choses, que je ne saurais y répondre sans m'engager dans des détails immenses, répliqua-t-il. Je me suis plu a l'étude des femmes, je crois à présent les connaître : je vous en parlerais trop longtemps.

— Eh bien! lui dis-je, effleurons la matière; quelque autre jour nous l'approfondirons.

— Non, reprit-il, il m'en coûterait tout autant, et vous ne seriez pas bien instruit. C'est un sujet qu'il faut traiter de suite[9], et qui mérite une attention particulière.

— Pour moi, lui dis-je, il me semble que ce n'est pas travailler pour ses plaisirs que de chercher tant à connaître les femmes. Cette étude, quand on ne la perd pas de vue, occupe l'esprit dans les temps mêmes où le sentiment seul devrait agir. D'ailleurs, je crois qu'il vaut mieux compter trop sur ce qu'on aime, que de l'examiner avec tant de sévérité.

— Vous supposez apparemment, répliqua-t-il, que ce que l'on aime doit perdre à l'examen.

— Je connais si peu les femmes, répondis-je, qu'il serait peu convenable de me décider sur ce que j'en dois penser; mais je crois en même temps qu'il y en a dont je puis, en attendant que vous m'instruisiez, penser aussi mal que je voudrai. Ne me laissez-vous point, par exemple, le champ libre sur Madame de Senanges?

— Oh! oui, répondit-il; mais vous serez un

jour bien honteux du mal que vous m'en aurez
dit, et bien plus encore, quelque temps après, des
éloges que vous m'en aurez faits. Je prévois tout
ce qui arrivera du dégoût que vous avez conçu
pour elle, quoique fort injustement. Vous rendrez, malgré vous, justice à ses charmes, et qui
sait si ce n'est point par amour-propre que vous
dissimulez actuellement l'impression qu'elle vous
a faite? Qui sait enfin, si, dans le temps que vous
paraissez si content de son absence, et du silence
qu'elle garde avec vous, vous ne soupirez pas
après son retour ou ne mourez pas de douleur de
sa négligence?

— Si cela est ainsi, repris-je, il faut avouer que
les tourments de l'amour sont bien aisés à
soutenir, car on ne peut pas être moins occupé de
quelque chose que je ne le suis de Madame de
Senanges. Je vous avouerai cependant que je suis
surpris qu'entre deux femmes, qui me paraissent
d'un égal mérite, vous ne cherchiez pas à me
déterminer pour la plus jeune, et après tout, la
plus aimable, Madame de Mongennes...

— Je ne m'y oppose assurément pas, interrompit-il, mais je ne puis en honneur vous
conseiller de la prendre; et, sans entrer dans les
raisons que j'ai pour cela et qui à présent nous
mèneraient trop loin, je vous dirai simplement
que Madame de Senanges vous convient mieux
que Madame de Mongennes : celle-ci compterait
pour rien, même en vous ayant, le bonheur de
vous plaire; l'autre ne croirait jamais pouvoir
assez s'en faire honneur : et à l'âge où vous êtes,
c'est à la plus reconnaissante, et non à la plus
aimable, que vous devez donner la préférence. »

Nous remontâmes alors en carrosse, et nous

employâmes le temps que nous avions encore à
être ensemble, lui, à tâcher de me convaincre
du besoin que j'avais de prendre Madame de
Senanges, et moi, à lui persuader que cela ne
pourrait jamais être.

Je ne fus pas plutôt rentré, que, sans faire
beaucoup de réflexions à tout ce que Versac
m'avait dit, je repris mon emploi ordinaire.
Rêver à Hortense, m'affliger de son départ, et
soupirer après son retour, étaient alors les seules
choses dont je pusse m'occuper.

Ce jour si vivement désiré vint enfin. J'allai
chez Hortense et j'appris qu'elle et Madame de
Théville étaient revenues, et sorties. Je crus, je
ne sais pourquoi, qu'elles ne pouvaient être que
chez Madame de Lursay, et j'y volai. Un intérêt
trop vif m'y conduisait, pour qu'il pût être
balancé par la crainte de la revoir, et d'ailleurs
ma colère s'était affaiblie, et par le temps, et par
les réflexions que, malgré moi-même, j'avais
faites sur mon injustice.

Il y avait beaucoup de monde chez Madame de
Lursay, mais je n'y trouvai pas Hortense. L'espérance de l'y voir arriver, et la certitude qu'au
milieu d'un cercle si nombreux Madame de Lursay ne trouverait pas un moment pour me parler,
modérèrent mon chagrin et me firent rester. Elle
jouait quand j'arrivai, et sans paraître ni trou-
blée, ni émue de ma présence, elle ne prit avec
moi que les façons que je lui avais vues lorsqu'il
n'était encore question de rien entre nous deux.

Après les premières politesses qu'elle me fit
dans toutes les règles, sans embarras et sans
affectation, elle se rendit à son jeu. J'étais auprès
d'elle et quelquefois elle me parlait sur les coups

singuliers qui lui arrivaient, mais d'un air détaché : elle avait tant de gaieté dans les yeux, je lui
trouvais l'esprit si libre, que je ne pus pas douter
qu'elle ne m'eût oublié.

Les raisons que j'avais de souhaiter son indifférence me firent recevoir avec une extrême joie
tout ce qui pouvait me la prouver. Tout déterminé que j'étais à rompre avec elle, je ne savais
pas comment lui dire que je ne l'aimais plus. Le
respect qu'elle m'avait inspiré était en moi
comme ces préjugés d'enfance, contre lesquels on
se révolte longtemps, avant que de pouvoir les
détruire.

Quelques choses que j'en pensasse dans ce
moment, l'estime que j'avais eue pour elle me
tyrannisait encore et me forçait à lui déguiser
mes sentiments. Je redoutais surtout une explication qui ne pouvait m'être jamais que désavantageuse, puisqu'il n'y avait eu, dans ses procédés,
rien qui pût justifier mon changement, et que
j'avais à me reprocher tous les miens. Le parti
que je lui voyais prendre était donc le seul qui
pût me convenir : il nous faisait rompre sans
éclat, sans altercation, sans lenteurs, et nous
délivrait l'un et l'autre de ces conversations
funestes qui brouillent souvent les amants qui se
quittent, plus encore que leurs torts mêmes.

Au milieu de tant de sujets de joie, je ne sais
quel mouvement s'éleva dans mon cœur. Charmé
qu'elle m'eût quitté, je ne concevais pas qu'elle
l'eût pu faire aussi promptement. Je craignis, à
ce qu'il me sembla, que sa froideur ne fût affectée
et que je ne la dusse qu'à la contrainte que le
monde qui était chez elle lui imposait. Sans
connaître beaucoup l'amour, j'imaginais qu'il ne

s'éteint pas tout d'un coup; qu'on peut, dans un violent accès de jalousie, former le projet de ne plus aimer, mais qu'on ne l'exécute pas; que souvent on se déguise ses sentiments, qu'on veut même les cacher à l'objet qui les fait naître, mais que cette dissimulation coûte trop pour durer longtemps, et qu'on ne sort souvent de cette feinte tranquillité que pour éclater avec moins de ménagement. De ce raisonnement je concluais que Madame de Lursay pouvait bien n'être pas aussi libre qu'elle me le paraissait, et que j'étais peut-être assez malheureux pour en être plus aimé que jamais.

Pour m'en éclaircir, je l'étudiais avec soin, et plus, par l'examen que j'en faisais, je trouvais de quoi m'assurer que son changement était réel, plus je sentais diminuer la joie que d'abord il m'avait causée. Sans pénétrer la cause du trouble qui se répandait dans mon âme, je m'y plongeai tout entier; je devins rêveur, et me croyant toujours charmé d'avoir perdu Madame de Lursay, je cessai cependant de lui savoir si bon gré de son inconstance.

Je me demandai enfin quelle était la sorte d'intérêt qui m'attachait aux mouvements d'une femme que je n'aimais plus et que je n'avais même jamais aimée. En effet, que m'importait-il qu'elle m'eût ôté son cœur, et que pouvais-je avoir à craindre, que le malheur d'en être encore aimé?

Ce que je me disais là-dessus était sensé, et, à force de me le redire, je crus avoir triomphé de ma vanité. Ce n'était pas sans dessein que Madame de Lursay cherchait à la mortifier, et ce ne fut pas non plus sans succès.

Sa partie finit. Elle me proposa de jouer avec elle, j'acceptai. Mon oisiveté m'ennuyait et je me flattai que l'occupation du jeu m'enlèverait à des idées qui commençaient à m'être importunes. Je jouai donc, mais avec une distraction extrême, et n'osant presque jamais regarder Madame de Lursay dont l'air assuré et tranquille ne se démentait pas et qui se livrait avec intrépidité aux remarques qu'elle voyait que je faisais sur elle.

Jusque-là, je pouvais croire simplement que je n'étais plus aimé, et elle ne m'avait pas encore donné lieu de penser qu'elle en aimât un autre.

Le marquis de ***, qui jouait avec nous et qu'elle avait ramené de la campagne, lui parut apparemment propre à me donner de l'inquiétude. Elle commença à lui sourire, à le regarder fixement et à lui faire enfin de ces agaceries qui, quoique peu fortes en elles-mêmes, répétées deviennent décisives.

Sans se compromettre au point de lui donner des espérances et de s'attirer une déclaration dont elle aurait été embarrassée, elle en fit assez pour me faire croire que, non contente de rompre avec moi, elle cherchait à se consoler de ma perte et que c'était assurément un commencement d'aventure. Je ne la regardais jamais que je ne trouvasse ses yeux attachés sur le marquis et elle ne s'apercevait pas plutôt de l'attention avec laquelle je l'examinais, qu'elle ne les ramenât précipitamment sur ses cartes comme si c'eût été à moi surtout qu'elle eût voulu cacher ses sentiments.

Ce manège à la fin m'impatienta : ce n'était pas qu'il intéressât mon cœur, mais il me semblait que je jouais là un rôle désagréable et qu'au

moins elle aurait dû me l'épargner. Je me sentais
pour elle un mépris, elle m'inspirait une indignation qu'à peine je pouvais dissimuler !

« Versac ne m'a pas trompé, me disais-je, et je
ne sais pas comment on ne donne que le nom de
coquette à une femme de cette espèce. Jamais on
n'a agi avec moins de ménagements. Qu'elle ait
cessé de m'aimer, cela est simple, son changement m'oblige, et à Dieu ne plaise que je veuille
le lui reprocher ! Mais que rien ne l'arrête, et
qu'avec plus d'indécence qu'elle n'en peut trouver à Madame de Senanges, que, sans m'avoir dit
du moins qu'elle voulait rompre avec moi, sans
que ma présence la contraigne, sans être sûre
même que je ne l'aime plus, elle se livre avec tant
de fureur à un nouveau goût, c'est, je l'avoue, ce
que je n'aurais jamais osé imaginer. Mais elle ne
m'a pas aimé, reprenais-je. Je n'ai été, comme
Pranzi et mille autres, que l'objet de son caprice.
L'homme qui lui plaît aujourd'hui lui sera
inconnu demain et j'aurai bientôt le plaisir de lui
voir un successeur. »

Pendant que je m'entretenais d'une façon si
peu flatteuse pour elle, je ne songeais point à
m'observer et mon air froid et brusque ne lui
permettait pas d'ignorer ce qui se passait dans
mon cœur. Il m'échappait des mouvements d'impatience qu'elle savait bien qu'ordinairement le
jeu ne me donnait pas, et que je ne pouvais pas
même alors rejeter sur lui. Je regardais ma
montre à chaque instant, et, comme si ce n'eût
pas été assez d'elle pour m'apprendre l'heure
qu'il était, je consultais encore celle des autres.
Madame de Lursay m'interrogea deux fois sans
pouvoir tirer de moi rien qui répondît à ce qu'elle

m'avait demandé. J'étais devenu stupide et, ce qu'il y a de plus singulier, c'est que tout cela se passait dans mon cœur pour une femme à qui le moment d'auparavant j'aurais dit avec joie : « Rompons, ne nous soyons plus rien l'un à l'autre », dont le changement m'était nécessaire, dont la seule idée m'était importune; et qu'enfin ce cœur, que son inconstance déchirait, était tout entier à une autre.

Quelle bizarrerie ! Et nous osons reprocher aux femmes leur vanité ! Nous ! qui sommes sans cesse le jouet de la nôtre, qu'elle fait passer à son gré de la haine à l'amour, et de l'amour à la haine, et qui nous fait sacrifier la maîtresse la plus tendrement aimée et la plus digne de l'être à la femme du monde que nous aimons le moins et que souvent nous méprisons le plus !

Telle était à peu près ma situation. Je cédais insensiblement à Madame de Lursay sans le savoir. J'étais outré qu'elle eût pu sitôt songer à un autre engagement et ce qui, si j'avais su penser, aurait dû me détacher d'elle pour toujours, était ce qui la rendait pour mon cœur plus redoutable que jamais.

Je ne pouvais cependant pas dire que ce qu'elle m'inspirait fût de l'amour : j'étais entraîné par des mouvements que je ne connaissais point, et que je n'aurais pas pu me définir. Ils étaient violents sans être tendres; aucun désir ne s'y mêlait, et j'étais piqué sans être amoureux. Qu'elle eût paru sensible un instant, que je l'eusse revue jalouse, emportée, qu'elle eût fait des efforts pour me ramener, le charme se serait dissipé : ma vanité contente de l'humiliation où je l'aurais vue, mon cœur n'aurait plus retrouvé

en elle qu'un objet indifférent, et peut-être
méprisé.

Ce fut ce qui n'arriva pas. Madame de Lursay
savait combien il serait dangereux pour elle de
me détromper : elle n'avait pas besoin de m'étudier pour démêler ce qui se passait dans mon
âme. J'aurais été le premier sur qui son stratagème, tout usé qu'il était, aurait été sans
puissance, mais pour qu'il fît tout ce qu'elle en
attendait, il fallait le pousser jusqu'où il pouvait
aller. Je n'étais encore qu'ébranlé, et elle me
voulait vaincu.

La partie où elle m'avait engagé ne fut pas
sitôt finie, que, dans mon premier mouvement de
dépit, je m'approchai pour prendre congé d'elle;
mais d'un air si contraint, qu'elle sentit bien
qu'elle n'aurait pas de peine à me faire rester.

« Où voulez-vous aller? me dit-elle gaiement.
Quelle folie! Il est si tard! J'ai compté sur vous.
Vous me désobligerez de ne pas demeurer ici.

— Je vous désobligerais bien plus d'y rester,
répondis-je d'un ton ému, et je ne pars que pour
ne vous pas déplaire.

— C'est, reprit-elle, sans me contraindre en
aucune façon que je cherche à vous retenir. J'ai
toujours beaucoup de plaisir à vous voir. Je ne
conçois pas sur quoi vous pouvez jamais vous
croire de trop chez moi. On est accoutumé à vous
y voir vivre avec une extrême liberté et l'on doit
être surpris, je dois l'être toute la première, de
vous voir aujourd'hui faire des façons si longtemps bannies d'entre nous.

— Je les crois à présent, Madame, repartis-je,
plus nécessaires que jamais.

— Quelle idée! répondit-elle, en haussant les épaules. Que vous êtes déraisonnable!

— Ah, que je le suis peu, Madame, répliquai-je, et que vous savez bien...

— Enfin (interrompit-elle en se levant comme si elle eût craint d'entrer dans le moindre détail), vous êtes le maître, je ne prétends pas vous gêner. Restez, vous me ferez plaisir. Partez, si ce que je vous propose ne vous en fait pas. »

Je crus voir à son air froid qu'elle avait dans le fond envie que je partisse et qu'elle destinait, sans doute, l'après-souper au marquis. Je me fis un plaisir secret de les gêner par ma présence et de me donner d'ailleurs la douce satisfaction de voir Madame de Lursay se dégrader de plus en plus à mes yeux et justifier tout le mépris que je croyais avoir pour elle.

Peu de temps après, on servit. Sans y penser, à ce que je croyais, et uniquement par habitude, je voulus me mettre auprès de Madame de Lursay. Elle s'en aperçut, et loin de paraître m'en savoir gré, elle arrangea les choses de façon que ce fut le marquis, que je regardais toujours comme mon successeur, qui se mit à la place où je désirais d'être. Quoique cette préférence qu'elle lui donnait sur moi eût été habilement conduite, elle ne m'échappa pas, et j'en ressentis un dépit extrême. Si elle m'avait offert cette place, il est constant que je ne l'aurais pas prise : mais je ne pus, sans colère, la voir remplir par un autre.

Bientôt le souper s'anima. Madame de Lursay qui, après avoir mortifié ma vanité, voulait me plaire, n'épargna rien pour y réussir. Cette séduisante coquetterie, plus puissante sur nous que la beauté même, ces airs agaçants que nous méprisons quelquefois et auxquels nous cédons toujours, les sourires les plus tendres, les regards les plus vifs, tout fut, et inutilement, employé. Persuadé que le seul désir d'engager mon rival lui donnait tous ces charmes, je me révoltai contre eux. Son enjouement me parut contraint, son esprit, apprêté, et les grâces dont elle venait de s'embellir me semblèrent peu faites pour son âge. Je regardais tout avec des yeux jaloux. Mon cœur était troublé par la colère mais tranquille du côté de l'amour. Du moins tout entier à la haine que m'inspirait Madame de Lursay, n'eus-je pas lieu de me douter que je la trouvais belle.

Nous marquons trop nos désirs, ils agissent trop sensiblement sur nous, pour qu'ils puissent échapper à la femme même la moins habile. Madame de Lursay, qui n'était point dans le cas de pouvoir se méprendre à mes mouvements, connut à la froideur de mes regards qu'elle ne faisait pas sur moi une aussi vive impression qu'elle aurait désiré. Il est à croire qu'elle craignit de m'avoir trop laissé penser qu'elle ne songeait plus à moi, puisque, sans quitter absolument son premier projet, elle commença à me regarder avec moins de tiédeur que je ne lui en avais vue jusque-là.

Elle en faisait trop peu pour me tirer de l'état où elle m'avait mis, et elle fit cependant bien de n'en pas risquer davantage. Quand elle m'aurait séduit alors au point où elle le voulait, que pouvait pour elle une séduction momentanée que mes réflexions auraient détruite, ou qui se serait dissipée d'elle-même avant qu'elle pût la saisir, et qui, peut-être, pour avoir été précipitée, m'aurait usé l'imagination inutilement, et moins disposé à

être sensible, quand il lui aurait importé le plus
que je le fusse?

Elle était assez sage pour faire ces réflexions, et
sans doute elle les fit. Le souper continua sans
qu'elle parût avoir pour moi plus que ces soins
d'usage dans la société, et que les femmes ont
pour les hommes qui leur sont le plus indiffé-
rents, quand elles vivent avec eux. Ses discours
furent aussi mesurés que ses regards, et elle se
conduisit avec tant d'adresse qu'après m'avoir
d'abord donné lieu de croire qu'elle avait sérieusement rompu avec moi, et qu'elle songeait même
à s'engager avec un autre, je dus en sortant de
table espérer seulement qu'il ne serait pas impossible de la faire ressouvenir qu'elle m'avait aimé
et de la retrouver plus tendre qu'elle ne l'avait
jamais été pour moi.

Quoique, vain comme je l'étais, il fût naturel
que je songeasse à la rengager, et que les désirs
dussent être la suite de mes mouvements, ce ne
fut pas ce qui m'occupa. J'étais piqué de n'être
point regretté de Madame de Lursay, et je ne la
regrettais pas. Peu de temps même après le
souper, ayant presque perdu de vue l'objet qui
m'avait déterminé à rester chez elle, je fus prêt à
suivre quelques personnes qui en sortaient.

« Qu'elle reste, me dis-je, avec cet heureux
amant qui me succède. Qu'ils passent ensemble la
plus charmante des nuits. Que m'importent leurs
plaisirs, pour vouloir les troubler? Je n'aime pas;
pourquoi serais-je jaloux? »

En conséquence de ce raisonnement je me
levais, lorsque le marquis, à qui je supposais une
si grande impatience de se trouver seul avec
Madame de Lursay, lui dit qu'il allait prendre

congé d'elle. Ce discours me surprit. Je crus
qu'elle ferait des efforts pour le retenir; mais,
après lui avoir représenté froidement qu'il pourrait la quitter plus tard, elle le laissa partir, sans
prendre seulement avec lui jour pour le revoir.

Une si grande indifférence, après ce qui s'était
passé, ne me parut pas naturelle. Loin d'imaginer
qu'ils ne pensaient pas l'un à l'autre et que mes
soupçons étaient mal fondés, je crus au contraire,
comme ils s'étaient longtemps parlé bas, et que,
pendant cette conversation, elle avait eu un air
mystérieux et embarrassé, que leurs arrangements étaient pris, que cette prompte retraite du
marquis n'était que simulée, et qu'à peine le peu
de monde qui était encore chez Madame de
Lursay l'aurait quittée, qu'il y reparaîtrait.

Cette idée n'était rien moins que romanesque,
et je pouvais l'avoir sans blesser la vraisemblance
et nos usages. Je pensai aussi qu'il y aurait
autant de finesse à troubler Madame de Lursay
dans son rendez-vous, qu'il y en avait eu à le
deviner. Je me fis une joie maligne de rester si
longtemps chez elle, que le marquis s'en impa-
tientât, et pût même penser que, sans avoir été
heureux, ou sans l'être encore, je ne pouvais pas
avoir le droit d'être importun au point où je me
promettais de le lui paraître.

A tant de raisons, il s'en joignit une à laquelle
je ne fus pas insensible et qui, plus que toutes les
autres, me porta à désirer une conversation
particulière avec Madame de Lursay. J'étais
persuadé qu'elle m'avait trompé et que je ne
devais jamais lui pardonner la fausseté d'avoir
voulu me paraître respectable. Il me semblait
que, ne voulant plus la revoir sur le pied où nous

avions été ensemble, il y allait de ma gloire [10] à
lui apprendre combien j'étais instruit et à lui ôter
le plaisir de croire que je conservais pour elle
toute l'estime qu'elle se flattait de m'avoir
inspirée; que je ne pouvais pas, pour exécuter ce
projet, saisir un meilleur temps que celui où,
malgré cette rigide vertu dont par trois mois de
soins je n'avais pas pu triompher, elle donnait
des rendez-vous à quelqu'un qui, peut-être,
n'avait eu ni le temps, ni le désir de lui en
demander. Je me faisais enfin un tableau si
touchant de la confusion où je ne doutais pas
qu'elle ne tombât, et de l'impatience où je la
mettrais, qu'il me fut impossible de m'en refuser
le spectacle.

Occupé de ces agréables idées, j'attendais le
moment où je pourrais les voir remplies. Il vint
enfin. Je fis semblant de sortir avec tous les
autres et je dis adieu à Madame de Lursay d'un
air si naturel, qu'elle m'en parut choquée. Je
restai quelque temps dans l'antichambre à parler
bas à un de mes gens à qui je n'avais rien de
particulier à dire et, tous les équipages sortis, je
rentrai.

Je trouvai Madame de Lursay sur un canapé
où elle rêvait. De quelque courage que je me
fusse armé, je ne me vis pas plutôt seul avec elle,
que je fus fâché de m'y être renfermé, et que
j'eusse bien voulu n'avoir pas imaginé que j'avais
tant de choses à lui dire. Toutefois la nécessité
de me tirer heureusement d'une aventure où je
m'étais embarqué moi-même, le dépit que sa vue
m'inspirait, et le plaisir de la mortifier me rendirent ma fermeté.

« Quoi! c'est vous, me dit-elle avec étonnement! Oserais-je vous demander pourquoi vous revenez? Que voulez-vous qu'on pense de vous voir rester ici?

— Je crois, Madame, répondis-je d'un air railleur, que ce n'est pas de ce qu'on en peut penser que vous êtes inquiète, et qu'un soin plus important vous tourmente.

— Je n'ai jamais répondu à ce que je n'entendais pas, répliqua-t-elle, ni demandé ce que je ne me souciais pas d'apprendre; ainsi, sans vous interroger sur le sens de ce que vous venez de me dire, je vous prierai simplement de vouloir bien ne pas rester chez moi à l'heure qu'il est.

— Je sais, repris-je, combien je vous obligerais de partir, mais il n'est qu'une heure et je voudrais bien que vous me permissiez d'en passer encore quelques-unes auprès de vous.

— La proposition est sans doute fort honnête, répondit-elle en contrefaisant le ton poli dont je lui parlais, et je suis sincèrement fâchée de ne pouvoir pas l'accepter.

— Vous le pouvez, Madame, repris-je, et j'ai peut-être assez de choses à vous dire pour vous faire passer sans ennui le temps que je vous supplie de vouloir bien m'accorder.

— Quand je voudrais bien n'en pas douter, repartit-elle, les instants que vous prenez pour cela n'en seraient pas mieux choisis et, d'ailleurs, vous pouvez avoir beaucoup de choses à me dire, sans qu'elles aient de quoi me plaire : car, entre nous, et sans vouloir vous rien reprocher, je ne vois pas que jusqu'ici vous m'ayez amusée beaucoup.

— Vous serez ce soir plus contente de moi, Madame, répondis-je, et la certitude que j'en ai m'a fait hasarder une demande que je ne suis pas surpris que vous trouviez indiscrète. Je n'ignore aucune des raisons qui vous la font paraître telle. Je sais que je remplis des moments que vous aviez destinés à des plaisirs plus doux que celui de m'entendre et que, sans compter l'impatience que je vous cause, vous avez à partager celle de quelqu'un qui, peut-être, en gémissant de l'obstacle que j'apporte à ses plaisirs, ne vous croit pas absolument innocente du chagrin que je lui fais.

— Voilà sans contredit, s'écria-t-elle, une belle phrase! Elle est d'une élégance, d'une obscurité et d'une longueur admirables! Il faut, pour se rendre si inintelligible, furieusement travailler d'esprit.

— Si vous me le permettez, lui dis-je, je serai plus clair.

— Oh! je vous le permets, reprit-elle vivement, j'ose même vous en prier. Je ne serai pas fâchée de connaître toutes les petites idées qui vous occupent : elles doivent être rares.

— Mais pardonnez-moi, Madame. Ces idées que vous croyez rares, sont assez généralement répandues.

— Le préambule m'excède, Monsieur, reprit-elle brusquement, venons au fait.

— Venons-y donc, répondis-je, en rougissant de colère. Vous avez cru longtemps, Madame, continuai-je, que vous pourriez m'en imposer toujours et que, sur la belle résistance qu'il vous a plu de me faire, j'estimerais votre conquête assez pour croire que j'aurais été le seul qui l'eût faite et pour vous en tenir compte sur ce pied-là. Vous l'avez cru, et vous aviez raison...

— Asseyez-vous, Monsieur, interrompit-elle tranquillement. Ce début m'annonce quelque chose de long, et je serai charmée que vous soyez à votre aise. »

Je m'assis vis-à-vis d'elle et, quoique un peu déconcerté par son air ironique, je poursuivis ainsi :

« Je vous disais, Madame, que vous aviez raison de croire que je me trouverais infiniment heureux de vous plaire. Ma jeunesse et le peu d'usage que j'avais du monde vous répondaient de ma crédulité, et, si j'avais été plus instruit, vous auriez dû compter moins sur elle. Vous n'avez pas eu besoin de beaucoup d'artifice; vous pouviez même en employer moins que vous n'avez fait, et c'était penser de moi trop avantageusement que de croire qu'il fallût, pour me tromper, tout le manège dont vous vous êtes servie. Oui, Madame, je l'avouerai, je vous respectais trop aveuglément pour oser douter un instant que vous ne fussiez telle que vous vouliez me le paraître, que vous n'eussiez toujours vécu loin de l'amour, que ce ne fût en vain qu'on avait attaqué votre cœur, et que je ne fusse le premier qui eût pu le rendre sensible.

— Vous l'avez cru, interrompit-elle, mais il me semble que, pensant avantageusement de moi, vous n'aviez pas mauvaise opinion de vous-même. Ce n'était assurément pas vous estimer peu, que de vous croire fait pour séduire une femme qui, jusques à vous, avait si bien résiste. Eh bien! ensuite d'une idée aussi modeste, que pensâtes-vous?

— Ne me la reprochez pas, Madame, repris-je avec émotion, vous y gagniez plus que moi. Si je

ne vous avais regardée que comme une femme
ordinaire, je vous aurais peut-être moins aimée et
j'ose douter que vous eussiez été satisfaite de ne
m'avoir inspiré qu'un goût faible, peu digne de
vos charmes, et qu'il n'aurait pas été décent à
vous de récompenser.

» Mon extrême timidité, et la peine que j'eus à
vous parler de mon amour, durent vous
apprendre que j'avais peu d'espérance de vous
plaire et vous prouver tout le respect que vous
m'aviez fait naître.

— Á votre âge, dit-elle, qu'on respecte ou non
une femme, on est de même auprès d'elle et je ne
vois pas à propos de quoi vous voudriez que je
vous tinsse compte d'un mouvement de crainte
que je devais plus à votre imbécillité qu'au
respect que vous aviez pour moi.

— Quelle qu'en fût la cause, repris-je, mon
trouble ne vous en était pas moins agréable et
vous deviez être flattée de me voir des craintes
que peut-être vous ne deviez pas m'inspirer.

— Mais non, répliqua-t-elle, le plaisir qu'elles
m'ont donné a été médiocre. Les choses ridicules
n'amusent pas longtemps. Poursuivez. Eh bien!
vous ne deviez pas m'estimer autant que vous
avez fait, et vous vous en repentez, n'est-il pas
vrai? Après.

— On m'a détrompé, Madame. J'ai appris
combien mes craintes étaient déplacées et je ne
me consolerais jamais du ridicule qu'elles m'ont
donné, si le plaisir de me les voir ne vous en avait
pas coûté d'autres.

— Oui, repartit-elle, avec un extrême sang-
froid, je ne disconviens pas qu'elles ne m'aient
fait jouer plus d'une fois un assez mauvais

personnage, mais c'était précisément par cette raison qu'elles ne pouvaient pas m'amuser.

— Je ne les aurais pas aujourd'hui, repris-je d'un ton menaçant.

— Ce serait peut-être un peu tard que vous voudriez vous en défaire, répliqua-t-elle, et vous ferez tout aussi bien de les garder. Mais, dites-moi, j'ai donc eu le cœur extrêmement tendre? Vous savez sans doute toutes mes aventures; pourrais-je espérer de vous la complaisance de me les raconter?

— Je craindrais d'abuser de votre patience, répondis-je, fort embarrassé des impertinences que je lui disais, et du peu de cas qu'elle semblait en faire.

— Ce n'est là qu'un mot, repartit-elle, et un mot aussi mauvais qu'il est impoli; mais je vous le pardonne. Vous ignorez, avec les femmes, jusqu'à la façon dont on doit leur parler. Ce que vous venez de me dire, par exemple, n'est mal que par votre faute. Mieux dit, il aurait été plaisant. Passons.

— Sans vouloir, repris-je outré de fureur, entrer dans un détail qui serait fort inutile, je puis vous dire simplement qu'on m'en a assez appris pour me faire sentir votre fausseté avec moi et me faire regretter toute ma vie d'en avoir été la dupe.

— A votre tour, ne me reprochez pas cela, répondit-elle en riant. Ce n'est pas de ma finesse que vous avez été la dupe, c'est de votre peu d'expérience. Pourquoi voulez-vous m'imputer vos bévues? Devais-je vous apprendre à quel point vous me plaisiez, et vous dire, moment à moment, l'impression que vous faisiez sur moi?

Ce soin, de ma part, eût sans doute été fort obligeant; mais m'auriez-vous pardonné de le prendre? N'était-ce pas à vous à connaître et saisir mes mouvements? Est-ce ma faute, enfin, s'ils vous ont tous échappé? Et quelqu'un, avant vous, s'est-il jamais avisé de faire des reproches aussi ridicules que ceux que vous me faites? Est-ce ici du moins qu'ils finissent?

— Il ne me reste plus, répliquai-je, confondu de sa façon de me répondre, qu'à vous féliciter sur le prétexte que vous avez pris pour rompre avec moi; sur le secret avec lequel vous avez formé cette partie de campagne, dont vous ne m'avez averti que lorsqu'il ne me restait pas le temps de m'arranger pour vous y suivre, et enfin sur l'amour prompt que vous avez pris pour le marquis, que je retiens caché dans un recoin de votre cabinet, et qui, sans doute, attend avec impatience que vous vouliez bien me congédier. Je crois en effet, ajoutai-je, que j'ai retardé les instants de son bonheur, assez pour ne devoir plus y mettre d'obstacle, et je vais...

— Non, Monsieur, interrompit-elle, je vous ai si patiemment écouté, que je dois croire que vous voudrez bien m'accorder la même grâce. J'en demande pardon au marquis, mais dût-il s'impatienter d'une conversation si peu faite pour lui, je ne saurais me refuser le plaisir de vous répondre. Ce n'est pas pour vous que je le veux faire. Ma réputation ne dépend ni de vous, ni des gens qui prennent à tâche de la noircir. On ne peut, à votre âge, juger sainement de rien, et moins encore des femmes que de toute autre chose. Vous n'êtes fait, ni pour être écouté, ni pour être cru, et vous pouvez, sans tirer à conséquence, penser aussi mal de moi que vous pensez bien de vous-même. Ce n'est pas sur vos discours que le public me jugera ; ainsi ma justification n'est pas ce qui m'intéresse : c'est le plaisir de vous confondre, de dévoiler votre mauvaise foi et vos caprices, et de vous faire enfin rougir de vous-même.

» Je vais, continua-t-elle, commencer par vous parler de moi : vous ne pourrez pas croire que ce soit par amour-propre. Je suis forcée de rappeler des faits qui m'avilissent et vous m'avez mise dans le cas de ne pouvoir jeter les yeux sur moi-même sans me mépriser des erreurs dans lesquelles vous m'avez fait tomber.

» Vous me connaissez depuis longtemps. Liée à votre mère par l'amitié la plus tendre, je vous ai aimé avant que je susse si vous méritiez de l'être, avant que vous sussiez vous-même ce que c'est que d'être aimé, et sans que je pusse imaginer que le goût que j'avais pour vous pût me conduire où j'ose enfin avouer que je suis.

» Eh ! quelle apparence en effet que je dusse craindre de vous trop aimer ? Quand j'aurais pu prévoir que vous penseriez à moi, devais-je imaginer que vous me rendriez sensible, et qu'un événement si peu vraisemblable dût un jour être compté parmi ceux de ma vie ? Je ne l'ai pas cru, et vous ne pouvez pas me le reprocher. Toute autre que moi ne vous aurait pas craint davantage, et, à ne considérer que votre âge et le mien (je laisse à part ma façon de penser), ma sécurité était bien naturelle.

» Ce fut donc, non seulement sans craindre pour moi-même, mais encore sans faire la moindre réflexion sur vous, que je vous vis

chercher à me plaire. Vos soins plus marqués, vos
visites plus fréquentes et plus longues, et le
plaisir qu'il semblait que vous prissiez à me voir,
ne me parurent que les effets de notre ancienne
amitié. Vous entriez dans le monde, vous com-
menciez à vous former, et il était tout simple que
vous me cherchassiez avec plus d'ardeur que vous
ne l'aviez fait dans votre enfance. Ce que vous
me disiez sur l'amour, l'acharnement avec lequel
vous m'en parliez et la difficulté que je trouvais à
vous faire porter votre esprit sur d'autres
matières, ne furent à mes yeux que les suites de
la curiosité d'un jeune homme qui cherche à
s'éclairer sur un sentiment qui commence à
troubler son cœur ou sur des idées qui occupent
son imagination. Vos regards ne m'instruisirent
pas mieux, et je désirais si peu de vous plaire que
je ne pus jamais penser que je vous plaisais.
Votre embarras enfin me fit naître l'envie de
savoir ce qui vous agitait, et, croyant n'être que
confidente, je me trouvai intéressée pour moi-
même dans vos secrets. Vous devez vous souvenir
que je n'oubliai rien pour vous enlever à une
fantaisie qui me paraissait déplacée et dont
j'étais fâchée d'être l'objet. Mon amitié pour
vous, votre jeunesse, une sorte de pitié, m'empê-
chèrent de vous imposer silence aussi durement
que j'aurais dû le faire. Je crus d'ailleurs pouvoir
m'amuser de la façon dont un cœur qui en est à
sa première passion la sent et la conduit. Cet
amusement, qui d'abord ne fut pas plus dangereux que je ne l'avais cru, le devint enfin. Je vous
perdais avec plus de regret, vous attendais avec
impatience et votre vue me faisait sentir des
mouvements qu'avant que vous m'eussiez parlé,

je ne connaissais pas. Je reconnus alors la
nécessité de vous fuir, mais je ne le pouvais plus.
Un je ne sais quel charme[11], trop faible dans sa
naissance pour que je crusse avoir besoin de le
combattre, m'attachait à vos discours. Je me les
répétais quand vous les aviez finis. Je m'arra-
chais avec peine, et toujours trop tard, au plaisir
de vous entendre. Cet affreux intervalle de votre
âge au mien, et qui m'avait d'abord si sensiblement frappée, disparut à mes regards. Chaque
jour que nous passions à nous voir, me semblait
vous donner des années, ou m'ôter des miennes.
L'amour seul pouvait m'aveugler à ce point; et
croire que nous pouvions être faits l'un pour
l'autre, était une preuve trop sûre du mien, pour
pouvoir le méconnaître. Loin de chercher à me le
dissimuler encore, je ne craignis pas de m'examiner, et quoique ce que je trouvai pour vous dans
mon cœur m'effrayât, je ne me crus pas sans
ressource. Comme je ne souhaitais pas d'être
vaincue, je ne voulais pas voir que je l'étais déjà.
Convaincue enfin de l'extrême tendresse que vous
m'aviez inspirée, je cherchai du moins à retarder
ma chute, et à m'épargner la honte et le danger
de la dernière faiblesse. Votre peu d'expérience
m'aidait dans mon projet, et je jouissais du
plaisir de vous voir amoureux, d'autant plus
paisiblement que je craignais moins de me voir
devenir trop coupable.

» Il n'est donc pas extraordinaire, Monsieur,
ajouta-t-elle, que je ne vous aie pas dit que je vous
aimais, lorsque je ne vous aimais pas encore. Il ne
l'est point davantage, qu'après que mes sentiments pour vous m'ont été connus, j'aie fait ce
que j'ai pu pour vous les cacher. C'était à vous à

tâcher de les découvrir et si je puis vous le dire, c'est à vous, et non à moi, *qu'il a plu de faire une belle résistance.*

— Mais, Madame, répondis-je en bégayant, je n'ai pas, à ce qu'il me semble, eu tort de vous le dire. Vous convenez vous-même que vous m'avez résisté, et vous concevez bien que...

- Vous hésitez! interrompit-elle. Achevez.

— Que voulez-vous que je vous dise, Madame? répliquai-je, plus déconcerté que jamais. L'expression dont je me suis servi a pu vous choquer, je suis fâché certainement qu'elle vous ait déplu; je... mais, ajoutai-je, voyant que je ne savais ce que je lui disais, il est tard, et vous voulez bien que je prenne congé de vous.

— Non, Monsieur, répondit-elle, je ne le veux pas. Ce que j'ai à vous dire encore ne peut se remettre, et les articles qui me restent à traiter avec vous sont les plus importants pour moi. »

Je me remis sur mon siège, fort étonné de ce que c'était moi qui étais confondu. Mon embarras augmenta encore quand elle m'ordonna (sans raison apparente, à ce que je crus) de m'asseoir sur un fauteuil qui touchait à son canapé, ce qui me mettait beaucoup plus près d'elle que je n'étais d'abord. J'obéis en tremblant, sans oser la regarder et avec une sorte d'émotion tendre, que le récit qu'elle venait de me faire m'avait involontairement donnée.

« Il est donc vrai, continua-t-elle, que je vous ai aimé. Je pourrais n'en pas convenir, puisque je ne vous l'ai jamais dit affirmativement; mais après ce qui s'est passé entre nous, ce détour serait aussi inutile que déplacé, et il vaudrait mieux pour moi que je vous eusse dit mille fois que je vous aime, que de vous l'avoir une seule fois prouvé comme j'ai fait. J'avoue même que je pourrais avoir plus à me reprocher, que je vous dois, plus qu'à ma raison, le bonheur de n'avoir pas entièrement succombé, et que, si vous aviez pu connaître toute ma faiblesse, je serais aujourd'hui, de toutes les femmes, la plus à plaindre. Ce n'est pas que je m'estime davantage de vous avoir échappé; mais dans l'état où sont les choses, ce m'est une sorte de consolation de ne vous avoir pas tout sacrifié. »

Elle appuyait avec tant de plaisir sur cette consolation, et je me trouvai dans l'instant si ridicule de la lui avoir laissée, qu'il s'en fallut peu que je ne formasse le dessein de lui enlever un avantage dont elle paraissait si vaine. Je levai les yeux sur elle un moment, et je la trouvai si belle! Elle était dans une attitude si négligée, si touchante, et toutefois si modeste! Ses yeux, qu'elle laissa tendrement tomber sur moi, m'assuraient encore de tant d'amour, qu'il se glissa dans mes sens je ne sais quel trouble, qui, en me disposant mieux à l'écouter, me rendit cependant plus distrait.

« Vous m'accusez, ajouta-t-elle, en me fixant toujours, d'avoir voulu vous paraître respectable, et vous m'en faites un crime. Qu'aurais-je fait, que je n'eusse dû faire? Si, pour vous donner bonne opinion de moi, j'avais eu des vices à déguiser, des aventures malheureuses à couvrir, et qu'enfin je n'eusse pu, sans risquer de vous perdre, me montrer à vos yeux telle que j'aurais été, pensez-vous que j'eusse été blâmable de chercher à vous en imposer? D'ailleurs, quand il aurait été vrai que, par des éclats indécents,

j'eusse déshonoré ma jeunesse, aurait-il été
impossible que je fusse revenue à moi-même?
Vous ne le savez pas encore, Monsieur, mais vous
apprendrez, quelque jour, qu'il ne faut pas
toujours juger les femmes sur leurs premières
démarches; que telle a paru avoir l'âme corrom-
pue, qui n'avait qu'une imagination déréglée, ou
une faiblesse de caractère qui ne lui a point
permis de résister au torrent et au mauvais
exemple; que, s'il est presque impossible de se
corriger des vices du cœur, on revient des erreurs
de l'esprit; et que la femme qui a été la plus
galante, peut devenir, par ses seules réflexions,
ou la femme la plus vertueuse, ou la maîtresse la
plus fidèle.

» Vous dites encore que j'ai voulu vous faire
penser qu'avant que mon cœur fût à vous, il
n'avait été à personne. S'il est vrai que ç'ait été
mon intention, je suis coupable d'une étrange
fausseté. Non, Monsieur, j'ai aimé, et avec toute
la violence possible. Si je n'avais pas connu
l'amour, vous me l'auriez vu redouter moins.
Peut-être prendrez-vous, de l'aveu que je vous
fais, une nouvelle raison de me mépriser. Il
faudrait sans doute, pour mériter votre estime,
que je n'eusse jamais été déterminée à l'amour
que par vous. Je ne l'ai pas moins désiré que vous
auriez pu le désirer vous-même, et quand j'ai
commencé à vous aimer, j'ai eu un extrême
regret de ce que mon cœur n'était pas aussi neuf
que le vôtre, et de ne pouvoir pas vous en offrir
les prémices. »

Ce discours était si tendre! Il me peignait si
bien la violence et la vérité de sa passion! Il était
soutenu par un son de voix si flatteur, que je ne

pus l'entendre sans me sentir vivement ému, et
sans me repentir de faire le malheur d'une femme
qui, par sa beauté du moins, ne méritait pas une
si cruelle destinée. Cette idée, sur laquelle j'ap-
puyai, m'arracha un soupir. Madame de Lursay
l'attendait depuis trop longtemps pour qu'il lui
échappât. Elle se tut un instant en me regardant
toujours. Elle espérait sans doute que ce soupir
me conduirait plus loin; mais voyant que je
m'obstinais encore à garder le silence, elle poursuivit ainsi :

« Vous pouvez à présent donner une libre
carrière à vos idées. J'ai aimé, je l'avoue, et c'en
est assez pour que vous ne puissiez pas douter
que je ne me pare d'une passion que pour vous
dérober mes fantaisies, et qu'il n'y a rien
d'odieux dont je n'aie été capable. J'ai connu, en
faisant cet aveu, tout le danger où il m'exposait :
mais je n'ai pas cru devoir vous cacher une chose
que je vous aurais dite si vous me l'aviez
demandée, et que par toutes sortes de raisons je
dois moins me reprocher que l'amour que j'ai pris
pour vous qui, avec tous les défauts attachés à
votre âge, n'en avez ni la candeur, ni la sincérité.

— Je doute, lui dis-je, piqué de ce reproche
(mais déjà persuadé cependant que Versac
m'avait trompé, et trop occupé des charmes que
Madame de Lursay offrait à mes yeux, pour ne
pas vouloir lui paraître innocent), que je vous aie
donné lieu de croire que je ne suis pas sincère. Je
puis avoir des torts avec vous; je les sens même :
mais ils ne sont pas de l'espèce de ceux dont vous
vous plaignez, et si vous avez quelque chose à me
reprocher, c'est d'avoir été trop crédule.

— Eh! L'auriez-vous été, si vous m'aviez

aimée, répondit-elle vivement? Ne m'auriez-vous
pas, au contraire, défendue contre les calomnies
dont on voulait me noircir auprès de vous?
Pouviez-vous, sans vous dégrader vous-même, y
ajouter foi? La façon dont je vis, et dont depuis
si longtemps vous êtes témoin, ne devait-elle pas
du moins les balancer dans votre esprit? J'avoue
que, quand une femme de mon âge s'oublie assez
pour aimer un homme du vôtre, elle s'expose a
faire penser qu'elle a moins cédé à l'amour qu'a
l'habitude du dérèglement; et que c'est toujours,
pour celle même qui s'est le mieux conduite, une
faiblesse qu'on lui reproche d'autant plus, qu'on
l'attendait moins d'elle, et que le peu de convenance qui s'y trouve la rend plus ridicule. Vous
ne deviez point me soupçonner d'être dans ce cas,
et plus je me sacrifiais, plus pour vous je
m'écartais de mes principes, plus vous me deviez
de reconnaissance et d'amour. Un autre que vous
aurait senti que sa tendresse seule pouvait
m'étourdir sur la faute irréparable que la mienne
me faisait commettre, et qu'en l'aimant, je le
chargeais du repos et du bonheur de ma vie.
Mais, ajouta-t-elle, en tournant vers moi des
yeux qui se remplissaient de larmes, cette façon
de penser n'était pas faite pour vous.

» Avant même que vous fussiez sûr d'être
aimé, vous m'avez fait essuyer des caprices, dont
vous ne daigniez seulement pas vous excuser et
qu'il semblait que vous fussiez fâché que je vous
pardonnasse. Je vous ai vu, dans le même temps,
manquer à me rendre les devoirs même les plus
simples, passer volontairement plusieurs jours
sans me voir, ne me parler de votre amour
qu'avec toute la froideur qui pouvait m'empêcher

de lui être favorable, et agir enfin avec moi,
moins comme avec une femme à qui vous vouliez
plaire, que comme avec une que vous auriez
voulu quitter. Si quelquefois vous paraissiez plus
animé, je ne trouvais pas dans vos transports ce
qui aurait pu me les faire partager, et vous ne
paraissiez jamais vous livrer moins au sentiment,
que lorsque vous vous laissiez le plus emporter à
vos désirs. Tous ces défauts ne m'échappaient
point; mais en me plongeant dans une douleur
mortelle, ils n'arrêtaient pas mon penchant pour
vous. Je vous croyais peu formé aux usages du
monde et ne voulais point vous voir coupable.
J'espérais que l'habitude d'aimer vous ôterait
cette rudesse que je trouvais dans vos façons, que
vous recevriez avec plaisir les avis d'une femme
qui vous aimait, et que je pourrais enfin vous
rendre tel que je désirais que vous fussiez.

— Ah! Madame, m'écriai-je, pénétré de ses
larmes, transporté, hors de moi-même, serais-je
assez malheureux pour ne vous plus voir vous
intéresser à moi? Non! continuai-je en lui baisant
la main avec ardeur, vous me rendrez vos bontés,
j'en serai digne...

— Non, Meilcour, interrompit-elle, je ne dois
plus espérer de vous retrouver aussi tendre que je
le voudrais. Les transports que je vous vois ne
peuvent plus ni me flatter, ni me séduire. Plus
jeune, et par conséquent plus étourdie, je prendrais peut-être vos désirs pour de l'amour. Ils
m'auraient émue et vous seriez justifié. Mais vous
avez déjà éprouvé dans une occasion, où je
pouvais céder sans avoir rien à me reprocher,
puisque je pouvais me croire aimée, que je ne
veux me rendre qu'au sentiment. Ce qu'alors je

n'ai pas fait, je dois le faire moins que jamais. Quand il serait vrai que je fusse trompée en vous croyant amoureux de Madame de Senanges, la façon dont vous m'avez parlé sur elle me prouve que rien ne peut ni vous retenir, ni vous ramener.

— Mais, est-il possible, lui dis-je tendrement, que vos craintes sur Madame de Senanges aient été réelles? Avez-vous pu croire que, quand même elle eût voulu m'engager, j'eusse daigné répondre à ses soins?

— Oui, reprit-elle, Madame de Senanges aurait encore moins eu de quoi vous plaire, vous m'auriez aimée mille fois plus que vous ne faisiez, que vous ne l'en auriez pas moins prise. Peut-être ne l'auriez-vous pas gardée : mais du moins elle vous aurait séduit, et c'était tout ce qu'elle pouvait vouloir. S'il était vrai qu'elle vous fût si indifférente, pourquoi avez-vous cherché à la revoir, et pourquoi, le jour même que je vous ai dit que je ne voulais pas que vous vécussiez avec elle, vous ai-je retrouvés ensemble aux Tuileries? Quelle raison, si vous m'aviez aimée, pouvait vous empêcher de venir à la campagne avec moi? Cette partie, dites-vous, s'est formée secrètement. Le mystère en était bien simple, et vous seul en étiez l'objet. Je voulais vous enlever à Madame de Senanges, et je n'en trouvai que ce moyen. Au lieu de pénétrer le motif de cette partie, ou de vouloir du moins paraître l'avoir fait, vous imaginez que je ne l'ai formée que pour y voir plus commodément le marquis. Je n'ai qu'un mot à vous répondre là-dessus. Si j'avais eu du goût pour lui, après ce qui s'était passé entre vous et moi, vous étiez, de tous les hommes du monde, celui que j'aurais le moins voulu pour spectateur.

J'abrège vos torts, comme vous voyez, et ne pèse pas sur eux. Ce n'est pas que je fusse embarrassée de me les rappeler tous, mais le reproche suppose de l'amour et vous sentez bien qu'il ne m'est pas possible d'en vouloir conserver pour vous.

— Ah! Madame, m'écriai-je, plein d'un trouble qui ne me laissait pas la liberté de réfléchir, vous ne m'avez point aimé. Vous verriez moins tranquillement mon désespoir, vous y seriez sensible si votre tendresse pour moi avait été aussi forte que vous me le dites.

— Mais, Meilcour, reprit-elle, serait-il possible que je pusse encore me flatter de vous être chère? Dois-je même le souhaiter; est-il bien vrai que vous soyez fâché de me perdre? Vous! qui n'avez rien épargné pour tâcher de me déplaire! Vous! qui n'avez cru pouvoir vous justifier qu'en me cherchant des crimes, et qui ne doutez pas que le marquis ne soit assez bien avec moi, pour que je ne l'aie pas fait cacher dans mon cabinet!

— Pouvez-vous en parler encore, m'écriai-je, et ne vous croyez-vous pas assez justifiée dans mon esprit?

— Oui, reprit-elle en souriant, je vois bien que je le suis aujourd'hui; mais je ne serais pas surprise de ne l'être plus demain.

— Eh! quoi, lui dis-je, ne cesserez-vous pas de m'opposer d'aussi vaines terreurs?

— Ah! Meilcour, s'écria-t-elle d'un ton plus attendri, l'intérêt dont il s'agit ici entre nous, est trop grand pour moi pour devoir être traité si légèrement, et je suis perdue si je ne suis pas heureuse.

— Non, repris-je, en la pressant dans mes bras, ma tendresse ne vous laissera rien à désirer.

— Mais, Meilcour, répondit-elle, en paraissant rêver, ne pouvez-vous pas être content de mon amitié? Songez-vous que je ne vous préférerai personne, et qu'à peu de chose près, j'aurai pour vous l'amour le plus tendre? Croyez-moi, ajouta-t-elle, en me regardant avec des yeux que la passion la plus vive animait, c'est l'unique parti qui nous reste, et ce que je refuse ne vaut pas ce que je vous offre.

— Non, lui dis-je, en me jetant à ses genoux, et plus enflammé encore par sa résistance, non, vous me rendrez tout ce que j'ai perdu.

— Ah! cruel, s'écria-t-elle en soupirant, voulez-vous faire le malheur de ma vie, et n'avez-vous pas déjà assez de preuves de ma tendresse? Levez-vous, ajouta-t-elle d'une voix presque éteinte, vous ne voyez que trop que je vous aime. Puissiez-vous un jour me prouver que vous m'aimez! »

En achevant ces paroles, elle baissa les yeux, comme si elle eût été honteuse de m'en avoir tant dit. Malgré le tour sérieux que notre conversation avait pris sur sa fin, je me souvenais parfaitement du ridicule que Madame de Lursay avait jeté sur mes craintes. Je la pressai tendrement de me regarder : je l'obtins. Nous nous fixâmes. Je lui trouvai dans les yeux cette impression de volupté que je lui avais vue le jour qu'elle m'apprenait par quelles progressions on arrive aux plaisirs, et combien l'amour les subdivise. Plus hardi, et cependant encore trop timide, j'essayais en tremblant jusques où pouvait aller son indulgence. Il semblait que mes transports augmentassent encore ses charmes, et lui donnassent des grâces plus touchantes. Ses regards,

ses soupirs, son silence, tout m'apprit, quoique
un peu tard, à quel point j'étais aimé. J'étais
trop jeune pour ne pas croire aimer moi-même.
L'ouvrage de mes sens me parut celui de mon
cœur. Je m'abandonnai à toute l'ivresse de ce
dangereux moment, et je me rendis enfin aussi
coupable que je pouvais l'être.

Je l'avouerai : mon crime me plut, et mon
illusion fut longue, soit que le maléfice de mon
âge l'entretînt, ou que Madame de Lursay seule
le prolongeât. Loin de m'occuper de mon infidélité, je ne songeais qu'à jouir de ma victoire. Ce
que je croyais qu'elle m'avait coûté me la rendait
encore plus précieuse, et quoique je ne triom-
phasse, dans le fond, que des obstacles que je
m'étais opposés, je n'en imaginai pas moins que
la résistance de Madame de Lursay avait été
extrême. Je n'en fus pas plutôt possesseur, que je
sentis renaître toute mon estime pour elle et que
je portai l'aveuglement au point d'oublier tous
les amants que Versac lui avait donnés, et celui
dont elle venait elle-même de convenir avec moi.
L'unique chose qu'alors je souhaitasse pour
l'avenir, était qu'elle ne cessât pas de m'aimer :
ses charmes flattaient mes sens, et son amour,
qui me paraissait prodigieux, se communiquait à
mon âme, et y répandait le trouble le plus
flatteur.

Je sentis enfin diminuer mon erreur, mais trop
peu pour me livrer au repentir. Je me serais
cependant peu à peu livré aux réflexions, si
Madame de Lursay avait bien voulu ne pas
m'interrompre; mais, malheureusement pour ma
raison, elle s'aperçut que je rêvais et m'en
montra une sorte d'inquiétude qu'il n'aurait pas

été honnête de lui laisser, et qu'en effet elle ne méritait pas d'avoir. Je la rassurai donc. Jamais amante n'a été moins vaine et plus timide. Plus je la louais sur ses charmes, plus je m'en occupais, moins elle osait, disait-elle, se flatter de leur pouvoir sur moi. Je paraissais transporté, et peut-être je n'aimais pas. Était-elle forcée de convenir que je l'aimais, elle n'en était pas plus tranquille. Après s'être abandonnée aux craintes, elle revenait aux transports; l'enjouement le plus tendre, et le badinage le plus séduisant, enfin, tout ce que l'amour a de charmant quand il ne se contraint plus, se succédait sans cesse, et m'entretenait dans une agitation qui me rendait peu propre à des réflexions bien sérieuses.

Quelque enchanté que je fusse, mes yeux s'ouvrirent enfin. Sans connaître ce qui me manquait, je sentis du vide dans mon âme. Mon imagination seule était émue et, pour ne pas tomber dans la langueur, j'avais besoin de l'exciter. J'étais encore empressé, mais moins ardent. J'admirais toujours, et n'étais plus touché. Ce fut en vain que je voulus me rendre mes premiers transports. Je ne me livrais plus à Madame de Lursay que d'un air contraint, et je me reprochais jusqu'aux moindres désirs que sa beauté m'arrachait encore.

Hortense, cette Hortense que j'adorais, quoique je l'eusse si parfaitement oubliée, revint régner sur mon cœur. La vivacité des sentiments que je retrouvais pour elle me rendait encore moins concevable ce qui s'était passé. N'est-ce pas dans la seule espérance de la voir, que je suis venu chez Madame de Lursay, me disais-je? Et pendant leur absence, n'est-ce pas elle seule que

j'ai regrettée? Par quel enchantement me trou-
vais-je engagé avec une femme qu'aujourd'hui
même je détestais?

Ma situation devait en effet m'étonner, d'autant plus que j'avais été vain et jaloux sans le
savoir, et que je ne m'étais point aperçu de
l'empire que ces deux mouvements avaient pris
sur moi. Il était, au reste, extrêmement simple
que Madame de Lursay, qui joignait à beaucoup
de beauté une extrême connaissance du cœur,
m'eût conduit imperceptiblement où j'en étais
venu avec elle. Ce que j'en puis croire aujour-
d'hui, c'est que, si j'avais eu plus d'expérience,
elle ne m'en aurait que plus promptement séduit,
ce qu'on appelle l'usage du monde ne nous
rendant plus éclairés que parce qu'il nous a plus
corrompus.

Il m'aurait donc fait sentir vivement combien
il est honteux d'être fidèle. Je n'aurais pas, à la
vérité, été saisi par le sentiment; il m'aurait paru
ridicule dans Madame de Lursay et, pour me
vaincre, il aurait fallu qu'elle eût été aussi
méprisable qu'elle avait évité de me le paraître.
Loin même que l'idée d'Hortense eût été bannie
un moment de ma mémoire, j'aurais trouvé du
plaisir à m'en occuper. Au milieu même du
trouble où Madame de Lursay m'aurait plongé,
j'aurais gémi de l'usage qui ne nous permet pas
de résister à une femme à qui nous plaisons;
j'aurais sauvé mon cœur du désordre de mes sens
et, par ces distinctions délicates, que l'on pourrait appeler le quiétisme de l'amour, je me serais
livré à tous les charmes de l'occasion, sans
pouvoir courir le risque d'être infidèle.

Cette commode métaphysique m'était incon-

nue, et ce fut avec un extrême regret que je vis à
quel point je m'étais trompé. Les empressements
de Madame de Lursay augmentèrent pendant
quelque temps mon chagrin; mais, soit que je
m'ennuyasse de me trouver coupable, soit que je
craignisse d'essuyer des reproches auxquels je
n'aurais su que répondre, ou que, dans l'ivresse
où j'étais encore, le sentiment n'agît que faiblement sur moi, je me révoltai contre une idée qui
me devenait importune. Dérobé aux plaisirs par
les remords, arraché aux remords par les plaisirs,
je ne pouvais pas être sûr un moment de moi-
même. Je l'avouerai même à ma honte : quelquefois je me justifiais mon procédé, et je ne
concevais point comment j'avais pu manquer à
Hortense, puisqu'elle ne m'aimait pas, que je ne
lui avais rien promis, et que je ne pouvais pas
espérer de lui devoir jamais autant de reconnaissance que j'en devais à Madame de Lursay.

Je persuadais assez facilement à mon esprit
que ce raisonnement était juste; mais je ne
pouvais pas de même tromper mon cœur. Accablé des reproches secrets qu'il me faisait, et ne
pouvant en triompher, j'essayai de m'en distraire, et de perdre dans de nouveaux égarements
un souvenir importun qui m'occupait malgré
moi. Ce fut en vain que je le tentai, et chaque
instant me rendait plus criminel sans que je m'en
trouvasse plus tranquille.

Quelques heures s'étaient écoulées dans ces
contradictions, et le jour commençait à paraître,
qu'il s'en fallait beaucoup que je fusse d'accord
avec moi-même. Grâce aux bienseances que
Madame de Lursay observait sévèrement, elle me

renvoya enfin, et je la quittai en lui promettant, malgré mes remords, de la voir le lendemain de bonne heure, très déterminé, de plus, à lui tenir parole.

DOSSIER

VIE DE CRÉBILLON FILS

1707-1777

14 février 1707 :   Naissance, à Paris, de Claude Prosper Jolyot de Crébillon, fils de l'auteur tragique, Prosper Jolyot de Crébillon (1674-1762).

En dépit des travaux relativement récents de R. P. Aby et de Clifton Cherpack, sa vie est fort mal connue encore.

Orphelin de mère à quatre ans, il fit au collège Louis-le-Grand des études si prometteuses que les bons Pères voulurent en faire un jésuite.

Adulte, il anime les dîners du *Caveau*, où de libres esprits cultivent à la fois la bonne chère et le persiflage, alors à la mode.

« Il avait connu les femmes autant qu'il est possible de les connaître », écrivait S. Mercier dans le *Tableau de Paris*. On est à ce sujet fort mal renseigné, ce qui fait honneur à la discrétion de Crébillon le fils. Au reste il se lia, en 1744, dès l'âge de trente-sept ans, avec une Anglaise assez bien née, mais pauvre et fort laide, de sorte que les mauvaises langues qualifièrent cette union, qui se termina sur un mariage, de « continuation des *Égarements du cœur et de l'esprit* ». Mlle Stafford mourut en 1756.

1732 :   *Lettres de la marquise de M *** au comte de R ****.

1734 :   *L'Écumoire ou Tanzaï et Néadarné*. Crébillon est emprisonné à Vincennes pour son audace politique. La princesse de Conti parvient à le faire libérer.

1736-1738 .   *Les Égarements du cœur et de l'esprit*.

1742 :   *Le Sopha, conte moral*. Ce qui valut à l'auteur un exil à trente lieues de Paris. Après trois mois, il fut rappelé, grâce au lieutenant de police.
Dès lors, Crébillon publie : en 1755, *La Nuit et le moment*, composé en 1737 ; en 1763, *Le Hasard du coin du feu*, qui date de 1737-1740.

1759 :   Grâce à Mme de Pompadour, qui protégea plus d'un esprit frondeur, Crébillon le mauvais sujet devient censeur royal, charge qu'exerçait son père, et que le fils avait longuement sollicitée : il l'exerça aussi délicatement que possible, et la preuve c'est qu'il mourut pauvre sinon endetté, le 12 avril 1777.

NOTICE
SUR L'ÉTABLISSEMENT DU TEXTE

Lorsqu'il publia les *Égarements*, Pierre Lièvre reproduisit le texte de l'édition originale, celle de 1736-1738 (Bibliothèque nationale, Y² 25091-25093) ; il n'est pas certain que Crébillon ait revu le texte de 1777, paru à Londres et Paris l'année même de sa mort (Bibliothèque nationale, Réserve, Y² 3033-3046). J'ai consulté plusieurs autres éditions, notamment le double de la cote Y² 25091-25093 : l'édition de 1758, chez Néaulme, à La Haye (Bibliothèque municipale de Montpellier, cote : 48318) ; l'édition de 1765, Paris, Prault (Bibliothèque nationale, Y² 25118-25120) ; une autre encore, que mit à ma disposition un bibliophile de mes amis. A la suite de cette confrontation, j'ai décidé d'adopter, moi aussi, le texte de l'édition originale, mais en respectant toujours les indications de Crébillon dans ses listes de « fautes à corriger » : plusieurs en effet sont très fâcheuses ; or Pierre Lièvre n'en tient pas toujours compte (il se peut que, travaillant à Paris sur l'exemplaire complet de la Bibliothèque nationale, il ait jugé inutile de se faire communiquer le double de la même cote, double mutilé mais enrichi d'un *Erratum* qui manque à l'exemplaire complet) ; outre ces erreurs que Crébillon a lui-même cataloguées, on en lit d'autres sur l'originale, « si peu considérables qu'il n'y a pas de lecteur qui n'y puisse suppléer aisément » ; c'est ainsi que, p. 47 de l'originale, le texte imprimé se lit : « ce qui lui a coûté sa conquête » alors qu'il faut lire, de toute évidence : « ce que lui a coûté sa conquête » ; cette fois Pierre Lièvre a restitué le texte nécessaire ; non point partout. De plus, il lui arrive de mal copier.

L'édition de 1765 reproduit l'originale, mais sans tenir un compte assez rigoureux des *Errata* qui figurent aux tomes I et III de la cote Y² 25091-25093. Au tome II, elle propose toutefois sept variantes, bien supérieures au texte de l'originale, et dont il faut

supposer qu'elles figuraient sur l'*Erratum* du tome II de l'originale ;
j'ai adopté ces sept leçons. De plus, l'édition de 1768 modernise
l'orthographe, améliore la ponctuation. Quant à l'orthographe, ne
s'agissant pas ici d'une édition « savante », qui doit respecter les
absurdités éventuelles du texte, j'ai tout transcrit en français
d'aujourd'hui. (Au reste, pour améliorer qu'elle soit dans l'ensemble, l'édition de 1768 contient quelques nouvelles inadvertances ;
c'est ainsi qu'un *achevai-je* de l'originale y devient *achevé-je*.)
Venons-en à la ponctuation. L'affaire est délicate : contrairement à
ce que pensent de nos jours un certain nombre de gens qui se
croient « avancés », et qui retardent de quelques millénaires, les
points et les virgules composent notre langage, au même titre que
les lettres et les accents ; si l'art est souvent une question de virgule,
le sens des phrases, plus souvent encore, dépend d'un accent ou
d'un signe de ponctuation : p. 277 de son édition, Pierre Lièvre lit
par exemple : « Ce ton de la bonne compagnie, *si célèbre*, en quoi
consiste-t-il ? » Phrase médiocre, plate. Or l'édition originale et
celle de 1765 (aux armes de Marie-Antoinette) donnent, claire-
ment : *célébré*. Du coup, la phrase devient ironique, et satisfaisante : « Ce ton de la bonne compagnie, si *célébré*, en quoi consiste-
t-il ? » Pages 246-247, il a suffi à Pierre Lièvre de ne pas
comprendre une ponctuation pour proposer une mauvaise lecture :
« Dans le fond, je ne pouvais le croire mon rival, que parce qu'il est
assez naturel que quand on en craint un auprès d'une femme, ce
soit l'ami qu'elle paraît aimer le plus tendrement, et qui nous cause
le plus d'inquiétude. » Pourquoi ajouter la virgule et le *et* après
tendrement, alors que Crébillon disait fort bien « ce soit l'ami
qu'elle paraît aimer le plus tendrement qui nous cause le plus
d'inquiétude » ? Dernier exemple : p. 321 de son édition, Pierre
Lièvre lit : « Ah ! Madame, m'écriai-je, pénétré de ses larmes,
transporté hors de moi-même, serais-je assez malheureux pour ne
vous plus voir vous intéresser à moi ? » Or Crébillon fils écrivait :
« transporté, hors de moi-même » : décidément l'art ici se cache
dans la virgule.

Or rien n'est pour nous plus déconcertant, plus perfide, que la
ponctuation française du XVIIIe siècle. Voyez M. Dauzat (qui avait
pris connaissance d'un article de M. Jean Mourot à ce propos) :
« les écrivains du dix-huitième siècle estimaient [...] que " le repos
de la voix dans le discours, et les signes de la ponctuation dans
l'écriture, se correspondent toujours " (phrase et ponctuation de
Diderot). On avait oublié cet usage [...]. » Comment l'oublier
quand on lit dans le texte original les auteurs du XVIIIe ? Déchiré
entre l'usage moderne et celui de Crébillon, Pierre Lièvre s'en est
souvent tiré avec aisance, ou ingéniosité. Par infortune, il ne s'est

pas servi du texte de 1765, qui lui eût éclairé bien des difficultés. Bénéficiant de cette édition-là, et du premier effort de Pierre Lièvre, j'espère avoir pu, çà ou là, proposer une solution un peu plus satisfaisante : en sorte que jamais la ponctuation du XVIIIe n'intervienne pour gêner le lecteur d'aujourd'hui, qui ne sait peut-être pas, lui, que le temps respiratoire et non la logique des phrases fixait alors la place des virgules. Enfin j'ai pu revoir pour cette nouvelle édition le texte que je publiai dans la Pléiade en 1965, puis en 1969 ; en éliminer deux ou trois coquilles, aménager trois ou quatre ponctuations.

BIBLIOGRAPHIE

1) LES ÉGAREMENTS DU CŒUR ET DE L'ESPRIT

Les Égarements du cœur et de l'esprit, Paris, Prault, 1736 (première partie) et La Haye, Gosse et Néaulme, 1738 (deuxième et troisième parties). (B.N. : Y². 25091-25093.)

Les Égarements du cœur et de l'esprit, 1738-1739, 2ᵉ édition, 3 tomes en 1 vol. in-12.

Les Égarements du cœur et de l'esprit, 1739-1741, 3 tomes en 1 vol.

Les Égarements du cœur et de l'esprit, La Haye, J. Néaulme, 1745, 3 tomes en 1 vol.

Les Égarements du cœur et de l'esprit, La Haye, Gosse et Néaulme, 3 tomes en 1 vol. 1748.

Ibid., en 1751, 1758 et 1761.

Les Égarements du cœur et de l'esprit, Paris, Prault, 1765, 3 vol. in-12.

Les Égarements du cœur et de l'esprit, Londres (et Paris), 1782.

Les Égarements du cœur et de l'esprit, Paris, La Table ronde, 1946, illustrations de François Salvat, gravées sur bois par Gilbert Poilliot.

Les Égarements du cœur et de l'esprit, Paris, Éditions du Val de Loire, 1948, gravures sur bois de Pierre Gandon (édité par André Charrier).

Les Égarements du cœur et de l'esprit, Paris, Club français du livre, 1953, préface d'Étiemble.

Les Égarements du cœur et de l'esprit, Grenoble, Roissard, 1955, 2 vol. in-8, illustrations de Vanhamme.

Les Égarements du cœur et de l'esprit, in *Romanciers du XVIII*ᵉ, Gallimard, coll. Pléiade, t. II, 2ᵉ éd. 1969.

2) ŒUVRES DE CRÉBILLON FILS

La seule édition des œuvres complètes de Crébillon qui soit dans le commerce est la suivante :
Œuvres complètes, présentées par Pierre Lièvre, Paris, collection « Le Livre du Divan », 1929-1930, 5 vol.

En guise d'introduction :

Pages choisies de Crébillon fils par Jeannine Amoyal-Étiemble, Paris, Mercure de France, 1964.

Voir aussi, de Crébillon fils :

Lettre à L.-F. Prault, s.l., 23 mars 1765, publiée par Marie-Jeanne Durry dans les *Autographes de Mariemont*, 1956, t. II, p. 553-556.

3) CRITIQUE

Jeannine ÉTIEMBLE, *Crébillon (Prosper et Claude Prosper)*, in *Encyclopaedia Universalis*, vol. 5, p. 69-70.

Études d'ensemble (ordre chronologique) :

R. P. ABY, *The Problem of Crébillon fils* (thèse de Ph. D.), Stanford University, 1955.

Clifton CHERPACK, *An Essay on Crébillon fils*, Durham, Duke University Press, 1962.

Ernest STURM, *Crébillon fils et le libertinage*, Paris, Nizet, 1970.

Paul Breslin MILAN, *Crébillon fils and his Reader : Problems of Interpretation* (thèse de Ph. D.), University of Washington, 1972.

Pierre RÉTAT (sous la direction de), *Les Paradoxes du romancier : les Égarements de Crébillon*, par un collectif de chercheurs des Universités de Grenoble, Lyon et Saint-Étienne, collection « Hypothèses », Université Lyon II, Centre d'Études du XVIIIᵉ siècle, 1975.

Ernest STURM, *L'Écumoire ou Tanzaï et Néadarné, Histoire japonaise*, Paris, Nizet, 1976.

Bernadette FORT, *Le Langage de l'ambiguïté dans l'œuvre de Crébillon fils*, thèse de 3ᵉ cycle (Paris-IV, Sorbonne), 1976.

Parmi les études particulières, je signalerai (ordre chronologique) :

Émile HENRIOT, *Les Livres du second rayon. Irréguliers et libertins*, Paris, Grasset, 1948, p. 177-201.

Douglas A. DAY, « Crébillon fils, ses exils et ses rapports avec l'Angleterre », in *Revue de Littérature comparée*, 1959, p. 180-191.

Douglas A. DAY, « On the Dating of three Novels by Crébillon fils », in *Modern Language Review*, 1961, p. 391-392.

Michel FOUCAULT, « Un si cruel savoir », in *Critique*, juillet 1962.

Fumiki SATO, « Sur la date de publication de l'édition originale du *Paysan parvenu* et de celle de *Tanzaï et Néadarné* », in *Études de langues et de littératures françaises*, Paris, n° 6, 1965, p. 1-14.

Marguerite Marie D. STEVENS, « L'idéalisme et le réalisme dans *Les Égarements du cœur et de l'esprit* », in *Studies on Voltaire*, t. XLVII, 1966.

Jean SGARD, « La notion d'égarement chez Crébillon », in *Dix-huitième siècle*, n° 1, 1969, p. 240-249.

Wolfgang SCHULTZE, « Der abbé Christophe Chayer, als Verbesser Crébillons d. J. », in *Archiv für das Studium der neueren Sprachen und Literaturen*, t. 209, 1, p. 127-132, 1972.

Henri LAFON, « Les décors et les choses dans les romans de Crébillon », in *Poétique*, n° 16, 1973, p. 455-465.

David HIGHNAM, « Crébillon fils in Context : the Rococo Ethos in French Literature in the early 18th Century », in *University of North Carolina French Literature Series*, vol. 1, 1974.

NOTES

Page 50.

1. Lorsque Vivant Denon (1747-1825) publiera en 1777 ce chef-d'œuvre de la nouvelle : *Point de lendemain,* je gagerais que c'est Crébillon qui lui fournit le titre, à partir de cette phrase.

Page 54.

2. Au sens évidemment de : « par contrainte », ou « de force », lequel aujourd'hui s'estompe fâcheusement.

Page 120.

3. *Faire des nœuds* doit s'entendre ici au sens que fournit la sixième édition du *Dictionnaire de l'Académie française,* 1835, t. II, p. 268, col. A : « *Faire des nœuds.* Former, au moyen d'une navette, sur un cordon de fil de soie, des nœuds serrés les uns contre les autres. *Les dames s'amusaient autrefois à faire des nœuds.* »

Page 162.

4. Ces « petites espèces » (on disait aussi : « une pauvre espèce ») désignent les hommes « sans considération », ceux « dont on fait peu de cas ». La sixième édition du *Dictionnaire de l'Académie française,* t. I, p. 678, col. B, précise que « cette locution commence à vieillir ».

Page 170.

5. Il ne faut pas entendre cette expression à notre sens banal

de « pour le moment ». Comme tant d'autres fois dans cet ouvrage et dans l'œuvre de Crébillon fils (*La Nuit et le moment* en est le plus vif exemple), *moment* est employé avec le sens érotique d'*occasion* (d'*herbe tendre*, en somme), terme qu'on trouve du reste une ligne plus bas. Ce que confirme le pronom « le » dans « me le faire trouver ». Selon Crébillon (*Le Hasard au coin du feu*), le *moment* est « une certaine disposition des sens aussi imprévue qu'elle est involontaire, qu'une femme peut voiler, mais qui, si elle est aperçue, ou sentie par quelqu'un qui ait intérêt d'en profiter, la met dans le danger du monde le plus grand d'être un peu plus complaisante qu'elle ne croyait ni devoir ni pouvoir l'être ». A ce propos, voir Laurent Versini, *Laclos et la tradition*, Klincksieck, 1968, p. 458-464 : il montre à quel point Laclos en cette espèce notamment est débiteur de Crébillon fils

Page 171.

6. *Hombre :* comme son nom le suggère, ce jeu de cartes fut importé d'Espagne : *hombre* = homme. Le mot peut désigner également l'un des partenaires. En voici la règle, selon Littré : « [Il] se joue à deux, à trois, à quatre, à cinq personnes, avec 40 cartes, après avoir ôté du jeu les huit, les neuf et les dix, et avoir donné à chaque joueur neuf cartes, trois à trois et par ordre. »

> *Puis, sur une autre table, avec un air plus sombre,*
> *S'en alla méditer une vole au jeu d'hombre*

écrivait Boileau dans la Satire X.

Page 207.

7. « *Cours*, signifie encore, Un lieu agréable où on peut se promener à cheval et en voiture, et qui est ordinairement situé hors de la ville. *Il y avait plus de cinquante voitures au cours.* » *Dictionnaire de l'Académie française*, sixième édition, t. I, p. 438, col. A. D'où notre Cours la Reine.

Page 219.

8. « *Petite maison*, se disait autrefois d'Une maison ordinairement située dans un quartier peu fréquenté, et destinée à des plaisirs secrets. » Nous l'avons remplacée, un temps, par la garçonnière.

Page 259.

9. *De suite :* au sens ici évident de *méthodiquement, avec suite,* ou encore : *sans interruption,* et non pas avec l'acception aujourd'hui vulgarisée de « tout de suite ».

Page 272.

10. Au sens cornélien du mot *gloire.* A ce sujet, lire Octave Nadal, *Le Sentiment de l'amour dans l'œuvre de Pierre Corneille,* Gallimard, 1948; nouvelle édition, 1973. A ce propos, Littré écrivait encore, sous *Gloire* 4° : « Il se dit quelquefois, par exagération, dans le style poétique, pour considération, réputation. » Meilcour serait donc ici cornélien en amour?

Page 281.

11. Mais non, car le voici racinien, à cause de ce « je ne sais quel charme » que confirme, p. 283, un « je ne sais quel trouble ». Il n'est, bien entendu, ce Meilcour, ni cornélien en cette affaire, en ce *moment,* ni racinien. Mais Crébillon témoigne que le XVIII⁰ siècle restait marqué de notre couple tragique. Voilà donc une trace de ce qu'aujourd'hui on baptise « intertextualité », pour ne plus parler d'*allusions littéraires,* trop peu *gourou.*

COLLECTION FOLIO

Impression Bussière à Saint-Amand (Cher),
le 20 novembre 1985.
Dépôt légal : novembre 1985.
1ᵉʳ dépôt légal dans la collection : octobre 1977.
Numéro d'imprimeur : 3002.
ISBN 2-07-036891-2./Imprimé en France.